RAFIK SCHAMI

Mein Sternzeichen ist der Regenbogen

Carl Hanser Verlag

2. Auflage 2021

ISBN 978-3-446-27087-9
© 2021 Carl Hanser Verlag GmbH & Co. KG, München
Umschlag: Peter-Andreas Hassiepen, München
Motiv: © Root Leeb
Satz: Sandra Hacke, Dachau
Druck und Bindung: CPI books GmbH, Leck
Printed in Germany

Für Root Leeb, Franz Hohler, Monika Helfer,
Michael Köhlmeier und Nataša Dragnić
für ihre anregende Reisebegleitung und
viele Sternstunden.

Ein Film ohne Leinwand

Themen wie Geburt, Lachen, Sehnsucht, Tiere, Reisen oder Geheimnis durchziehen den größten Teil der Weltliteratur, und immer geht es dabei auch um Liebe. Der Geburtstag hat in Syrien eine andere Bedeutung als hierzulande, Geheimnisse um Liebe wie um Verbrechen spielen in der arabischen und in der westlichen Literatur eine zentrale Rolle, von der Sehnsucht können nicht nur die Romantiker, sondern auch alle Menschen im Exil ein Lied singen, und das Reisen beschäftigt die Literatur im wörtlichen wie im übertragenen Sinne. Auch die Reise durch diese Themen war für mich – erzählend und reflektierend – ein Erlebnis, ähnlich dem, einen Film anzuschauen, allerdings einen Film ohne Leinwand.

Dass die Geschichten, bei aller Tragik, oft zum Lachen animieren, hängt damit zusammen, dass ich das Lachen für den besten Schmuggler von Gedanken halte.

Rafik Schami
Sommer 2021

GEBURTSTAG

Mein Sternzeichen
ist der Regenbogen

Von der Schwierigkeit,
ein Geburtsdatum herauszufinden

Es war Antoinette, meine erste Freundin, die mir zum ersten Mal die Frage stellte: »Wann bist du geboren?«

Ich war vierzehn Jahre alt, Antoinette sechzehn – und für mich eine einzige Verführung. Sie war mir mindestens ein Jahrzehnt voraus, aber wir liebten uns leidenschaftlich. Natürlich heimlich. Ihr Bruder Gibran, ein Arabisch sprechender Gorilla, hätte sonst aus mir einen um Gnade bettelnden Knetgummi gemacht. Ich versicherte ihr immer wieder, dass ich nicht nur bereit war, mich von ihrem Bruder walken, sondern auch kreuzigen zu lassen. Das hat ihr sehr imponiert.

In unserer christlichen Gasse war der freie Umgang zwischen Mädchen und Jungen erlaubt, aber sexuelle Regungen waren verboten, und erotische Gedanken wurden in eisernen Käfigen gefangen gehalten. Trotzdem war beides an der Tagesordnung. Man riskierte entweder die Befriedigung seiner Leidenschaften an einem verborgenen Ort, oder man vereinsamte mit seinen Wünschen und Fantasien. Mit Antoinette, der ich mich bereits mit zehn anvertraute, hatte ich Glück. Sie brachte mir alles bei, was sie bei ihren Eltern abgeguckt hatte. Oft führte ich nur wie benommen aus, was sie mir zeigte, aber ihr Geruch regte mich ungeheuer an, mehr als alle Schönheiten der Filmindustrie. Diesen Geruch gab es nur einmal auf der Welt, und er gehörte zu Antoinette. Eine Mischung aus Pistazien, Jasmin und frischem, knusprigem Brot. Unbeschreiblich.

Unsere Eltern waren nicht nur Nachbarn, sondern auch eng befreundet, und so erregte es keinen Verdacht, wenn ich bei Antoinette oder sie bei mir auftauchte. Und Verstecke gab es in beiden Häusern genug.

Ihr Bruder Gibran traute mir nicht zu, diese aufblühende Schönheit auch nur wahrzunehmen. »Ihr seid wie Geschwister, nicht wahr?«, fragte er bei jeder zweiten Begegnung und klopfte mir so fest auf den Rücken, dass meine Lungen am liebsten den Brustkorb verlassen hätten.

»Ja, klar«, hustete ich ängstlich und widerwillig.

Zurück aber zu Antoinettes Frage. Ich wusste schon, wie alt ich war, aber niemand, weder ich noch irgendjemand in meiner Familie oder im Freundeskreis, wusste von sich selbst, wann genau er oder sie geboren war. Der Geburtstag spielte in meiner Stadt Damaskus damals keine Rolle. Antoinette dagegen kannte zu den Geburtstagen ihrer Familienangehörigen auch noch die Sternzeichen, wie sie mir eines Tages erzählte.

Ich besaß keinen Ausweis, also eilte ich an jenem Tag nach Hause und schaute in das Familienbuch, das meine Eltern im Schrank aufbewahrten. Dort stand: 23.6.1946.

»Das hätte ich mir denken können«, sagte Antoinette bedeutungsvoll, »du bist typisch Krebs, und doch hast du einige andere Eigenschaften, die mit deinem Sternzeichen nicht harmonieren.«

Davon verstand sie etwas, die schöne Antoinette. Sie war die Tochter der besten Schneiderin im christlichen Viertel. Frauen aus allen Schichten trafen sich dort, und Antoinette hörte mehr Dramen, als das Nationaltheater aufführen konnte. Sie erfuhr durch die Kundinnen sehr viel über das Leben und seine Tücken. Bei ihrer Mutter lagen auch alle Mode-, Klatsch- und Familienzeitschriften aus. Antoinette studierte sie Woche für Woche und konnte besser als das Radio stundenlang von den Skandalen und Liebesaffären erzählen, doch fasziniert haben sie vor allem die Sternzeichen. Ich hatte keine blasse Ahnung davon.

Krebse mochte ich nicht. Nichts an diesen Tieren war mir sympathisch, und noch dazu hieß die Krankheit, die man bis dahin *jene Krankheit* genannt hatte, nun *Krebs*.

»Was heißt ›typisch Krebs‹?«, fragte ich also.

»Harte Schale, weicher Kern, gefühlvoll, aber schüchtern. Du hast etwas Kindliches. Fühlst du dich bedroht, so ziehst du dich zurück. Nicht von ungefähr geht der konfliktscheue Krebs seitlich, so wie du, wenn mein Bruder Gibran vor dir auftaucht. Aber wenn es darauf ankommt, ist der Krebs sehr wehrhaft. Du bist bereit, dich meinetwegen kreuzigen zu lassen. Und wenn man deine Hilfe braucht, bist du ein großartiger Beschützer. Deshalb mag ich dich sehr. Dein Planet ist der Mond, und so wie er wechselt, verändert sich deine Laune dauernd, und immer von jetzt auf gleich. Manchmal bist du so gesellig und trotzdem ausgeglichen, als wolltest du die Welt umarmen, um dich kurz darauf nervös in dein Kämmerlein zurückzuziehen. Du machst dir Sorgen um die Welt und bist immer skeptisch, und an jeder Sache siehst du zuerst den Haken. Aber inzwischen stört mich das nicht mehr. Du bist dafür ein wunderbarer Zuhörer, und treuer als du ist niemand in unserem Viertel, auch deshalb mag ich dich. Du bist auch eifersüchtig, obwohl du bei mir keinen Grund dazu hast. Aber dafür kannst du nichts. Das ist typisch Krebs!«

Ich atmete insgeheim auf, weil das Positive überwog, doch nach einer kurzen Pause sagte Antoinette: »Was mich aber irritiert, sind andere Eigenschaften von dir, die nicht zum Krebs passen: deine Herrschsucht und dein Hass gegen Verräter sind typisch für einen Skorpion, deine scharfe Zunge und deine Sturheit hat sonst nur ein Widder, dein Charme und deine Großzügigkeit, aber auch dein plötzlicher Mut sind typisch Löwe, deine Exzentrik ist typisch für einen Wassermann. Wer läuft in Damaskus außer dir in schwarzen Kleidern herum? Meine Mutter findet dich geschmacklos, aber mutig. Sie hat recht. Deine Arroganz und dein Sarkasmus sind typisch Schütze. Mein Sternzeichen ist die Jungfrau, und wir hätten super zueinandergepasst, wenn du ein normaler Krebs wärst, aber irgendetwas stimmt mit deinem Sternzeichen nicht.«

Sie küsste mich und eilte nach Hause. Die ganze Nacht konnte ich nicht schlafen. Was war falsch mit meinem Sternzeichen oder meinem Geburtstag?

Am nächsten Tag fragte ich meine Mutter, ob mein eingetragenes Geburtsdatum wirklich stimmte.

»Ach woher!«, sagte sie und lachte. »Du bist Mitte März geboren, da standen die Aprikosen in voller Blüte. Das weiß ich, als wäre es gestern gewesen. An dem Tag nämlich besuchte mich meine Freundin Warde. Sie wollte sich bei mir über ihr bitteres Schicksal mit ihrem Mann ausweinen, der sie dauernd betrog, und da kamst du zur Welt, und sie vergaß ihren Kummer und half der Hebamme Sofia. Und dabei erzählte sie der weisen Frau flüsternd von der Untreue ihres Mannes, und diese gab ihr eine geheime Rezeptur, die jeden Mann gefügig macht, und von dem Augenblick an war ihr Mann nicht nur treu, sondern auch so brav, dass Warde manchmal Mitleid mit ihm hatte. Dennoch sagte sie bis zu ihrem Tod im letzten Jahr immer wieder, dass mit deiner Geburt das Glück zu ihr zurückgekehrt sei. Erinnerst du dich daran, wie gerne sie dich geküsst und innig gedrückt hat?«

Ich erinnerte mich nur an die feuchten Lippen der Frau und dass sie mich immer fast erdrückt hatte. »Also ist mein Sternzeichen Fische. Aber warum steht im Familienbuch dann das Datum 23.6.1946?«

»Das ist eine lange Geschichte, und dein Vater kann sie besser erzählen, weil er daran beteiligt war. Ich könnte mich totlachen, wenn ich daran denke, wie dieses Datum zustande kam.« Und sie fing zu lachen an.

Ich weiß es noch wie heute. Ich ging zu meinem Vater. Er spielte im Café Backgammon. Ich wartete still bis zum Ende des letzten Spiels. Er hatte gewonnen und strahlte vor Glück.

»Bevor du gekommen bist, hatte ich schlechte Würfe, aber dann ...« Er stockte, weil er ihn bis dahin noch nie im Café aufgesucht hatte. »Ist was passiert?«, fragte er.

»Nichts Besonderes, aber ich will wissen, wann ich geboren wurde und wie das offizielle Datum zustande kam. Mutter sagt, das sei lustig gewesen.«

»Im Rückblick erscheint so manches lustig. Aber wie dem auch sei, du bist Mitte April geboren. Die Aprikosen waren bereits reif. Es waren schwere Zeiten. Eine Woche lang hatte es immer wieder Schießereien zwischen den syrischen Nationalisten und den französischen Truppen gegeben. Zwei Tage nach deiner Geburt, am 15. April 1946, sollte Syrien unabhängig werden, aber die französischen Kolonialisten wollten Damaskus nicht verlassen. Erneut kam es zu Kämpfen. Ich stand an jenem Tag in meiner Bäckerei und hörte besorgt die Schüsse, als unser Nachbar Musa angerannt kam, um mir die gute Botschaft zu überbringen. Er teilte mir mit, dass du gesund zur Welt gekommen warst und dass auch deine Mutter wohlauf war. Allerdings war sein Gesicht leichenblass, und er fuhr fort und erzählte, dass ein Muslim ihn gepackt und ihm ins Gesicht geschrien habe: ›Wir werden euch Ungläubige ver-

brennen, sobald die französischen Kreuzzügler das Land verlassen haben.‹

Musas Frau hatte das wenige, das sie besaßen, in zwei Koffer gepackt und wartete nun auf ihn. Sie wollten in ihr Dorf in
den Bergen zurück, wo sie sich sicher fühlten.

Die Franzosen trieben damals als erfahrene Kolonialisten
Keile zwischen die Religionsgemeinschaften. Sie privilegier-
ten die Minderheiten, die Drusen, Aleviten, Juden und Christen, indem sie ihnen ein paar mehr Brösel von ihrem Tisch
gönnten, um so das Rückgrat der sunnitischen Mehrheit zu
brechen. Meine Eltern waren urchristliche Aramäer und hatten weder unter osmanischer noch unter französischer Be-
satzung Vorteile. Meine Vorfahren waren mehr oder weniger
erfolgreiche Handwerker, Händler, Bauern, ja sogar Räuber
gewesen, aber niemals hatte einer von ihnen in den letzten
siebenhundert Jahren ein Amt innegehabt.

Ich war entsetzt. Warum sollten wir für die Politik der
Franzosen büßen? Hatten sie mir jemals etwas geschenkt?
Nein, im Gegenteil. Ich hatte eine Schlägerei mit einem Sol-
daten gehabt, der betrunken eine Frau belästigte. Ich kannte
die Frau nicht, aber das Verhalten des Mannes war Barbarei
und eine Demütigung. Also trat ich ihm in den Schritt. Augenblicklich ließ er von der Frau ab, um mich zu packen, da
fuhr meine Faust an seine linke Schläfe, und er lag auf dem
Boden. Ich verschwand schneller als der Wind.

Aber zurück zu jenen Tagen im April 1946. Ich wollte nicht
fliehen, doch mehrere meiner Kunden drängten mich zur
Flucht. Ich selbst nahm mir vor zu bleiben, aber dich, deine
Mutter und deine zwei Brüder wollte ich unbedingt in Sicherheit bringen. Ich fuhr euch mit meinem kleinen Fiat nach
Malula, zur Großmutter mütterlicherseits, denn deine Mutter
und meine Mutter lebten in einem Dauerkrieg.

So brachte ich euch also in Sicherheit und kehrte noch in derselben Nacht nach Damaskus zurück. Das war meine Stadt gewesen, bevor die Franzosen und Osmanen und sogar die Araber einmarschiert waren. Meine Ururgroßväter, die Aramäer, hatten hier eine große Zivilisation aufgebaut. Ich musste mir nicht von irgendwelchen primitiven Halunken vorhalten lassen, dass ich ein Fremder sei. Aber die Zeit nach dem Abzug der Franzosen verlief friedlich, und die neue Regierung war eine vernünftige demokratische Regierung. Mitte September habe ich euch dann in die Stadt zurückgeholt. Das weiß ich, wie wenn es gestern gewesen wäre. Deine Großmutter hat, als ich ankam, gerade die Trauben geerntet. Also wart ihr insgesamt von Mitte April bis Mitte September in Malula.

Es war nun meine Pflicht, dich registrieren zu lassen. Ich nahm das Familienbuch und fuhr mit dem Bus zum Einwohnermeldeamt. Und wer sitzt neben mir? Azar, der Fischhändler. Kennst du ihn noch?«

Ich kannte ihn nicht.

»Und der erzählte mir, dass er eine saftige Strafe bezahlen musste, weil er seine drei Kinder nicht rechtzeitig hatte registrieren lassen. Ich trat also – Gott sei Dank – gut vorbereitet vor den Beamten. Er war ein kleiner stämmiger Mann mit finsterem Blick und einem Mundgeruch, der Fliegen und Mücken auf dreißig Zentimeter Entfernung killen konnte.«

Ich lachte bei der Vorstellung. »Lach nicht«, mahnte mich mein Vater, »die Viecher lagen in einem Kreis vor ihm, wie mit dem Zirkel gezogen. Er fragte mich, wann du geboren wurdest. Eine Wolke umgab mich, und ich hätte mich beinahe erbrochen. Es stank nach Verwesung, Käsefüßen und Schweiß. Ich weiß nicht, warum die Leute so viele Millionen für die Atombombe ausgeben! Drei solcher Männer, und der Feind ergibt sich.

›Vor kurzem‹, antwortete ich schlau.

›Was heißt *vor kurzem*?! Vor einem Tag, einem Monat oder einem Jahr? Uffff‹, fragte der Beamte routiniert. Sein langgezogenes *Uffff* aber war alles andere als von der Stange.

›Vor ein paar Tagen‹, antwortete ich und zitterte, weil ich gehört hatte, dass manch ein Beamter das Baby zu sehen verlangte. Ich hatte darüber mit meinem Freund Ali gesprochen, dem Schlosser, der uns die Metalltür in der Bäckerei in Ordnung brachte, doch dieser einfältige Bursche hatte mich beruhigt. Ich bräuchte mir keine Sorgen zu machen, er könne mir Babys jeglichen Alters zum Vorführen zur Verfügung stellen. Pro Baby bekämen die Mütter eine Lira als Leihgebühr. Aber das ist eine andere Geschichte. Wo war ich stehen geblieben?«

»Du hast dem Beamten gesagt, dass ich vor kurzem …«

»Ja richtig. ›Das sagen doch alle‹, brummte der und blies mir dabei wieder sein Giftgas so heftig ins Gesicht, dass ich Zahnschmerzen bekam. Er nahm das Familienbuch in die Hand, in dem ein Zehn-Lira-Schein lag. Geschickt nestelte er das Geld heraus und ließ es in die halb offene Schublade segeln. Der Schein landete, als würde er sich bei dem Beamten auskennen, ganz elegant an seinem Platz. Der Mann lächelte und trug dein Geburtsdatum ein. Aber warum ausgerechnet der 23. Juni?«, kam mein Vater der Frage zuvor, die mir schon auf der Zunge lag. »Es war Willkür, wie alles, was unsere Beamten tun. Ich wollte den Grund nicht wissen. Ich suchte das Weite, um dem höllischen Gestank zu entkommen.«

In diesem Datum steckte somit unsere Misere. Nicht nur, dass man sogar mit Geburtsdaten Handel trieb, sondern auch die Angst, die Lüge und die Willkür.

Nach der Darstellung meines Vaters war ich also im Sternzeichen Widder geboren.

»Bist du sicher, dass ich Mitte April zur Welt kam?«

»So sicher, wie ich bin, dass du mein Sohn bist. Du kannst deine Großmutter fragen. Sie hat so ein gutes Gedächtnis, dass sich die Kamele schämen.«

Meine Großmutter Tekla war damals gerade zu Besuch bei ihrer Lieblingstochter, meiner Tante Hanan. Sie wohnte nicht weit von uns. Immer wenn Großmutter nach Damaskus kam, besuchte sie erst Tante Hanan, beschenkte sie reichlich mit Nüssen, trockenen Feigen und all den Leckereien aus dem Dorf, und kam dann, nach ein paar Tagen, mit leeren Händen zu uns oder zu Onkel Josef, dem Bruder meiner Mutter.

Eines Tages kam sie zu uns zum Mittagessen. Ich setzte mich neben sie. Es gab ganz besonders gutes Essen. Meine Mutter war schon immer eine exzellente Köchin gewesen, aber ich hatte das Gefühl, sie habe sich an jenem Tag selbst übertroffen, um vor der eigenen Mutter ein wenig anzugeben.

Ich nutzte die Gelegenheit und fragte Großmutter, ob sie sich erinnere, an welchem Tag ich geboren wurde.

»Und ob!«, rief sie. »Du bist am 15. September geboren worden, einen Tag nach dem Kreuzfest in Malula.«

Vaters Hand erstarrte auf dem Weg zu seinem Mund.

»Aber Mutter, was erzählst du da?«, fuhr meine Mutter die Großmutter an und nahm sich zu den grünen Bohnen mit Lammfleisch, Zwiebeln, Knoblauch und Tomaten einen großen Löffel Reis. »Immer wenn man dich nach irgendeinem Geburtsdatum fragt, nennst du den 15. September. Das war so bei Daniel, dem erstgeborenen Sohn unserer Nachbarin, meiner Freundin Warde, der zu Ostern geboren wurde, und sogar bei meiner Tochter Leila, die drei Tage nach Weihnachten zur Welt kam, hast du behauptet, sie sei am 15. September geboren.«

Ohne dass die Großmutter es merkte, machte meine Schwester Leila mir ein Zeichen, dass die alte Dame im Dachstübchen beschädigt sei: Sie verdrehte die Augen, ließ die Zunge aus einem Mundwinkel hängen und sah überzeugend idiotisch aus.

»Das ist so«, fuhr die Großmutter ihre Tochter hochnäsig an. »Was hast du gegen mein gutes Gedächtnis?«

»Nichts, Mutter, nichts, aber nicht alle später Geborenen müssen mit ihrem Geburtsdatum an den erstgeborenen Sohn deiner Lieblingstochter Hanan erinnern. Nur Milad, Mutter, nur Milad, dieser Nichtsnutz, wurde am 15. September geboren. Mein Sohn ist Mitte März geboren. Ich werde es ja wohl wissen. Und damit basta!«

Meine Mutter bebte vor Aufregung.

Mein Vater hatte sich, in weiser Voraussicht, mit dem Essen beeilt. Er starrte auf seinen Teller und wich meinem Blick aus.

»Ich weiß nicht, warum du so neidisch auf Hanan bist, aber das warst du seit ihrer Geburt.«

Meine Mutter reagierte nicht. Sie aß schweigend. Meine Großmutter rührte ihr Essen nicht an.

»Lassen wir die Geburtstage doch Geburtstage sein und essen wir, bitte«, forderte meine Mutter sie schließlich auf.

»Es schmeckt mir nicht«, log die Großmutter. Sie hatte noch nicht einmal den Löffel in die Hand genommen. Er lag glänzend neben der blanken Gabel.

Vater erhob sich. »Entschuldigt bitte meine Eile, heute müssen wir eine Hochzeitsfeier mit Brot beliefern, und zwei Arbeiter sind krank«, sagte er, nahm eine Banane vom großen Obstteller und eilte hinaus.

Als hätten Mutter und Tochter nur darauf gewartet, drehten sie jetzt erst richtig auf. Ein heilloser Streit brach aus, in dessen Verlauf alles auf den Tisch kam, was die beiden trennte.

Im Gegensatz zur braven Tante Hanan hatte meine Mutter den Mann geheiratet, den sie liebte, und nicht den, den ihre Eltern für sie ausgewählt hatten. Mein Vater stammte, anders als sie selbst, aus einer sehr reichen Familie. Seine Mutter würde meine Mutter bis zum Ende ihres Lebens hassen, weil diese hübsche, aber bettelarme Frau ihren erstgeborenen Sohn verführt hatte, der daraufhin die Cousine, der er versprochen war, vollkommen vergaß.

Statt stolz darauf zu sein, dass ihre Tochter einen jungen Mann aus einer angesehenen Familie heiratete, nahm ihre Mutter ihr das seltsamerweise übel. Als ob meine Mutter daran schuld wäre, dass mein Vater von seinen Eltern enterbt wurde, weil er statt dem Wunsch seiner Eltern der Neigung seines Herzens gefolgt war.

»Nein, das ist nicht der Grund«, sagte meine Mutter, wenn man sie auf diese seltsame Haltung ihrer Mutter ansprach. »Sie hat mir diesen mutigen, großzügigen und schönen Mann einfach nicht gegönnt. Hanan, ihr Liebling, hat einen langweiligen Beamten geheiratet, den ich nicht einmal als Lappen in der Küche gebrauchen könnte.«

Nach dem Streit mit meiner Mutter stand Großmutter empört auf und verließ unsere Wohnung, und es dauerte über drei Monate, bis die beiden sich wieder versöhnt hatten. Ich schwor mir, Großmutter nie wieder nach meinem Geburtstag zu fragen.

Aber was, wenn sie recht hatte?

Dann wäre mein Sternzeichen Jungfrau. Na gut. Mein Vater hatte jedoch erwähnt, dass Onkel Josef, der Bruder meiner Mutter, da war, als uns mein Vater zu Großmutter nach Malula gebracht hat. Also könnte ich auch ihn befragen.

Onkel Josef stand meiner Mutter sehr nahe. Zum Ärger meiner Großmutter blieb er sein Leben lang Junggeselle. Er besuchte meine Tante, seine Schwester Hanan, nur, wenn sie krank war, ansonsten konnte er sie nicht ertragen: »Sie ist mir zu betulich, und ihr Mann ist ein Trottel. Nach jedem Besuch brauche ich einen ganzen Tag, um meinen Kopf von seinem Müll zu reinigen. Und so viel Zeit habe ich nicht.«

Als ich ihm vom Streit zwischen Mutter und Großmutter erzählte, lachte er. »Deine Mutter hat recht. Hanan ist ihr absoluter Liebling. Wir haben beide darunter gelitten. Wir kamen uns vor, als wären wir die Haussklaven, und Hanan wäre eine Prinzessin. Dabei war sie immer hirnlos wie eine Gurke.«

Onkel Josef war bis in die Siebzigerjahre hinein ein bescheidener, aber zufriedener Bauer gewesen. Dann aber hatte er einen großen Fehler begangen, der ihn ruinierte. Er hatte nämlich auf die Regierung gehört und seine Obst- und Gemüsegärten in eine baumlose Tabakfarm verwandelt. Im ersten Jahr zerstörte ein Virus seine Ernte und die seiner Nachbarn, im zweiten Jahr, als er hoffte, seine Schulden begleichen zu können, sackte der Preis für Tabak durch das Überangebot plötzlich ab, und er musste seine Felder verkaufen, um die Schulden und die hohen Zinsen zu bezahlen. Er war gezwungen, nach Damaskus umzusiedeln, und wurde Pförtner bei einer staatlichen Fabrik, die Brot und süßes Gebäck produzierte. Er verdiente etwa 150 Lira im Monat und bestimmt doppelt so viel an Bestechungsgeldern dafür, dass er bei der Kontrolle an der Tür die kleinen Diebe mit ihrem Raubgut passieren ließ. Die großen Diebe dürfe er nicht kontrollieren, sagte er immer voller Sarkasmus.

»Und wann bin ich nun geboren?«, fragte ich ihn. »Wann hat uns Vater nach Malula gebracht? Meine Eltern waren sich einig, dass ich damals gerade eine Woche alt war.«

»Das war am Pfingstmontag, dem 10. Juni. Ich weiß es deshalb, weil wir an jenem Pfingstsonntag lange bei meinem

Freund Ilija gefeiert hatten. Ich war fünfundzwanzig Jahre alt und total verliebt in seine Schwester Hanne, die leider kurz darauf mit nicht einmal zwanzig an Blutkrebs starb.

Meine Mutter weckte mich unsanft und befahl mir, den Koffer deiner Eltern heraufzutragen. Sie sollten ein Zimmer im ersten Stock unseres Hauses bekommen. Du warst, wie ich von deiner Mutter erfuhr, gerade eine Woche alt. Also bist du Anfang Juni geboren.«

Onkel Josef holte einen Karton herbei und kramte ein Schwarz-Weiß-Foto daraus hervor. Man sah meinen Vater, meine Mutter und auf ihrem Arm ein Baby vor dem Fiat 500, den mein Vater damals besaß. Die Hausmauer im Hintergrund ließ keine Rückschlüsse auf die Jahreszeit zu.

Auf der Rückseite stand nur »1946«.

»Ja, es steht da nicht genau.« Onkel Josef versuchte, meinen Zweifel zu vertreiben. »Aber man sieht es an den Kleidern, dass es warm war. Also bist du im Zeichen der Zwillinge geboren, und das passt zu deinem Charakter.«

Doch das konnte mich nicht überzeugen. Anhand der Kleider kann man den Monat nicht bestimmen. In Syrien ist es ab März und bis Oktober fast immer warm.

»Was für ein Charakter?«, fragte ich.

»Du bist kontaktfreudig, interessiert und vielseitig«, sagte Onkel Josef und zögerte ein wenig. »Aber«, fügte er dann hinzu, »du bist manchmal auch altklug, sprunghaft und vor allem wie deine Mutter, meine geliebte Schwester, aufsässig.«

Als ich nach Hause zurückkehrte, traf ich Antoinette auf der Gasse. »Bei welchem Sternzeichen bist du inzwischen?«, fragte sie, und ihre Stimme triefte vor Häme.

»Ich glaube, mein Sternzeichen ist der Regenbogen, von jedem Sternzeichen eine Farbe.«

»Das gibt es nur in deiner Fantasie«, sagte sie kalt. Sie hatte recht. Dieser Satz war mir gerade auf dem Weg eingefallen.

»Dann ist mein Sternzeichen der Pechvogel«, antwortete ich trotzig und ein wenig Mitleid heischend.

»Ein solches Sternzeichen gibt es nicht«, erwiderte sie pikiert. Und zum ersten Mal erzählte sie mir von dem Goldschmied Nabil. Er sei mit seiner Mutter zu ihnen zu Besuch gekommen. Seine Mutter sei, da sie großzügig bezahle, eine gern gesehene Kundin ihrer Mutter.

Ich hatte das Gefühl, als wollte sie mich beschwichtigen.

Eine Woche später sah ich Nabil, der diesmal allein kam, und bald stiegen die beiden in ein Taxi. Antoinette war geschminkt und übertrieben elegant angezogen. Mit ihren hochhackigen roten Schuhen wirkte sie fast zehn Jahre älter.

Am nächsten Tag beruhigte sie mich, Nabil habe auch ihre Mutter zum Essen in einem teuren Restaurant eingeladen, die sie aber nicht habe begleiten können, deshalb ging sie alleine mit ihm. Nabil sei sehr charmant und zurückhaltend, erzählte sie weiter. Und dann kam der Hammer: Sein Sternzeichen sei eindeutig Krebs.

»Was für ein Pechvogel bin ich!«, flüsterte ich in mein Kissen, bevor ich in jener Nacht nach langem Herumwälzen erschöpft einschlief.

Am nächsten Morgen schlenderte ich nach dem Frühstück zu dem kleinen Imbiss am Ende unserer Gasse. Dort konnte man für zehn Piaster Tee trinken und, war man hungrig, ein exzellentes Falafel-Sandwich für nur fünfundzwanzig Piaster genießen. Vor allem aber mochte ich Onkel Amin, den Betreiber, weil er ein weiser Mann war. Er war der Erste, der mir prophezeite, dass ich ein Erzähler werden würde. Ich solle so bald wie möglich abhauen und im Ausland mein Glück suchen.»Hier wirst du, wie ich, zehn Jahre im Knast sitzen, die Barbarei ertragen und am Ende Falafel verkaufen.«

Onkel Amin hatte in London Philosophie studiert und eine gute Stelle an der Uni angeboten bekommen, aber er wollte lieber zurückkehren und die Heimat aufbauen. Er hatte davon geträumt, Syrien würde eines Tages so demokratisch wie Großbritannien werden, und er wollte leidenschaftlich dazu beitragen. Am Anfang ging alles gut. Er hielt Vorlesungen über Hegel, Feuerbach, Marx, Kierkegaard und Sartre. Das war erlaubt, denn weder Marx noch Lenin noch Sartre hatten sich je mit der Herrschaft der Sippe in Syrien beschäftigt. Als Amin aber drei Jahre später in einem Lokal sagte, die Araber würden, solange die Sippe herrschte, nie etwas zur Zivilisation beitragen, verschwand er im Gefängnis.

Zehn bittere Jahre dauerte sein Martyrium an, zehn Jahre in einer Hölle, die dem Teufel die Schamesröte ins Gesicht treiben würde. Als er anfing durchzudrehen, warf man ihn am Rande der Wüste aus einem fahrenden Auto. Beduinen nahmen ihn aus Mitleid auf und pflegten ihn monatelang, bis er wieder sprechen konnte. »Ich will nach Damaskus«, waren seine ersten Worte. Die armen Beduinen gaben ihm Kleider und Proviant und brachten ihn zur Bushaltestelle in einer kleinen Stadt.

Als er in Damaskus ankam, waren seine Eltern gestorben. Seine Schwester nahm ihn liebevoll auf, und mit der Unterstützung des Schwagers konnte er diesen Imbiss eröffnen und davon leben. Es gab bei ihm nur Hummus, Falafel und Tee. Und alles war so gut, dass er die gesamte Nachbarschaft als Kundschaft gewann, unabhängig von jedwedem Mitleid.

Ich mochte ihn, weil er witzig und selbstironisch war, ganz anders als die eitlen Männer in unserem Viertel, die eine scharfe Zunge haben und immer nur gegen die anderen lästern. Aber am meisten schätzte ich ihn, weil er im Herzen jung geblieben war.

»Was haben wir für Kummer?«, fragte er, als er mein müdes Gesicht sah, und stellte mir ein dampfendes, exzellent duftendes Glas Tee hin.

»Ich bin ein Pechvogel. Alle Leute wissen, wann sie geboren sind, nur ich nicht. Das macht mich so wütend, verstehst du?« Meine Frage kam mir unpassend vor, denn ein sensibler Mensch wie Onkel Amin konnte so einiges verstehen.

»Nein, ich verstehe deinen Ärger nicht. Warum in aller Welt willst du deinen Geburtstag wissen? Sei doch vernünftig! Wenn man seinen Geburtstag kennt, wird man nur älter. Wenn wir aber das Datum nicht wissen, sind wir je nach Stimmung im einen Augenblick alt und im anderen jung. Schau mich an! Sehe ich wie ein Sechzigjähriger aus? Nein! Und warum? Weil ich heute Morgen einen Besuch bekommen habe, der mein Herz erfrischt hat und mir das Gefühl gab, ein Zwanzigjähriger zu sein. Du musst wissen, ich habe Maria schon als Jugendlicher begehrt. Als ich aber aus London zurückkam, war sie bereits glücklich verheiratet. Vor fünf Jahren starb ihr Mann. Ich versuchte, sie zu trösten, da ich sie immer noch begehrte, aber sie blieb verschlossen. Heute Morgen kam sie, um mir zu sagen, sie habe mich immer schon geliebt. Sie habe aber nicht auf meine Annäherungsversuche reagieren wollen, weil sie Angst hatte, dass ich noch einmal im Gefängnis landen würde und sie dann noch einmal bitter trauern müsste, so wie sie die letzten Jahre um ihren lieben Mann getrauert hat. Jetzt aber ist ihre Liebe so groß geworden, dass sie ihre Angst weggefegt hat.

Was sagst du dazu? Wäre ich sechzig, hätte ich kapituliert vor diesem Abenteuer und ihr womöglich gesagt, dass ich zu alt sei für eine leidenschaftliche Liebe. Aber nichts davon ist wahr. Ich fühle mich wie zwanzig, und heute Nacht wird Maria das spüren. O Gott, lass den Tag schneller vergehen, ich sterbe vor Sehnsucht nach ihr.

Geburtstag, Geburtstag! Wie leichtfertig zu glauben, dass unsere Geburt unser Leben beeinflusst. Wenn etwas uns und unser Leben bestimmt, so ist es der Tod und nicht die Geburt, mein Junge. Unsere Kultur ist überhaupt nur möglich geworden durch den Tod und die Beschäftigung mit ihm. Er, und nicht die Geburt, mahnt uns, so vollkommen zu sein wie er selbst. Kämpfe, mein Junge, dass dich jemand liebt, und lass nicht die Sterne entscheiden, ob du der Geeignete bist. Nur in den Herzen der Liebenden wird man unsterblich.

Der Geburtstag ist der erste Schritt zum Tod. Schade nur, dass wir Menschen die Weisheit des Lebens nicht erben. Den Tieren hingegen ist alles Notwendige für ihr Leben bereits von Geburt an eigen. Heute würde ich mit all dem, was ich gelernt habe, gerne noch einmal neu anfangen, aber das geht nicht. Vielleicht liegt die Weisheit darin, dass wir jeden Augenblick so intensiv leben sollten, als wäre er der letzte.

Vergiss die Sache mit dem Sternzeichen. Das hat mir in London überhaupt nicht gefallen. Die Briten wissen nicht nur den Tag, sondern die Stunde und Minute ihrer Geburt so genau, als wären sie am Bahnhof geboren. Sie wissen sogar ihr Geburtsgewicht aufs Gramm genau, als hätte ein Metzger sie gewogen.

Hör auf mich, mein Junge, wenn du Antoinette liebst, lass locker, du kannst sie lieben, ohne sie zu besitzen, so wie du die Schwalben, die kühle Brise im Sommer und den Duft der Jasminblüten liebst. Es fällt mir schwer, dir das zu sagen, da ja alle Welt weiß, wie sehr du sie liebst. Aber du kannst dich noch retten, wenn du lernst, sie zu lieben, ohne dass sie deshalb mit dir leben muss ...«

Ich konnte seinen Ratschlag nicht befolgen. Ich trauerte umso mehr, je fester Antoinettes Beziehung zu diesem verfluchten echten Krebs Nabil wurde. Gerechterweise muss ich aber sagen, sie blieb sehr nett zu mir und versicherte mir unter Tränen, dass sie mich für immer ins Herz geschlossen habe. Aus Angst vor Armut würde sie jedoch den Goldschmied heiraten.

Mir kam ihre Rede vor wie ein Zitat aus einem kitschigen ägyptischen Film. Zu ihrer Hochzeit wollte ich meine Mutter nicht begleiten. Und bald danach verschwand sie aus meinem Gesichtsfeld.

Jahrelang hoffte ich, dass Antoinette erkennen würde, was für ein mieser Mann Nabil war, und dass sie irgendwann in unserer Gasse auftauchen und sich mit zerwühlten Haaren und einem blauen Auge weinend in meine Arme werfen würde. Das wiederum war nichts anderes als eine typische Kitschszene aus einem indischen Film. Antoinette lebte vergnügt mit ihrem Mann in Aleppo, und bald besaß sie dort auch als erste Frau den Führerschein. Sie schenkte ihrem Mann zwei süße Kinder und hielt, wenn sie nach Damaskus kam, freundlichen, aber distanzierten Kontakt zu mir. Mein innerer Neidhammel wuchs und wuchs, bis er Stiergröße erreicht hatte. Erst da merkte ich, dass Amin recht gehabt hatte. Der Neid schadete mir, dem Neider, mehr als Antoinette, der Beneideten.

Ich stand auf, machte mich schick und sah zu den Schwalben am blauen Himmel über Damaskus hinauf. »Ich wünsche dir alles Glück der Erde, Antoinette«, flüsterte ich. Mein Neidhammel brüllte vor Schmerz, aber bald darauf lag er tot vor mir.

»Du bist aber heute besonders gut gelaunt«, sagte der erfahrene Amin, als ich seinen Imbiss betrat.

»Ich habe meinen Neidhammel geschlachtet.«

Amin lachte. »Gut, dann bekommst du den Tee heute gratis, obwohl du mich nicht zum Grillfest eingeladen hast.«

Zwanzig Jahre später, an einem lauen Sommerabend in Heidelberg, meinte ein Bekannter, der das Datum meines Geburtstags von meiner damaligen Freundin erfahren hatte: »Bei dir ist es klar. Du bist typisch Krebs, keine Frage!« Er hatte sich seit Jahren mit Horoskopen beschäftigt.

Wir saßen in einer Bar in der Unteren Straße.

Ich lächelte ihn nur an, stand auf und ging.

Salmas Plan

oder
Die unverhoffte Abrechnung

Salma war entschlossen: entweder jetzt oder nie! Das Geburtstagsfest, dachte sie, war der beste Augenblick, um den Tod ihrer Beziehung zu verkünden. Irgendwann reichte es. Habib war ein mieser Verräter. Die Affäre mit Viktoria ging nun schon seit drei Jahren. Zwanzig Jahre war Salma mittlerweile in der deutschen Fremde an seiner Seite, und dann das! Er ließ sich von ihrer Cousine Viktoria ködern. Eine dumme Pute, mit achtzehn hatte sie den dreißig Jahre älteren Fritz, einen Orientalisten, bei dessen Forschungsaufenthalt in Damaskus verführt, eine Schwangerschaft vorgetäuscht und ihn zur Ehe gezwungen. Damit gelangte sie nach Deutschland, wo sie dem Trottel so viele Hörner aufsetzte, dass er damit Handel treiben könnte. Und nun hatte sie Habib zwischen den Beinen, und er wurde ihr Sklave.

Am Anfang hatte er die Affäre verheimlicht, aber inzwischen war er so hemmungslos, dass er schon beim Frühstück von Viktorias Klugheit, ihrem Humor und ihrem Geschmack schwärmte. Wie dumm und wie rücksichtslos!

Zugegeben, dachte Salma, Viktoria ist fünfzehn Jahre jünger als ich. Bereits mit achtzehn hatte sie eine erotische Ausstrahlung wie eine Nachtlokaltänzerin gehabt, was eine normalsterbliche Ehefrau nie erreichte.

Warum aber diese primitive Reduzierung einer Frau auf

ihre Rundungen, die von irgendwelchen männlichen Idioten zum Maßstab für Schönheit erhoben wurden? Viktoria hatte ihre schöne große arabische Nase gegen eine Hollywood-Stupsnase eingetauscht und die Brüste mit Silikon vollgepumpt. Was für Deppen sind die Männer, dass sie in Sand greifen und ihn für weibliche Schönheit halten!, dachte Salma.

Es sind die gleichen Männer, die muslimische Frauen mit so viel Stoff umwickeln, dass man nicht weiß, was für eine Frau dahinter verborgen ist und was sie denkt und fühlt …

Und es sind die gleichen Männer, die europäischen Frauen nahelegen, sie müssten sich so mit Schminke zukleistern oder gar operieren lassen, bis man ebenfalls nicht mehr weiß, wie diese Frau in Wirklichkeit aussieht, fühlt und denkt. Eine andere Form von Niqab.

Salma hatte in Damaskus Chemie studiert und als Lehrerin gearbeitet und fand kurz nach ihrer Ankunft in Deutschland eine Stelle als Chemielaborantin, für die sie deutlich überqualifiziert war. Ihr Deutsch war gut, aber nicht gut genug, dass sie hätte unterrichten können.

Habib, ihr Mann, war Arzt, aber er hatte es all die Jahre nicht geschafft, sich selbstständig zu machen. Ihm fehlte jede Spur von Ehrgeiz. Seit zwanzig Jahren schob er eine ruhige Kugel als Stationsarzt und sprach so schlecht Deutsch wie nach dem Deutschkurs in seinem ersten Jahr in Mannheim. Er mogelte sich mit Sprüchen im Mannheimer Dialekt durch, damit gefiel er sich und den Patienten. Mit der Zeit merkte Salma, dass er insgesamt nur zehn Redewendungen auf Lager hatte, die er stets wiederholte. »Dem is was iwwers Newwele gekrawwelt« oder »Horsche mol, was isch da schun die gonz Zeit saage wollt«.

Er konnte keine Sprache wirklich gut, nicht einmal Arabisch, weil er schlecht zuhörte.

Und nun wollte er – wie die Deutschen – seinen sechzigsten Geburtstag feiern. Früher hatte man in Syrien nie Geburtstag gefeiert. Heute ahmt die junge Generation die Europäer nach. Die Kolonialherren sind vor einem halben Jahrhundert abgezogen, aber im Kopf sind wir nach wie vor kolonialisiert, dachte Salma.

Wie die Deutschen hatte Habib keine Hemmungen mehr, auch seine Geliebte samt Ehemann zum Fest einzuladen. Deshalb entschloss sich Salma, ihm seine Geschmacklosigkeit vor allen Leuten heimzuzahlen. Der Koffer mit ihren wichtigsten Sachen und Papieren stand bereits in der Pension, wo sie für mehrere Wochen ein Zimmer mit Bad angemietet hatte. Nach dem Fest wollte sie nicht mehr mit ihrem Mann nach Hause zurückkehren, sondern direkt in die Pension fahren und später in aller Ruhe eine Wohnung suchen und die Scheidung einreichen.

»Aber du bist sechzig«, mahnte ihre beste Freundin Claudia sie.

»Ja, und?«, erwiderte Salma. »Wenn ich sehe, wie ausgeglichen du ohne Ehemann lebst, dann gibt mir das Mut, und ich sage dir ganz ehrlich, auch mit siebzig würde ich in dieser Situation nicht aufgeben, sondern lieber neu anfangen.«

Salma konnte und wollte ihrer Freundin nicht beschreiben, wie tief die Wunde war, die Habib ihr mit seiner kaltschnäuzigen Untreue zugefügt hatte. Aber Claudia ihrerseits verriet nicht, wie tief die Verletzung war, die ihr Mann Klaus ihr durch seine Trennung und die Weigerung, darüber zu sprechen, geschlagen hatte. Es gibt Geschichten und Erlebnisse, die sich selbst unter Freundinnen weder verkürzt noch in voller Länge erzählen lassen.

* * *

Habib und Salma waren in Syrien einst jung und verliebt gewesen. Außerdem waren beide glücklich mit ihren Berufen, obwohl sie in Damaskus sehr wenig verdienten.

Habib allerdings benahm sich immer schon wie ein Berserker. Er hieb alles kurz und klein, was seinen Wünschen im Wege stand. Die Reparaturen überließ er dann Salma. Am Anfang hielt sie ihn für mutig, aber das war er nicht. Habib war einfach egoistisch. Er und nur er existierte auf dieser Welt. Nur sein Wille zählte ... Salma glaubte nicht, dass man einen Egoisten auf Dauer lieben kann. Man kann ihm als Sklave dienen, man kann die Liebe zu ihm heucheln, man kann ihn verachten und betrügen, lieben aber kann man ihn nicht.

Heute war ihre Liebe nur noch eine Erinnerung an eine schöne Tote. Im Grunde war sie Stück für Stück erstorben wie ein von Wundbrand befallener Körper. Das erste Stück erstarb, als Salma ihrem Mann kein Kind schenken konnte. Das war noch in Syrien. Es hieß, es läge eindeutig an ihr. Habibs Cousin war Chefarzt der Frauenklinik in Damaskus. In Frankreich hatte er mehrere Preise für medizinische Neuerungen bekommen. Er selbst führte die Untersuchung durch. Die Diagnose würde Salma begleiten, solange sie lebte. Sie war der Beweis dafür, dass die Sippe bei den Arabern viel mächtiger ist als Wissenschaft, Vernunft und Gewissen. Das Ergebnis teilte Habibs Cousin Salma nur mündlich mit. Es war für sie ein Schlag ins Gesicht. Sie bot Habib die Trennung an, aber das wollte er nicht. Salma liebte ihn sehr für seine edle Haltung, doch von diesem Moment an sah sie den Vorwurf in seinen Augen. Dass er gerne sechs Kinder hätte wie sein Bruder, erwähnte er immer wieder. Seine Mutter nörgelte und jammerte. Gott sei Dank lebte sie in einem Dorf im Norden und kam nur einmal im Jahr nach Damaskus zu Besuch. Sobald sie da war, wurde Habib ihr Untertan und beklagte, dass ihn das Schicksal ereilt hatte, kinderlos zu leben. Salma fühlte in solchen Augenblicken eine bittere Einsamkeit: Er ließ sie im Stich und verschmolz mit seiner Mutter

Zusammen mit ihrem Mann wanderte Salma nach Deutschland aus, weil ein Freund eine gut bezahlte Stelle für Habib gefunden hatte. Salma wollte Damaskus nicht verlassen. Sie war sehr zufrieden damit, an einem Mädchengymnasium Chemie zu unterrichten. Salma liebte ihre Schülerinnen, und die erwiderten ihre Liebe mit Fleiß und Selbstdisziplin. Zehn von zweiundzwanzig Mädchen studierten später naturwissenschaftliche Fächer. Sie vermisste diese Zeit.

Habib hatte Salma vor die Alternative gestellt, entweder mit ihm auszuwandern oder der Scheidung zuzustimmen. Ihrer Freundin Claudia hat Salma erzählt: »Die Stelle in Deutschland war ihm wichtiger als meine Liebe. Das hat mich schockiert. Liebe macht Menschen oft mutig, mich machte sie feige. Habib meinte, er halte es in Damaskus nicht mehr aus. Warum? Das konnte er mir nie erklären. Auf einmal wurde meine geliebte Stadt Damaskus für ihn zu einem hässlichen Monster, das ihn aufzufressen drohte.«

So musste Salma ihre Freundinnen verlassen, ihre Schule, ihre Mutter und ihre Schwester Huda, die nach dem Tod des Vaters zur Mutter gezogen war, um ihr zu helfen. Huda machte ihr Vorwürfe, weil Salma sie mit der halb gelähmten Mutter alleinließ. Aber sie wollte Habib nicht verlieren. In einer dunklen Ecke ihres Herzens jedoch nahm sie es Habib übel, dass er ihr aus purem Egoismus das Leben schwer machte.

Und dann in Deutschland die Überraschung: Es stellte sich heraus, dass die Untersuchung in Damaskus gefälscht gewesen war. Nun hieß es, die Kinderlosigkeit liege mit absoluter Sicherheit an Habib. Seine Samenzellen seien nicht lebensfähig. Eine Mumpserkrankung in der Kindheit sei die Ursache! Vier ähnliche Diagnosen anderer Ärzte hatte Habib Salma verheimlicht. »Da wurde er in meinen Augen klein«, gestand sie ihrer Freundin Claudia. »Und ein Stück der Liebe bröckelte ab.« Erst jetzt verstand Salma, warum ihr der Cousin damals das Ergebnis nur mündlich gegeben hat. Eine schriftlich gehaltene Diagnose hätte ihn disqualifiziert. Sie schrieb einen bitterbösen Brief an den Cousin in Syrien. Als Habib einige Tage später nach Hause kam, war er außer sich vor Zorn. Sein Cousin habe ihn angerufen, Salma hätte ihn einen ehrlosen Verbrecher und einen primitiven Sklaven der Sippe genannt. Er ohrfeigte sie. Und ein weiteres Stück bröselte vom Obdach ihrer Liebe ab.

* * *

Salma wollte kein Fest feiern. »Du bist doch gar nicht sechzig«, sagte sie hilflos, als könnte sie mit dieser läppischen Feststellung den Plan ihres Mannes aufhalten. Habib war fast fünfundsechzig. Genau wusste er es nicht. Sein Vater hatte, wie viele Bauern damals, den Sohn erst mit fünf angemeldet, weil er sichergehen wollte, dass der Junge überlebte. Der Todesengel raubte das Leben vieler Kinder oft noch vor ihrem dritten Jahr. Die Gebühren und der Aufwand der Eintragung waren den Bauern lästig. Außerdem wollte der Vater auf diese Weise den Militärdienst seines Erstgeborenen so weit wie möglich hinausschieben. Die Bauern fühlten sich der verhassten Zentralmacht, die sie seit Jahrhunderten gedemütigt und ausgeraubt hatte, nicht verpflichtet. Dass viele Schüler damals offiziell vierzehn oder fünfzehn Jahre alt waren, als sie Abitur machten und bereits Schnurrbart trugen, wirkte einigermaßen lächerlich.

Nein, Habib wusste nicht einmal das Jahr, geschweige denn den genauen Tag, an dem er geboren war. Er bestand auf dem Fest, weil sein Chef und seine Kollegen ihn dazu drängten. Er wollte in einem Saal der Gemeinde feiern. Salma solle sich nicht anstellen, meinte er, ein syrischer Wirt würde das Catering übernehmen und zwanzig leckere syrische Spezialitäten servieren: Tabbuleh, Kebbeh, Safiha, gefüllte Weinblätter, Hummus, Mutabbal, Falafel usw.

An dem geplanten Termin war der Saal perfekt dekoriert. Die Tische für über zwanzig Personen hatte man hufeisenförmig angeordnet. Salma betrachtete das feierliche Arrangement mit einem Blick des Abschieds. Rosen schmückten die Tische. Rosen begleiten auch Särge, dachte sie.

In der Mitte des Tisches, der die beiden Seiten des Hufeisens verband, stand auf einer Tischkarte Habibs Name, links von ihm sah die Tischordnung Salma vor und rechts von ihm Viktoria.

»Hast du das so geplant?«

»Nein«, erwiderte er trocken und unterhielt sich weiter mit dem Koch über die Reihenfolge der Gänge sowie über die Getränke und die Musik. Im Geiste schritt Salma den Weg ab, den sie bei ihrem Abschied nehmen wollte, damit sie in der Aufregung des Augenblicks nicht verwirrt wäre und sich lächerlich machte. Sie würde aufstehen, ihm und seiner Geliebten Viktoria ihren Zorn an den Kopf knallen und den Saal durch die linke Tür verlassen. Ihr Auto hatte sie am Vormittag in der Nähe geparkt.

* * *

Ist es nicht merkwürdig, wie hässlich Menschen plötzlich erscheinen können? Die Männer, die zu Habibs Geburtstagsfest kamen, sahen aus wie heruntergekommene, schlecht verkleidete Gauner aus einem amerikanischen Billigkrimi, die Frauen waren übermäßig geschminkt und wirkten gekünstelt fröhlich, womit sie ganz gut zu den Männern passten. Nur Viktoria sah jung und schön aus. Fast majestätisch schritt sie an der Seite ihres mumienhaften Ehemannes Fritz in den Saal.

»Man kann es kaum glauben, dass Ihr Mann schon siebzig ist«, sagte Fritz, der alte Orientalist, scherzhaft zu Salma. Er selbst war über fünfundsiebzig.

»Er ist sechzig, aber vitaler, als Sie denken«, erwiderte diese bedeutungsvoll und fixierte Viktoria mit dem Blick der Wissenden. *Sie können Ihre Frau fragen*, hätte sie am liebsten hinzugefügt.

Die anderen Gäste reichten Salma eine schlaffe Hand und nahmen lärmend an den geschmückten Tischen Platz.

Es wurde mit einer Gier getrunken und gegessen, als wären die Gäste durstig und ausgehungert aus der Sahelzone gekommen. Und immer wieder erklang »*Happy Birthday to you*«, nur, dass die Zungen immer mehr lallten. Was da alles durcheinandergetrunken wurde, hätte der Trinkfesteste nicht vertragen: Sekt, Rotwein, Weißwein, Cognac, Whiskey, Bier, Schnaps und Wodka.

Salma hatte keinen Tropfen Alkohol zu sich genommen und lauerte auf einen stillen Augenblick. Wenn schon Rache, dann richtig. Einen Moment erblickte sie aus dem Augenwinkel Habibs Hand zwischen Viktorias Beinen. Sie tat so, als hätte sie nichts bemerkt. Er rieb heftiger und tiefer, sodass seine rechte Schulter fast die Tischdecke berührte. Angewidert wandte sie sich ab.

Irgendwann erhob sich Habib und schlug mit einer Gabel gegen sein leeres Sektglas. Ruhe trat ein. Er rückte seine Halbbrille zurecht, die sie hasste, zog zwei Seiten Papier aus der Jackentasche, entfaltete sie und grinste unsicher.

»Meine lieben Freundinnen und Freunde, Nachbarinnen und Nachbarn, Kolleginnen und Kollegen. Ich bin kein besonders guter Redner, deshalb habe ich alles notiert.«

Salma wusste, dass er log. Irgendjemand musste ihm bei der Formulierung dieser Rede geholfen haben. Mit ihr hatte er nichts besprochen. »Ich möchte meinen Geburtstag nutzen, um mir und euch, meinen Freunden, endlich einmal reinen Wein einzuschenken und Klartext zu reden. Deshalb habe ich vorher etwas getrunken, um mir Mut zu machen.«

»Bravo!«, riefen mehrere.

»Da bin ich aber gespannt«, sagte sein Chef.

»Ich will ehrlich sein, koste es, was es wolle. Aber bevor ich anfange, möchte ich euch versichern, dass ich euch alle liebe, sonst hätte ich euch nicht eingeladen. Fangen wir mit meinem Chef an. Professor Doktor Gerhard Weber ist ein exzellenter Orthopäde und ein Experte in seinem Fachgebiet, aber er ist ein Mann mit einem übertriebenen Hang zur Diplomatie. Wenn er mit dir redet, weißt du lange nicht, worauf er hinauswill, und plötzlich hat er dir unbemerkt fünf Aufgaben aufgebrummt, und du sitzt in der Falle. Vielleicht müssen Chefs so sein. Wir lieben dich auf jeden Fall alle, Gerhard, du bist ein Tyrann, und wir sind deine zufriedenen Sklaven.«

Jubel erhob sich, und der Chefarzt winkte jovial mit vom Wein glasigen Augen.

»Und du, Alfred«, wandte sich Habib seinem Oberarzt zu, »bist der beste Manager der Klinik. Du organisierst alles für uns und überwachst die Durchführung wie ein fürsorglicher Freund. Nicole ist allerdings zu brav für deine Gelüste. Oft schon habe ich mich, wenn du den jungen Männern sehnsüchtig hinterherschautest, gefragt, ob du nicht heimlich ein Schwuler bist, aber ein anständiger Kollege bist du – und ein wunderbarer Freund.«

Der Hieb saß. Alle, auch Nicole, wussten, dass Alfred homosexuell war. Aber man sprach nicht darüber. Habib hatte sich einmal, betrunken, darüber lustig gemacht und Salma erzählt, dass man Alfred samstags in der *Rose-Bar* oder in der Sauna *Badehaus Babylon* treffen konnte. Dort verzichtete er auf seine starke Brille und wirkte verwegen schön.

Spottend und lobend ließ sich Habib über einen Kollegen nach dem anderen aus, ebenso über Nachbarinnen und Nachbarn. Salma empfand seine Rede, abgesehen von ein paar Sticheleien, als anbiedernd. Schon im Voraus wusste sie, dass er auf Thorstens Geiz oder dessen närrische Vorliebe für teure Autos zu sprechen kommen würde, und Habib enttäuschte sie nicht. »Und Thorsten, der beste Automechaniker im Lande, wäre ein neuer Schumi, wenn er einen Ferrari sein Eigen nennen könnte. Ich bin sicher, bei seiner Sparsamkeit ist es bald so weit…«, rief Habib. Alle, die Thorsten kannten, lachten.

Salma hörte nicht mehr zu. Es war in der Tat eine Lobeshymne billigster Art, garniert mit primitiven Seitenhieben auf alle Gäste. Manche freuten sich, andere schauten traurig aus der Wäsche. Am Ende steckte Habib das Redemanuskript in die Tasche und hob sein Glas. Die Gäste klatschten, und ein paar jubelten ihm euphorisch zu. Salma sah von ihrem Platz aus, wie Viktoria ihn verliebt und unterwürfig anschaute. Habibs Eitelkeit war befriedigt. Er konnte nicht ahnen, dass ihm sein leichtfertig dahingesagter Satz »Ich will ehrlich sein« zum Verhängnis werden sollte.

* * *

Professor Gerhard Weber war vielleicht fünfzig, aber er war zu früh ergraut. Sein Körper neigte zur Fülle, und seine Stimme hatte etwas Eunuchenhaftes.

»Lieber Habib«, sagte er, räusperte sich und rückte seine Krawatte zurecht, »ich bin ebenfalls kein guter Redner, aber ich möchte dir zum Geburtstag gratulieren und dir einen Umschlag mit einem Gutschein für zwei Personen überreichen. Ein einwöchiger Aufenthalt in einem Wellnesshotel. Ich hoffe, du kannst dich mit deiner Lebenspartnerin dort erholen, da du ja nun einen neuen Lebensabschnitt vor dir hast.«

»Neuer Lebensabschnitt?«, rief Oberarzt Alfred empört, und eine bleierne Stille legte sich auf die Anwesenden. Betrunken stand der Mann auf, wobei er sich an der Tischkante festhalten musste. Durch seine dicke Brille hindurch sah er den Chefarzt an. »Warum, lieber Gerhard… warum sagst du dem armen Schwein nicht die Wahrheit? Ihm ist gekündigt worden, angeblich wegen Sparmaßnahmen, nachdem … nachdem unsere Klinik vor einem Monat … prima…privatisiert wurde. Das hat man davon … wenn man sich auf die … die faule Haut legt. Habe ich dich nicht gewarnt, Habib?«

»Ich bin entlassen?«, flüsterte Habib fassungslos.

»Mich haben die Schweine … auch rausgeschmissen«, setzte Alfred seine Rede fort. »Sie behaupten, dass ich Alkohol am Arbeitsplatz getrunken habe.«

Ein Gemurmel erhob sich.

»Das ist noch gar nicht spruchreif«, erwiderte der Chefarzt. »Es sind nur Überlegungen, aber beschlossen wurde noch nichts. Also, Alfred, rede keinen Unsinn! Du bist betrunken!«

»Willst du ihn etwa auch hier kontrollieren?«, rief Nicole, Alfreds Frau, dazwischen und schlug mit der Faust auf den Tisch. »Wir sind auf einem Fest.« Seit sie von der möglichen Entlassung ihres Mannes gehört hatte, schimpfte sie auf die Klinik und deren Chef.

* * *

Salma hing inzwischen ihren eigenen Gedanken nach. Warum verschloss sie ihr Herz gegenüber den Verführungen anderer Männer? War es die Angst vor einer unsicheren Zukunft mit einem neuen Mann? Viel zu früh hatte sie sich in Habib verliebt. Sie war dreizehn und er achtzehn. Sie hatte nicht gelernt, andere Männer zu bewundern, näher anzuschauen, geschweige denn zu lieben. Das waren für sie schemenhafte, geschlechtslose Gestalten, daher konnte sie locker mit ihnen umgehen. Sie war Habibs Liebe völlig ergeben. Liebe kann versklaven, hatte ihre Mutter einmal zu ihr gesagt, als sie auf den Niedergang ihrer eigenen Persönlichkeit zu sprechen kam, den sie in der Ehe mit Salmas Vater erlebte. Sie war eine exzellente Schneiderin und hatte eine schöne Stimme, doch ihr Mann war sehr eifersüchtig und verbot ihr beides, die Schneider- und die Gesangskunst. Sie durfte nicht einmal in der Küche singen.

Salma fasste einen Entschluss. Morgen würde sie Ludwig anrufen und ihn zum Abendessen einladen. Er würde Augen machen. Sie würde mit ihm ins Bett gehen, noch nicht mit ihm schlafen, aber neu lernen, wie man mit Männern umgeht. Sie würde ihm von Anfang an alles offenlegen. Wenn er sie liebte, würde er Verständnis und Geduld haben.

Salma würde nicht zurückschauen, sie wollte nicht zur Salzsäule erstarren …

Als Salma sich zurücklehnte, merkte sie, dass Habib und Viktoria Händchen hielten. Fritz, Viktorias Mann, hatte den beiden den Rücken zugedreht und unterhielt sich mit seiner Nachbarin Elfriede, der Frau des Bauern Erwin.

»Ich hätte da noch eine Frage«, rief Erwin, ohne aufzustehen, und beugte sich vor, um Habib ins Gesicht zu schauen. Sein Haus lag schräg gegenüber von Habibs Haus. Am Rande der kleinen Kreisstadt besaß der Bauer große Felder. Seine Frau verdrehte die Augen, als wüsste sie, welche Fragen ihr Mann gleich stellen wollte. Sie war Gymnasiastin gewesen, als sie sich in den ehrgeizigen jungen Bauernsohn verliebt hatte. Er war der Klassenbeste ihres Jahrgangs gewesen, aber zu ihrer Enttäuschung wollte er nichts anderes als Bauer werden.

Obwohl es sehr laut war, hörte Salma, wie Fritz seine Frau Viktoria anknurrte. »Ich will nicht gehen«, sagte er, nun zu ihr gewandt. »Das Fest beginnt spannend zu werden«, fügte er mit einer ausladenden Handbewegung hinzu. Dabei warf er versehentlich sein leeres Weinglas um. Viktoria versuchte, ihn zu beschwichtigen.

* * *

Salma war entsetzt gewesen, als sie vor etwa einem Jahr die Schachtel mit den Potenztabletten fand. Sie steckte in der Innentasche von Habibs Jacke, die zur Reinigung musste. Von Potenz hatte sie schon lange nichts mehr gespürt. Also war sie sich sicher, dass er eine junge Geliebte hatte. Sie brauchte nicht lange zu suchen. Verdacht geschöpft hatte sie, weil er Viktoria angeblich immer wieder zufällig im Supermarkt traf, und überhaupt kam ihm ihr Name öfter auf die Zunge, ungewollt oder in eine schlechte Lüge verpackt. Es gab nichts Beleidigenderes als dumme Lügen. Bei klugen kann man sich ärgern, auch manchmal lachen, aber solch schnell gebratene Gammellügen fand sie zum Kotzen. Habib war nie ein guter Erzähler gewesen, aber wenn er log, kam es ihr vor, er halte sie für schwachsinnig. Sie schrie ihm die Wahrheit ins Gesicht, und er schwor bei der Seele seiner verstorbenen Mutter, dass nichts zwischen ihm und Viktoria liefe. Aber mit den Potenztabletten war die Sache klar.

Seither schlief Salma nie wieder mit ihm. Er fragte nicht einmal, warum. Sie schob sein Schnarchen vor und zog ins Gästezimmer um. Das war eine Erholung! Ihm war es gleichgültig. Er fragte nie nach dem Grund.

Trotz alledem hatte Salma ihr Herz vor jeder Verführung verbarrikadiert. Etwa, als der Chemielaborant Gabriel, ein charmanter und schöner Mann, zwanzig Jahre jünger als sie, ihr Avancen machte. Nachdem sie ihm zwei-, dreimal einen Korb gegeben hatte, gab er auf. Auch ihr Kollege Ludwig, der Witwer, der ihr Tag für Tag zu verstehen gab, wie toll sie sei, wurde nicht erhört. Oft machte er ihr kleine, sehr süße Geschenke, um ihr schüchtern zu zeigen, dass er sie mochte. Er war nur zwei Jahre älter als sie. Aber Salma schlug jede seiner Einladungen aus. Nicht einmal zu einem Eis beim Italiener um die Ecke ging sie mit ihm.

»Ich wollte nicht das Labyrinth der unsicheren Gefühle betreten«, erklärte sie ihrer Freundin Claudia. »Mir sind Klarheit und Ordnung wichtig. Vielleicht habe ich deshalb Chemie studiert. Hier geht es nie um ›ungefähre‹, sondern um exakte Mengen, nicht um lauwarm oder warm, sondern um eine genau bestimmte Temperatur. So bin ich. Ich kann nicht zwei Wassermelonen auf einer Hand balancieren.«

Salma wollte den Kampf um Habib nicht aufgeben, bis sie die Potenztabletten fand. Dann war es vorbei.

* * *

»Er legt sich einmal im Monat unter den Rasenmäher«, sagte Charlotte zu ihrer Schwester Susanne, und beide lachten laut über den Bauern Erwin, dessen Haarschopf wie ein Weizenfeld nach einer regnerischen, stürmischen Nacht aussah. Die Schwestern stammten aus ärmlichen Verhältnissen, aber beide benahmen sich, als gehörten sie der Oberschicht an. Charlotte war im Einwohnermeldeamt tätig. Nach einem Autounfall hatte sie lange auf Habibs Station gelegen, mit dem sie seither eine lockere Freundschaft verband. Auch Salma mochte Charlottes burschikose Art, mit der sie Männer traktierte. Wie ihre Schwester fuhr sie einen teuren Sportwagen. Susanne besaß einen Friseursalon, Habib und Salma waren ihre Kunden.

»Ich hätte da noch eine Frage«, fing Erwin wieder an. »Ich habe nix gegen dich, Habib, aber ich schätze, dieses Fest hat mindestens zweihundert Weizensäcke gekostet.«

»Was für Zeug?«, hörte man Oberarzt Jochen Strunk rufen.

»Weizensäcke«, wiederholte Charlotte und lachte laut.

»Weizensäcke?«, fragten einige.

»Ja, Entschuldigung«, fuhr Erwin fort, »allein von den Resten des üppigen Essens, die heute weggeschmissen werden, kann man fünfzig Flüchtlinge ernähren. Du bist Syrer, oder? Und deine Landsleute hungern. Wie viel Brot hättest du ihnen mit dem Geld spenden können?«

»Hör doch auf mit deinen Weizensäcken! So ein Blödsinn!«, hörte man seine Frau meckern.

Und damit brach der Tumult aus. Susanne rief: »Du Schweinehund«, dann folgte eine Ohrfeige. »Ich habe dir dreimal gesagt, du sollst mich nicht anfassen.«

Thorsten, der Automechaniker, hatte die Ohrfeige kassiert. »Schlampe!«, rief er zurück und erhob sich. Thorstens Frau hatte sich vor einer Weile zum Pulk der Nachbarinnen gesetzt, das hatte Thorsten ausgenutzt, indem er einen Stuhl weitergerückt war, um Susanne nahezukommen.

»Lass mich mit deinem Weizen in Ruhe«, schrie Habib Erwin an. »Du hast keine Ahnung von Syrien. Es ist eine Verschwörung gegen unseren Präsidenten im Gange, und warum? Dreimal darfst du raten.«

Und Habib erklärte umständlich und wirr, das Geschehen der letzten Jahre in Syrien sei nichts anderes als eine einzige große Weltverschwörung.

Einige nickten, andere hörten weg, weil sie sich für Syrien nicht interessierten. Nur einer blickte mit Verachtung auf Habib: Oberarzt Jochen Strunk.

* * *

Habib war immer komischer geworden, je älter er wurde. In den ersten zehn Jahren war es Salma, die im Urlaub unbedingt nach Damaskus fliegen wollte. Weil sie sich beide nie in die Politik einmischten und weil ein Cousin von Habib ein hohes Tier im Geheimdienst war, hatten sie nie Probleme mit der Regierung. Aber dann geschah etwas, das Salma nicht verstand. Habib wurde auf einmal wieder zu einem Kind, das sein Dorf nordöstlich von Aleppo in den schönsten Farben malte. Nur er konnte diesen Fantasien glauben. Salma war immer froh, wenn sie nach einem kurzen Besuch schnell nach Damaskus zu ihrer Schwester zurückfahren konnte, die nach dem Tod der Mutter allein in dem schönen kleinen Haus lebte.

Das Dorf war für sie die dreidimensionale Darstellung des Elends. Wo man hinschaute, hässlicher Beton und halb fertige Bauten. Die Söhne, die als Arbeiter am Golf tätig waren, konnten kein Geld mehr schicken. Schon bei der Einfahrt stank es im Dorf nach Kuhmist. »Beste Landluft!«, rief Habib und atmete tief ein. Salma dachte, er müsse verrückt geworden sein. Auch das Essen schmeckte ihr nicht, zu viel Hammelfleisch, das nach Urin roch. Alles triefte vor Fett.

Habib verbrachte seine Ferien dort mit seinen Freunden aus Kindertagen. Vor ihnen konnte er mit seinem Mercedes und dem Landhaus in Deutschland angeben. Manche hielten ihn für den Chef des Krankenhauses. Er korrigierte die Einfältigen nicht.

Das ließe sich immerhin noch mit Eitelkeit erklären, doch zurück in Deutschland vollzog er eine weitere Wandlung und wurde zu einem Nationalisten der übelsten Sorte. Er, der nie mit Politik zu tun gehabt hatte, wurde plötzlich ein »Experte«. Allein, weil er Syrer war, nahm er sich das Recht heraus, Kommentare von sich zu geben, die Salma beschämten. Er wurde zu einem Verächter anderer Kulturen und Länder.

Das Leben, sagte Claudia, sei ein Kreis. Je älter man werde, desto näher komme man seiner Kindheit.

»Schau dir die alten Männer an«, fuhr sie fort, »sind das nicht niedliche Kinder?«

Aber Kinder erheben ihre Heimat nicht wie die Idioten über andere Länder. Ihre Heimat ist die Welt.

* * *

Plötzlich stand Fritz, Viktorias Mann, auf und schlug mit dem Messer gegen sein Glas. Ruhe trat ein, zuerst noch mit Gemurmel verbrämt, dann aber lag sie schwer vor Erwartung über allen. Die meisten der Anwesenden kannten den Orientalisten nicht.

»Ich möchte unserem Geburtstagskind danken. Wirklich ein exzellentes Essen und ausgesprochen guter Wein. Ich danke auch dem Koch und seiner Mannschaft.« Beifall, begleitet von Bravorufen, erhob sich im Saal. Drei Männer und zwei Frauen vom Personal verbeugten sich, und einer rannte in die Küche und holte den Koch. Als dieser kam und dankend die

Hand erhob, war Fritz schon mitten in seiner Rede. »Ich will das Angebot unseres Gastgebers annehmen und heute ebenfalls ›ehrlich sein‹. Ich will ihn euch ein wenig anders vorstellen, als ihr ihn kennt, und ihr werdet euch bestimmt wundern. Aber eines vorab: Habib, ich danke dir«, sagte er und erhob sein Glas.

Habib lächelte eitel und nahm einen kräftigen Schluck.

»Du bist nämlich mein Penis!«

Entsetzen mischte sich mit lautem Lachen im Saal und ungläubigen Fragen. »Wie? Sein Penis? Was hat er gesagt? Ist er betrunken?«

»Wenn Sie sich beruhigen, will ich es Ihnen erklären«, fuhr der Orientalist fort, und seine Stimme gewann an Kraft. Viktoria zog in einem Reflex ihren Rock bis zu den Knien. »Er fickt nämlich seit Jahren meine Frau. Was soll ich tun? Sie ist meine Haushälterin und erleichtert mir das Leben, aber sie braucht das, was ich ihr nicht geben kann. Auch Potenzmittel helfen bei mir nicht: Ein Unfall in meiner Jugend hat mir meine edlen Teile zerquetscht. Ich habe noch nie mit meiner Frau geschlafen, kann es ja gar nicht. Sie wollte nach Deutschland, also spielte sie mir eine Schwangerschaft vor, und sie wusste, dass ich wusste, dass sie lügt. Und ich wusste, dass sie wusste, dass sie in Deutschland meine Sklavin sein würde. Eine wortlose Vereinbarung! Eine kostenlose, schöne, exotische Hausbedienstete gegen ein Leben im Wohlstand. Bei unserer Ankunft hier erklärte ich ihr, sie könne ficken, mit wem sie wolle, aber ich bat sie, sich dezent zu verhalten, um meinen Ruf nicht zu ruinieren. Sie aber schlief mit jedem. Bald musste ich die Stadt verlassen und eine Professur in einer anderen Stadt annehmen. Da ich einige entscheidende Forschungsergebnisse zuwege gebracht hatte, war das nicht so schwer. Aber ihre Unbeständigkeit wurde langsam zum Feind meiner

Leidenschaft: dem Bücherschreiben. Und dann verliebte sich Viktoria vor drei Jahren in diesen Kerl, unser Geburtstagskind Habib. Das war mein Glück. Habib hat für ihre Liebesabenteuer ein Zimmer in einem Hochhaus gemietet, und ich hatte meine Ruhe, um mein Werk zu Ende zu schreiben. Gestern ist es in die Druckerei gegangen. Mein Verleger sagte mir, es wird die Orientalistik auf den Kopf stellen. Die Vorbestellungen übertreffen seine kühnsten Erwartungen. Daher bedanke ich mich bei dir, lieber Habib.«

Habib wusste nicht, wie er sich unsichtbar machen sollte. Sein Kopf schien in einer Mulde zwischen seinen Schultern zu verschwinden. Jubel brach aus, vermischt mit Lobeshymnen auf die Männlichkeit und auch auf die gelungene Beleidigung seitens des Professors. Entsetzte Kommentare der Frauen drangen durch das Gebrüll in Fetzen an Salmas Ohren. Und noch bevor der Lärm abebbte, hörte man Thorsten mit einem der Krankenpfleger, einem dunkelhäutigen großen Mann, streiten. Eine der Krankenschwestern, die direkt daneben saß, schrie erschrocken auf, weil Thorsten, von einem Faustschlag getroffen, auf sie stürzte. Mehrere Männer und Frauen eilten zu den Streithähnen und trennten sie.

»Sag noch einmal ›Neger‹ zu mir, und ich bringe dich um«, rief der dunkelhäutige Mann. Thorsten und seine Frau verließen den Saal ohne Abschied.

* * *

Salma schwante nichts Gutes, als Habib am Anfang seiner Rede sagte, er wolle »ehrlich« sein. Sie wusste von anderen Gelegenheiten, dass bei Familientreffen oft eine angebliche »Ehrlichkeit« die Ursache dafür ist, dass alte, unterdrückte Abneigungen hochkommen, Abrechnungen ihren Lauf nehmen und das Fest am Ende zu einer grausigen Farce wird. Claudia hatte ihr erzählt, dass sie seit über zehn Jahren Weihnachten nicht mehr mit ihrer Familie feierte. Ihre drei Brüder und zwei Schwestern, die Schwägerinnen und der Schwager und deren Kinder hatten Jahr für Jahr zu Weihnachten miteinander abgerechnet, und am Ende hatte es immer einen Riesenkrach gegeben. »Kein Wunder«, sagte Claudia einmal, »dass die Scheidungsrate kurz nach Weihnachten am höchsten ist.«

Und heute war es genauso. Habib hatte den Startschuss gegeben, und alle Kloaken öffneten sich. Zunächst kam sie sich vor wie eine Voyeurin. Dann aber merkte sie, wie präzise jede einzelne Kritik Habib traf. Ein Puzzle der Gehässigkeit. Im Grunde verlief der Abend so, als wären alle Anwesenden Schauspieler in ihrer Abschiedsszene. Vorhang!

* * *

»Wenn ich ehrlich sein soll, Habib, dann bist du vollkommen unglaubwürdig «, rief Jochen Strunk von seinem Platz an der rechten Spitze des Hufeisens aus, kaum, dass Thorsten seinen Abgang genommen hatte. Im Saal wurde es wieder still. »Hast du mir vor einem Monat nicht gesagt, dass du Assad hasst, weil er und seine Sippe das Land ausgeraubt haben? Dass du dich aber öffentlich nicht äußern willst, weil du jedes Jahr deinen Urlaub in Syrien verbringst? Und dann? Hast du mir gegenüber vor einem Monat nicht beteuert, der Assad-Clan sei für die ganze Misere und die Zerstörung verantwortlich? Und jetzt? Jetzt ist alles plötzlich eine Verschwörung gegen Assad. Kannst du uns endlich mal deine wahre Meinung sagen, wenn du schon alle zur Ehrlichkeit aufrufst?«

Eine bedrückende Stille knisterte über den Köpfen, als Habib begann:

»Mir ist eben inzwischen klar geworden, dass eine große Verschwörung gegen mein Land ausgeheckt wird …«

»Dein Land, dein Land«, brüllte Jochen Strunk. »Wer interessiert sich für dieses bankrotte Land Syrien. Es ist in Wahrheit eine weltweite Verschwörung gegen Deutschland, und die Flüchtlinge sind ein Teil dieser Verschwörung.«

Viele nickten.

»Nein, du Idiot, die Verschwörung ist gegen Syrien gerichtet!«, brüllte Habib.

»Selber Idiot, am Ende zahlt Deutschland die Zeche, weil ihr es nicht schafft, euer Land in Ordnung zu bringen«, schrie der Oberarzt zornig.

Habib sprang auf seinen Stuhl, und von da war er mit einem Satz mitten im Raum. Er stürzte sich auf Oberarzt Strunk, der bereits aufgestanden war und nun zurückschlug. Beide gingen zu Boden. Die Schlägerei nahm ihren Lauf.

Leise, ganz leise ging Salma zur Tür. Dort drehte sie sich noch einmal um und warf einen Blick zurück. Unendlich großes Mitleid mit diesem elenden Kerl erfüllte sie, der nun unter seinem Oberarzt lag und versuchte, gegen dessen Brust zu boxen. Alfred eilte ihm zu Hilfe und trat Jochen von hinten in die Rippen, sodass dieser zur Seite kippte. Strunks Frau schrie vor Entsetzen auf …

Salma ging hinaus und atmete tief die kühle Brise ein.

Geburtstag
mit Nebenwirkungen

Bei der Vorspeise dachte Herr Sander an Graumanns Tod. So schnell konnte es gehen. Was für ein Berg war dieser Mann gewesen. Wo auch immer er aufgetaucht war, hatte die Erde gebebt, Siegfried hätte in Bayreuth nicht eindrucksvoller auftreten können. Der Tod, dieser raffinierte, hinterhältige Geselle, findet immer die Lindenblätter der Siegfrieds, dachte Herr Sander und starrte kurz auf seinen Rotwein, bevor er einen Schluck nahm. Merkwürdig schal schmeckte der an diesem Abend. Er warf einen Blick auf Giovanni, den kleinen Restaurantbesitzer aus Palermo. Ob er den edlen Primitivo gestreckt hatte?

Graumanns letzte Liebe hatte keiner verstanden, am allerwenigsten Johannes, sein Sohn aus erster Ehe. Er war erst vor kurzem entmachtet und aus der Firma geworfen worden. Graumann war ein Kronprinzenerwürger gewesen. Er ließ niemanden hochkommen, und nun herrschte seine junge Witwe über das hinterlassene Chaos und vermehrte es. Wie hatte Graumann sich nur in diese junge Schauspielerin verlieben können? Sie war dümmer als ein Besen. Es wirkte wie eine panische Flucht nach vorn, eine Last-Minute-Buchung auf der Insel des versäumten Glücks. Schließlich war er an Herzversagen gestorben, nach einer Überdosis Potenzmittel, wie man munkelte. Es hieß, er lag tot auf dem Rücken, als der Notarzt kam, und alles war schlaff bis auf seinen Penis. Der stand unter dem Seidenpyjama wie ein Zeltpfahl.

Und Meißners schnelle Ehe?, überlegte Sander weiter. Walter war siebzig und seine siebte Frau so jung wie seine Tochter Sonja. War das die berüchtigte Torschlusspanik oder eine verspätet aufgegangene Rosenknospe? Nein, ein Schneeglöckchen passte besser. Mitten im eisigen Winter meldete sich das Leben zurück. Oder gab es einen anderen Grund für dieses letzte Flackern, das letzte Aufbäumen, bevor man endgültig in die Horizontale ging? Wer wusste das schon. Aber warum verknallten sich alte Männer kurz vor dem Hinübergehen ausgerechnet in viel zu junge Frauen? Wurden alte Männer zu Kindern, weil auf dem Kreis des Lebens der Ausgang neben dem Eingang liegt? Auch der geniale Jorge Borges wollte offenbar die Erde nicht ledig verlassen. Er heiratete im April 1986 seine Sekretärin María Kodama. Er war siebenundachtzig, also sechsundvierzig Jahre älter als María. Zwei Monate später starb er. Borges wurde darin nur noch von Goethe übertroffen, der sich 1823 unsterblich in die junge Ulrike von Levetzow verliebt hatte. Er war vierundsiebzig und sie neunzehn. Er wollte sie heiraten, doch Ulrike lehnte höflich ab, was Goethe zwang, verbittert den Rückzug anzutreten.

Eigentlich ein brillantes Sujet für eine Anthologie mit gut recherchierten Zeugnissen von den letzten Herzenszuckungen berühmter Männer und Frauen. Titel: *Die letzte Leidenschaft* oder *Knospen im Eis* oder so ähnlich. Verdammt, dachte Herr Sander plötzlich, kannst du als Verleger keinen Gedanken fassen, ohne ihn im Geiste sofort zwischen zwei Buchdeckel zu pressen? Schau dich doch um. Das hier ist das Leben, pur und ohne Schutzumschlag. Das Leben, an dem dein todkranker Freund Heinz nie mehr teilhaben wird. Metastasen trotz intensivster Chemotherapie! Sein Kollege Heinz hatte als leidenschaftlicher Verleger französischer Literatur immer nur gearbeitet, ein Junggeselle der Schrift, der reine Homme de Lettres. Und was hatte er nun davon? Er war nicht schwul, wie manche behaupteten, sondern lebte in seinem selbst auferlegten Zölibat. Wie ein Kind hatte er an seinem sechzigsten Geburtstag von seinem Plan geschwärmt: Im folgenden Jahr wollte er sich in eine junge Französin verlieben, mit ihr in die Provence übersiedeln und dort in einer bescheidenen Hütte leben, deren Küche jedoch die Kalifen aus 1001 Nacht vor Neid erblassen ließe. Dazu muss man wissen: Heinz war ein exzellenter Koch.

Heute feierte Herr Sander seinen eigenen Geburtstag. Alleine, mit einem Essen bei seinem Stammitaliener. »Mann, genieße doch das Leben, zumindest an diesem Tag, deinem Geburtstag«, flüsterte er leise und vorwurfsvoll vor sich hin. Doch der Gedanke, seinen kleinen Verlag zu verlieren, quälte ihn. Seine Bank war schon seit einiger Zeit nervös geworden. Sie lud ihn immer wieder zu unangenehmen Verhören ein, die man beschönigend »Gespräche« nannte. Am Ende, kurz vor einem Nervenzusammenbruch des Verlegers, willigte die Bank jeweils in eine weitere Schonzeit ein. Doch die Abstände bis zur nächsten Vernehmung wurden kürzer. Wunderbare Bücher hatte er publiziert, aber die Leute lasen sie nicht. »Man wartet in unserem Gewerbe nicht auf Godot«, hatte der Filialleiter zu ihm gesagt, als Herr Sander versuchte, das Misstrauen des kühlen Bankangestellten mit der Aussicht auf einen schwedischen Bestseller zu lindern. Wie durch ein Wunder hatte Herr Sander die Rechte an diesem Kriminalroman bekommen. Der erhoffte Erfolg blieb bislang allerdings aus. Das Weihnachtsgeschäft schraubte die Zahl der Bestellungen zwar etwas nach oben, die Absatzzahlen für den schwedischen Krimi hielten sich dennoch in Grenzen.

Giovanni, der sizilianische Wirt, war hektischer als sonst, aber das entsprach den Sinuswellen dieses Mannes zwischen stoischer Ruhe und zappeliger Unruhe. Wahrscheinlich ist der zwölfte Dezember ein Zahltag bei der Mafia, dachte Herr Sander und musste lächeln bei der Vorstellung, Robert De Niro oder Marlon Brando könnten jeden Augenblick hereinkommen, um die Schutzgelder einzuziehen. Wie im *Paten*.

Herr Sander hatte seinen kleinen Verlag an diesem Mittwoch ungewöhnlich früh verlassen. Seine einzige treue Mitarbeiterin, Frau Lohse, schaute ihn mit großen Augen an, als er sich verabschiedete. »Es wird spät heute«, antwortete sie knapp und ohne aufzublicken, als er mehr aus Verlegenheit fragte, wie lange sie noch arbeiten würde. Ihre Stimme klang vorwurfsvoll. Sie leistete unzählige unbezahlte Überstunden. Drei Ehen waren an den Felsen ihrer Leidenschaft für den Verlag zerschellt. An diesem Nachmittag hatten sie eine Pause mit Kaffee und zwei Stückchen Käsekuchen eingelegt. Er als Chef war in die Rolle des gerührten Geburtstagskinds geschlüpft.

Bereits um achtzehn Uhr hatte er dann vor der Haustür die feuchte Münchner Luft tief eingeatmet. An seinem Arbeitsplatz war ihm durch die vielen Telefonanrufe nicht mehr die Zeit geblieben, eine ganz bestimmte Textstelle bei Borges herauszusuchen, die er für den Nachruf auf Heinz brauchte. Er war sich sicher, Heinz würde in den nächsten zwei, drei Tagen sterben, und alle erwarteten, dass er, Sander, den Nachruf schrieb.

Herr Sander wusste genau, diese Stelle war im zweiten Band der Borges-Essays zu finden. Während er nun im Restaurant speiste, las er suchend weiter. Früher hatte er sich vor Reden über tote Freunde gescheut, doch dann entdeckte er, dass man in solch einer Würdigung nicht über den Tod, sondern über das Leben schreibt.

Herr Sander hatte die Antipasti noch nicht zu Ende gegessen, da strahlte er übers ganze Gesicht. Da war dieses Zitat, das er gesucht hatte! Was für ein Glück, mit fünfundsechzig zu wissen, dass Herr Alzheimer mit seinem von schwarzer Farbe triefenden Pinsel noch fern ist, dachte er und studierte genüsslich den gefundenen Abschnitt.

Ein Schatten schob sich über das Buch. Giovanni beugte sich vor, um den leeren Teller abzuräumen.

»Hervorragend«, sagte Herr Sander, beglückt durch das Zitat.

»Danke«, antwortete Giovanni, weil er dachte, das Lob gelte seinen Vorspeisen.

Herr Sander vertiefte sich wieder in den Essay von Borges. Draußen peitschte der Dezember seinen nassen Wind herzlos in die Gesichter der Passanten.

Die Spaghetti Aglio e Olio waren versalzen und zu sehr *al dente*, boshafte Zungen hätten sie als Salzstangen bezeichnet. Giovanni machte irgendwelche Andeutungen von einer letzten Mahlzeit in Freiheit, aber Herr Sander verstand ihn nicht. Giovanni sprach sehr akzentreich. Er war überhaupt ein bisschen seltsam heute.

Das Restaurant war voll, doch Herr Sander nahm in seiner Ecke niemanden wahr. Er beugte sich missmutig über den Spaghettiteller und überlegte, warum er seit Jahren hier saß und sich den Launen fremder Köche auslieferte.

Ein Königreich für ein Zuhause, schoss es ihm durch den Kopf. Ein guter Titel, aber nicht sonderlich originell. Die Spaghettiportion erschien ihm zum ersten Mal gewaltig. Der Knoblauch schmeckte bitter. Kauend starrte Herr Sander Richtung Tür. Für eine Sekunde glaubte er, seine Fantasie spiele ihm einen Streich: Frida in einem schwarzen Mantel. Giovanni trottete ihr entgegen. Klein, wie der Sizilianer war, hätte ihn der Mantel der großen Frida fast unter sich begraben. Er befreite sich, nach Luft ringend, und übergab den Mantel seinem neuen Gehilfen, einem zu groß geratenen Baby mit Schuhgröße fünfzig, roten Wangen, blondem Haar und zwei linken Händen. Vor etwa zehn Tagen hatte Herr Sander etwas gesehen, was er nicht sehen sollte. Auf dem Weg zur Toilette war eine Tür einen Spaltbreit offen. Giovanni stand auf einem Bierkasten, um den Koloss zu ohrfeigen, und dieser hielt still die Wange hin. Ein furchtbares Schauspiel war das gewesen, wie eine billige Lachnummer auf dem Jahrmarkt.

Herrn Sanders Lippen gefroren auf dem Weg zu einem Lachen und zeigten ein schiefes Grinsen, das Frida mit ihrem weit aufgesperrten Mund einfing. Erst jetzt trat ein junger Mann von großer, hagerer Statur hinter ihr hervor.

»Ja, grüß dich«, rief sie mit ihrer Donnerstimme aus der Ferne. Herr Sander stammelte nur: »Was … aber … was?« Das waren die überlebenden Reste dreier Sätze, die ihm im Hals stecken geblieben waren.

Frida lebte als Frauenärztin in Berlin und kam selten nach München. Herr Sander stand auf, wie immer, wenn er ihr begegnete. Sie breitete die Arme aus und drückte ihn an sich. Sie roch wie eh und je angenehm nach einem leichten französischen Parfum.

»Grüß dich, Geburtstagskind!«, sagte sie und lachte laut. Ihr Lachen klang wie immer etwas vulgär. Es war ihm peinlich. Herr Sander löste sich aus ihrer Umklammerung und blickte auf den jungen Mann mit dem dunklen Anzug und dem weißen Hemd.

»Und der junge Mann da, ist das dein Mann?«, scherzte er. Frida war Ende fünfzig.

»Nein, mein Sohn – Markus«, antwortete sie und lachte

stolz. Herr Sander gab ihm die Hand und spürte einen unangenehmen Stich in der Herzgegend.

Frida drehte sich zu Giovanni um, er nickte dezent.

»Setz dich an den reservierten Tisch und bestell dir was zu trinken. Die anderen kommen gleich«, sagte sie zu ihrem Sohn, und dieser folgte Giovanni brav zu einem großen Tisch. Frida, direkt wie sie war, zog sich einen Stuhl heran. »Darf ich?«, fragte sie und wartete gar nicht erst, bis Herr Sander seine Zustimmung gab, sondern setzte sich, geräuschvoll, burschikos und vereinnahmend.

»Im Verlag wusste dein Hausdrache Lohse nicht – oder wollte es nicht wissen –, wo du den heutigen Abend verbringst. Sie dachte, ich bin eine deiner Verehrerinnen, und hat mich abgewimmelt.«

»Warum hast du denn angerufen?«

»Wie *warum*? Herzchen. Was ist heute für ein Tag?«, fragte sie und schaute tadelnd über den Rand ihrer Brille auf Herrn Sander hinunter.

»Mittwoch«, sagte dieser leicht verunsichert.

»Ja, das weiß ich, Herzchen, aber was für ein Datum?«

Herr Sander hatte es immer gehasst, wenn Frida ihn »Herzchen« nannte und ihre Blicke vom oberen Rand der Brille auf ihn herabfallen ließ.

»Es ist der zwölfte Dezember«, sagte er und lachte verlegen, da er jetzt verstand, was sie meinte. »Und deshalb bist du gekommen?«, fragte er verwundert.

»Ja, aber nicht nur, um dir zum Geburtstag zu gratulieren. Mein Sohn Markus trifft heute fünf seiner insgesamt sieben Halbgeschwister. Immerhin fünf auf einen Streich. Er kennt sie fast alle noch nicht«, antwortete sie.

Alle Achtung! Frida war immer für eine Überraschung gut. Als er sie Ende 1982 verließ, hatte er geglaubt, sie würde

57

für immer einsam bleiben. Sie war eine dieser klugen Frauen, die aus der Ferne ungeheuer anziehend auf ihn wirkten. Aus der Nähe griff ihre Klugheit seine Männlichkeit an. Nicht einmal seine schützende Hand hatte sie gebraucht. Sie war immer selbstständig gewesen und in der Lage, jede Krise allein zu bewältigen …

»Halbgeschwister«, murmelte Herr Sander gedankenverloren. »Aus verschiedenen Ehen?«, fragte er leise und fand die Frage sofort indiskret.

»Ja, so kann man das nennen. Mein Mann, der Richter, würde sagen: ›aus eheähnlichen Verhältnissen‹. In unserer Zeit als Achtundsechziger nannten wir so etwas Beziehungskisten«, sagte sie und lachte. »Ja, ›Beziehungskiste‹ trifft es ganz gut. Bestimmt fährst du heute auch nicht mehr deine alte Kiste von damals, den R4. Erinnerst du dich an unsere Nacht in Portugal? In der Algarve? Das ist jetzt fünfundzwanzig Jahre her.«

Er erinnerte sich nur noch schwach.

»Wir übernachteten damals am Strand in deiner Kiste, neun Monate später kam Markus.«

»Wie? Er ist fünf-… oder vierundzwanzig? Du hast nie von ihm gesprochen«, sagte Herr Sander leise und warf einen Blick hinüber zu Markus. Er sah sich selbst, jung und hager, dort drüben am Tisch sitzen. Jetzt wusste er: Es war die Ähnlichkeit gewesen, die ihm vorhin einen Stich ins Herz versetzt hatte.

»Warum auch? Hätte das etwas geändert? Über abgebrochene Brücken geht man nicht. Warum sollte ich dir, dem ehrgeizigen Lektor, der du damals warst, im Wege stehen? Ich wusste, ich kann es allein stemmen.«

Giovanni brachte ihr einen Weißwein, das Glas schwitzte seine Kälte aus. Woher wusste Giovanni, dass Frida nur

Weißwein trank? Herr Sander schaute den Wirt an, der nun den Spaghettiteller an sich nahm. Ein komischer Kauz, dachte er. »Hat wohl nicht geschmeckt«, stellte Giovanni fast mürrisch fest, als er den Rest auf dem Teller sah. »Soll ich die Muscheln jetzt bringen?«, fragte er beiläufig, fast desinteressiert.

»Warte«, antwortete Herr Sander. »Was möchtest du …«, er winkte hilflos in Richtung Markus, »was möchtet ihr, du und Markus, essen?«

»Im Moment noch nichts. Später«, sagte Frida. Giovanni schien Bescheid zu wissen, er verschwand leise.

Auf der Flucht vor dem Regen stürmten zwei Frauen mittleren Alters ins warme Innere des Restaurants, zwei Kinder im Schlepptau. Frida strahlte. »Da seid ihr ja endlich«, sagte sie und richtete sich auf. Für einen Augenblick versperrte sie Herrn Sander die Sicht – aber war die eine nicht Regina? Als Frida einen Schritt auf die Frauen zuging, erstarrte Herr Sander. Es war Regina! Und neben ihr scherzte zu seiner Überraschung Gerda mit einem vielleicht zehnjährigen pummeligen Mädchen, das sich umständlich aus dem Mantel schälte. Währenddessen begutachtete der etwa gleichaltrige Junge im Spiegel seine widerspenstigen blonden Haare, die, mit Gel gestylt, einem Igel glichen.

Giovanni und sein Gehilfe nahmen die Mäntel entgegen. Er hatte nicht die besten Karten heute, aber gute Miene zum bösen Spiel machen, das konnte Herr Sander schon immer. Allein, was er bisher an guter Laune bei den Kreditgesprächen in der Bank aufgebracht hatte, hätte ihm den Friedensnobelpreis einbringen müssen. Denn eigentlich dachte er jede Sekunde an Mord und Totschlag, wenn er diesen Milchgesichtern von Bankangestellten gegenübersaß und ihnen, die nie ein Buch lasen, erklären musste, warum dieser Roman oder jener Gedichtband so wichtig war. Er spürte jedes Mal, dass sie ihn für verrückt hielten, aber er bewahrte sich sein Lächeln und seinen Charme. Wer das nicht konnte, war kein Verleger.

»Hey«, grüßte der Junge. Er war Regina wie aus dem Gesicht geschnitten. Das Mädchen stand still vor Gerda, seiner Mutter. Gerda war dürr, das Mädchen füllig. Bestimmt Frustspeck, dachte er.

»Da bist du baff«, sagte Frida und schob zwei weitere Stühle an seinen Tisch.

»Das ... was ... ist ... das?«, stammelte Herr Sander. Vier Wörter aus vier Sätzen.

»Was ist was?«, missverstand ihn Frida. »Das erklären wir dir gleich«, sagte sie und lachte so laut, dass ihr Lachen im Nu das Restaurant füllte. Die Gäste an den Nachbartischen, drehten sich, von der Druckwelle erfasst, um. Herr Sander lächelte verlegen.

Inzwischen hatte Giovanni die Kinder an Markus' Tisch in der Ferne geleitet. So viel hatte Herr Sander aber noch mitbekommen, dass das Mädchen Judith hieß und der Junge Florentino. Ein schöner Name für einen schönen Jungen.

»Wir dachten, du hast an deinem Fünfundsechzigsten das Recht auf eine besondere Überraschung. Fünfundsechzig ist nicht irgendein Alter, sondern der Abschluss eines mühseligen und der Anfang eines genussvollen Lebens!«, sagte Frida fast triumphierend, als wären seine fünfundsechzig Jahre ihre Leistung. »Die Idee kam mir bei einem Kaffee mit Gerda am Kurfürstendamm«, fügte sie hinzu.

»Wenn alle seine Frauen gekommen wären«, sagte Gerda zu Regina gewandt und kicherte, »dann wäre dieses Lokal zu klein ... zu klein für alle, die mit ihm verbandelt waren«, fügte sie hinzu und hustete. Die Adern an ihrem Hals schwollen bläulich an. Herr Sander blickte zu ihr hinüber. Sie sah aus wie eine verschrumpelte Gurke: dürr, übertrieben geschminkt, mit verbitterten Mundwinkeln. Die Einsamkeit sprang ihr aus den Augen. Ihr Lachen zeigte nikotingelbe Zähne, aber keine Fröhlichkeit.

Es war ein lauer Sommerabend gewesen, als er sie kennenlernte. Er in einer Krise, und sie bei ihrer ersten Diät. Damals war sie fülliger gewesen und hatte die schönste Haut gehabt. Eine hessische Quasselstrippe, Journalistin bei der *Süddeutschen Zeitung*. Noch mehr als das in München schwer verdauliche Hessische hatte ihn jedoch ihre Verlogenheit genervt. Zu Weihnachten in der elterlichen Villa im Taunus zum Gänsebraten *O Tannenbaum* singen, und am zweiten Januar, wieder in München, von Mao schwärmen. Man hätte eher vermutet, so jemand würde in der Klapsmühle oder im Knast landen. Sie aber heiratete stattdessen einen Hinterbänkler der CDU-Fraktion, dessen Affären mit drittklassigen Schauspielerinnen die Boulevardpresse erfreuten. Und was tat Gerda? Sie schluckte alles, gab ihre Stelle auf und lebte als Hausfrau für diesen charakterlosen Mann, was vielleicht die perfekte Mischung aus Knast und Klapse war.

»Wer fehlt noch?« Reginas Stimme riss Herrn Sander aus seinen düsteren Gedanken.

»Ursula und Emmanuelle sind schon vor einer Stunde am Flughafen gelandet. Sie müssten jede Sekunde hier sein. Nora wird leider erst später kommen. Sie rief mich vom Frankfurter Kreuz aus an. Sie steckt in einem vierundzwanzig Kilometer langen Stau«, antwortete Frida und lachte breit.

Aha, so sah das Spiel aus, sogar die ehemaligen Geliebten aus New York und Tel Aviv waren zu dieser Henkersmahlzeit geladen. Das konnte nur das Werk von Gerda sein, die sich in Berlin zu Tode langweilte.

Giovanni trat leise an den Tisch und nahm die Getränkewünsche der Damen auf.

»Mir bringst du bitte einen Chianti «, sagte Herr Sander, in der Hoffnung, einen besseren Wein als den gewässerten Primitivo zu bekommen.

»Lebst du immer noch alleine?«, krächzte Gerda. Er beachtete ihre Stichelei nicht.

»Hier bedient Sie Madame Taunus aus den höchsten Kreisen von Politik und Langeweile«, flüsterte Regina ihm ins Ohr, ihre Lippen berührten sein Ohrläppchen. Es kitzelte. Herr Sander lachte.

»Und was macht die Literatur?«, fragte er sie.

»Ich unterrichte nach wie vor in Hamburg lateinamerikanische Literatur der Gegenwart«, antwortete sie, bescheiden und liebenswürdig wie immer. Regina, diese zärtliche Seele, litt still an einem Ehemann, einem Giftzwerg mit roter, pickliger Nase.

»Deshalb der Name Florentino?«, fragte er leise, als wollte er damit die dunklen Gedanken aus seinem Hirn vertreiben, die Gerdas Anblick bei ihm hervorgerufen hatte. »Das ist der Held, der bei Gabriel García Márquez dreiundfünfzig Jahre, sieben Monate, elf Tage und Nächte auf seine Geliebte Fermina wartet«, antwortete Regina und lächelte. »Ich kann noch warten«, fügte sie kaum hörbar hinzu und schaute ihn vielsagend an. Er verstand ihre Anspielung, antwortete aber nicht. Sein Blick erfasste wieder Gerda.

Warum mochte er Gerda nicht? Weil sie nachtragend war? Sie hatte ihm die Trennung nie verziehen. Vielleicht auch, weil sie ihn an Marlene, die Witwe eines seiner verstorbenen Autoren erinnerte, die ihm regelmäßig mit schlimmen Unterstellungen, wobei sie mit einem Anwalt und der Presse drohte, das Wochenende verdarb. Ihr Mann war ein wunderbarer Dichter gewesen, der hervorragende Rezensionen bekommen hatte, aber die Bücher wurden vom Buchhandel zurückgeschickt, remittiert, wie man das so schön nannte. Er bot der Witwe an, ihr die kompletten Bücherpaletten zukommen zu lassen. Sie aber wollte Geld. Jeden zweiten Freitag!

Sie stießen gerade miteinander an, als die nächsten beiden kamen, genauer gesagt die nächsten vier: zwei Frauen und zwei Kinder. Herr Sander schluckte schwer. Er hatte das Gefühl, der Rotwein zischte beim Passieren seiner trockenen, heißen Kehle.

Trotzdem musste er lächeln, denn die beiden Frauen traten nicht einfach durch die Tür in das Restaurant, sondern sie erschienen, als hätten sie gerade ihren Auftritt vor der Kamera. Die Schauspielerin Ursula und die Cellospielerin Emmanuelle.

Ursula: die *New York Times* unterm Arm, groß, blond, Pfennigabsätze, schwarze Samthose, kurzes Oberteil, das die Sicht auf ihren etwas wabbeligen Bauch freigab, als sie Giovanni den Mantel aus billigem Pelzimitat zuwarf. Ihre Inszenierung entsprach ihrer Tätigkeit als zweitklassige Schauspielerin in einer Daily Soap im israelischen Fernsehen. Mit etwas gutem Willen und einer mittleren Dosis Kurzsichtigkeit oder Alkohol hätte man eine entfernte Ähnlichkeit mit Kim Basinger an ihr entdecken können.

Ganz anders die bildhübsche Französin Emmanuelle. Bei allen Allüren, die Französinnen – vor allem in Deutschland – gern an den Tag legen, war sie eine hervorragende Cellospielerin. Sie hatte es zu etwas gebracht und lebte und arbeitete nun in New York.

Die beiden Kinder blieben während dieses doppelten Auftritts im Schatten. Erst als sie dicht vor Herrn Sander angekommen waren, lugten sie aus dem Versteck hinter ihren Müttern hervor: ein dicklicher Junge mit Kaugummi im Mund und ein hübsches kleines Mädchen. Beide waren um die sieben Jahre alt. David war der Sohn von Ursula und Celina die Tochter von Emmanuelle. Schnell machten sie den für sie vorgesehenen Tisch in der Ferne aus und eilten dorthin.

Giovanni rückte währenddessen lärmend einen zweiten Tisch neben den Sitzplatz von Herrn Sander.

»Der war doch reserviert«, protestierte dieser, da er das Kärtchen mit der entsprechenden Aufschrift bemerkt hatte.

»Ja, eben«, antwortete Giovanni kurz und grinste den Frauen verschwörerisch zu.

Auch ein Lächeln kann Verrat sein.

Herr Sander saß jetzt inmitten von fünf Frauen aus seiner Vergangenheit. Die sechste hockte im Geiste bereits mit am Tisch. Immer wieder rief sie Frida auf dem Handy an. Sie stand nun kurz vor Stuttgart im Stau.

»Der Hahn im Korb«, sagte Gerda mit Blick auf Herrn Sander und kicherte. Das endete bei Ingrid Noll mit Mord, geisterte es ihm plötzlich durch den Kopf. Seine Augen weiteten sich.

Die Tür ging auf, ein älteres Paar kam herein. Der Windstoß wirbelte einen Wirrwarr von Gerüchen aus sämtlichen Parfums der Frauen auf: Es roch leicht nach bitteren Mandeln und einer Duftnote, die er nie mehr vergessen würde, seit er einmal in einer Leichenhalle der medizinischen Fakultät Frankfurt gewesen war. Ein befreundeter Chirurg hatte ihn mitgeschleppt, und seither verband er diesen Geruch immer mit dem Tod.

Er schaute zu Emmanuelle hinüber. Sie saß in sich versunken da, während Gerda irgendetwas Belangloses von ihrer Tochter erzählte. Emmanuelle schien überhaupt nicht zuzuhören. Sie war ein Bild der vollkommenen Schönheit. Die Jahre hatten ihr nichts von ihrer Attraktivität genommen. Herr Sander kehrte in Gedanken zu jenem Konzert zurück, bei dem er sie zum ersten Mal gesehen hatte. Sie spielte Bachs Cellosuiten. Nie zuvor in seinem Leben hatte er einen Menschen so schön gefunden. Bei der *Sarabande* war sein Herz verloren. Ein Jahr blieb Emmanuelle bei ihm in München. Sie verschwand über Nacht.

Bald darauf war sie in Amerika eine angesehene Cellosolistin. Vor sieben oder acht Jahren gab es ein unverhofftes Wiedersehen in New York. Herrlicher können Abenteuer nicht sein.

Giovanni zückte seinen Zettelblock, um die Bestellungen der Damen entgegenzunehmen, während sein Gehilfe dasselbe bei den Kindern tat.

»Mein Bruder«, sagte Herr Sander zu Giovanni und lachte ihn an, »hat seine Frau verlassen, weil sie eine schlechte Köchin war.«

Giovanni wollte ihm schon etwas Böses erwidern, aber er biss sich lieber auf die Zunge und notierte die Wünsche der Frauen. Herr Sander wollte nichts mehr essen, er fühle »eine gewisse Fülle nach den hervorragenden Spaghetti«, sagte er, lachte erneut und nahm einen Schluck Wein.

Giovanni zog sich leise zurück. Sein Gesicht war matt und unbeweglich wie das einer Wachsfigur.

»Wir möchten«, sagte Frida, die in dieser Frauengruppe die Rolle einer Chorleiterin übernommen zu haben schien, »dir zum Geburtstag jede etwas über einen besonderen Augenblick erzählen, und danach werden die Kinder etwas für dich aufführen.« Sie begann von der Nacht im R4 am portugiesischen Strand zu erzählen. Herr Sander schaute umher. Die Kinder in der Ferne lachten schon ganz vertraut miteinander.

»Ob du es glaubst oder nicht«, sagte Ursula akzentreich, »in Israel ist es ganz selbstverständlich, ein Kind ohne Vater aufzuziehen. Aber mein David wächst ja auch fast ohne Mutter auf. Ich hatte in den letzten Monaten kaum Zeit für ihn. Viel zu viele Aufträge. Ich wirke zurzeit bei einem Schundfilm mit und suche gleichzeitig nach etwas, das mich erfüllt. Doch nun zu meinem Erlebnis mit dir«, sagte Ursula und erzählte von einem Abendessen in Italien am Meer, wo sie beide weiß gekleidet und barfuß an einem Tisch saßen, Wein tranken und den großen Augustmond betrachteten. »Ich spürte im Voraus, dass ich an jenem Abend schwanger werden würde«, fuhr sie fort. »Wir liebten uns auf dem Sand neben dem Tisch.«

Herr Sander hatte es nicht vergessen, aber ihre kitschige Beschreibung war ihm peinlich. Er musste plötzlich an Heinz denken, der in solchen Augenblicken immer rief: »Gott, warum lässt du diesen Elch nicht an mir vorübergehen? «

Erst Reginas Stimme, die er liebte, brachte ihn zurück in die Gegenwart.

»Es gibt nicht viel zu erzählen«, sagte sie und lächelte verlegen. »Ich habe diesen Mann geliebt, und ich muss gestehen, ich liebe ihn noch heute. Es ist eine andere, unsterbliche, fast unkörperliche Liebe. Aber ihr wollt etwas über den besonderen Augenblick wissen. Schon gut«, sie lächelte schüchtern, schaute Herrn Sander an. »Wir waren in Tunesien, in einem Zeltlager für Touristen. Wir wachten in einem Zelt auf, das der Reiseveranstalter für uns zwei vorbereitet hatte. Ich schlief und träumte, da spürte ich deine Hand. Es dauerte nicht lange, und du hast mein Feuer entfacht. Du hast mir zugeflüstert, du könntest dir vorstellen, als Nomade mit mir umherzuziehen.«

Herr Sander erinnerte sich genau daran.

»In dem Moment kamen wir gemeinsam zum Höhepunkt. Und Florentino war die Krönung.«

Jetzt war Emmanuelle an der Reihe.

»Ihr müsst euch meine Situation vorstellen«, sagte sie mit stark französischem Akzent. »Ich sitze in New York und habe *mon cher* völlig vergessen. In New York vergisst man schnell das alte Europa. *Vraiment!* Plötzlich steht er da, sonnengebräunt wie ein junger Gott, oh, *mon Dieu*. Ich kriegte – wie nennt man das? Erotische Atemnot, ja, Atemnot. Es war Sommer, und Maurice Ravels *Boléro* erfüllte die Wohnung. Und *mon cher ami* erfüllte mich. So wurde Celina gemacht, leichter als eine CD-Produktion.«

Gerda schoss in Sachen Peinlichkeit den Vogel ab. Nur sie allein lachte, als sie erzählte, wie sie ihn einmal nackt kniend von hinten sah, als er irgendetwas suchte, und sich wunderte, dass seine Hoden schief im Sack hingen. Es folgten Vorwürfe über Vorwürfe.

Herr Sander hörte nicht mehr zu. In seinem Gesicht war keine Spur eines Lächelns mehr.

Er fragte sich, warum man als Politikergattin so dumm wurde. Eine ansteckende Pilzerkrankung? Oder Alkoholkonsum ohne Bücher? Gerda hasste Bücher. Auch deshalb hatte er sie verlassen. Für einen Bücherfreund gibt es keine schlimmere Strafe als das Leben mit einem Bücherfeind.

Giovanni servierte das Essen, während Gerda pausenlos weiterredete. Sie war bereits betrunken.

»Ich schaue mal nach den Jugendlichen«, flüsterte Herr Sander Regina zu und schlenderte zu Markus' Tisch.

»Schmeckt es euch?«, fragte er.

»Ja, Papa«, antworteten die vier Jüngeren im Chor. Markus schwieg.

Herr Sander hörte Fridas Handy läuten und bekam mit, dass Nora bereits bei Augsburg war. Er lächelte. Sie wird das Vergnügen nicht mehr haben, ihn mit den verlassenen Ehemaligen zu quälen, dachte er bei sich. »Ich mache mich dünn.

Ich bin auf der falschen Hochzeit«, murmelte er leise. Er ging unauffällig zu Giovanni, zahlte hinten bei der Küche, nur seine eigene Zeche, nahm seinen Mantel und schlich zur Tür.

Sie war abgesperrt.

Er schaute sich um und stellte fest, dass das Lokal bis auf die Frauen und Kinder an den beiden Tischen inzwischen menschenleer war. War es schon so spät?

Der Regen hatte aufgehört. Herr Sander rüttelte an der Tür. Er brauchte dringend frische Luft. Er rüttelte noch einmal.

»Giovanni«, rief er, und seine Stimme klang wie der verzweifelte Ruf eines sterbenden Stiers in der Arena.

Die Frauen lachten laut und beobachteten ihn amüsiert.

»Diesmal gibt es kein Entkommen, Herr Sander«, lallte Gerda und hustete wieder vor Lachen. Allein Regina hatte ein blasses, trauriges Gesicht.

Wenn das kein kafkaesker Albtraum ist, dann müsste ich doch jetzt mein Handy herausholen können, dachte er und steckte seine Hand so vorsichtig in die Hosentasche, als wollte er einen Igel herausziehen.

Sein Handy war nicht da. Kalter Schweiß lief ihm über die Stirn. Ihm war übel. Er hatte das Gefühl, sich übergeben zu müssen. War das Essen verdorben gewesen? Noch einmal wollte er nach dem Wirt rufen, doch seine Stimme versagte. Er fühlte einen Stich in seiner Brust …

Und eine schwarze Decke fiel über ihn.

Als er zu sich kam, erschrak er beim Anblick all der Schläuche und Kabel, an denen er hing. Ein Albtraum ohne Ende.

»Er wacht auf«, sagte eine ihm vertraute Stimme. Er wandte den Kopf. Frau Lohse stand mit bleichem Gesicht an seinem Bett. Neben ihr ein Mann in weißem Kittel und mit Stethoskop.

»Was? Wie? Wo? Ich? Hier?«, fragte Herr Sander.

»Sie hatten einen Herzinfarkt. Giovanni hat bei mir angerufen, nachdem der Rettungswagen und der Notarzt weg waren. Die haben Sie direkt vom Restaurant in die Herzklinik gebracht«, antwortete seine Sekretärin.

Er wusste nicht, was er darauf sagen sollte.

»Sie sind schon über dem Berg, es war zum Glück nur ein leichter Infarkt. Bald können Sie nach Hause … ich denke, in einer Woche … vielleicht«, sagte der Arzt, nickte freundlich und verließ das Zimmer. Er hörte nicht mehr, was Herr Sander sagte: »Es war ein geplanter Anschlag«, flüsterte er kaum hörbar. Frau Lohse dachte, Herr Sander wäre durch die starken Herzmittel durcheinander. Sie streichelte ihm die Hand. »Es wird alles gut«, meinte sie.

Die zwei Gesichter
einer Medaille

Geburt und Tod bedingen einander. Ob es vor der Geburt und nach dem Tod ein Leben gibt, ist eine Frage des Glaubens oder Aberglaubens.

An den Tod dachte ich mit dreizehn auf der Intensivstation eines Krankenhauses in Beirut. Ich war an einer schweren eitrigen Meningitis erkrankt. Ich habe überlebt, doch immer wieder denke ich an den Tod, und je älter ich werde, umso realistischer erscheint er.

An den Geburtstag dachte ich zum ersten Mal, als ich nach Europa kam. In Damaskus feierten wir ihn nie. Einzig die Geburt Jesu Christi, die auf Arabisch 'Id al Milad (Geburtstagsfest) heißt, wurde gefeiert, Weihnachten als mehrfaches Wunder religiös begangen. Ein Gottessohn wurde von einer Jungfrau geboren, und er lag nicht in irgendeinem Palast, sondern in einer Krippe in einem winzigen Ort namens Bethlehem – und noch dazu in einem Stall oder einer Höhle.

Auch die Muslime feiern die Geburt des Propheten Muhammad. Der Geburtstag des Propheten hat keinen festen Platz im Julianischen Kalender. Er wandert durch das Jahr, weil die islamische Zeitrechnung Mondmonate hat. Das Jahr dort ist etwa elf Tage kürzer als im christlichen Kalender. Die islamische Zeitrechnung beginnt auch nicht mit der Geburt des Propheten, sondern mit seiner Auswanderung (Hedschra) von Mekka, wo er verfolgt wurde, in die Stadt Medina, deren Bewohner ihn willkommen hießen. Das war im Jahre 622. Das Geburtstagsfest des Propheten wird in Südostasien groß gefeiert, während Salafisten wie auch strenge Wahhabiten in Saudi-Arabien die Feier ablehnen.

Die katholische Minderheit in Syrien, der ich angehöre, feierte Namenstage wie zum Beispiel Marie, Therese, Antonius. Benachteiligt waren alle, die wie ich einen arabischen Namen tragen. Heilige mit arabischen Namen gibt es nicht, da der Himmel vom Vatikan für Europäer reserviert wurde.

Heute ahmen die Araber, Männer und Frauen, wie in vielen anderen Bereichen auch, die Europäer und Amerikaner nach und singen sogar einen kitschigen Text nach der Melodie von *Happy Birthday*.

Das jährliche Geburtstagsfest ist in gewisser Hinsicht eine Freude über den kleinen Sieg, ein Jahr lang gegen den Tod gewonnen zu haben. Man spricht es nicht aus, aber die Bedrohung ist allgegenwärtig. Und doch gewinnt der Tod dadurch eine positive Eigenschaft: Er, der Leben vernichtet, macht das Leben lebenswerter. Der Tod ist ein Meister, der uns, wenn wir Mut haben, Demut und Zufriedenheit lehrt.

Geburt und Tod sind wie die zwei Enden einer Stange, wie zwei Pole. Dazwischen erstreckt sich, ob kurz oder lang, das Leben, das dynamisch in ständiger Veränderung ist – und die Geburt ist das Tor dazu, während der Tod das Tor zu einem immer und ewig selben Zustand ist.

Anders als man gemeinhin vermutet, ist die Geburtstagsfeier nicht neu und kein Kind der Moderne. Die alten Ägypter feierten wie alle anderen Hochkulturen den Geburtstag, aber der Kalender war ein Geheimnis mit sieben Siegeln, und so war das Wissen über den eigenen Geburtstag ein Monopol der

Priester und Wissenschaftler, also der geistigen Elite, die Zugang zu den astronomischen Daten und Berechnungen hatte. Die breiten Schichten des Volkes wussten nichts über ihren Geburtstag. Gefeiert wurde lediglich der Geburtstag des Pharaos. Bei den Griechen und später auch bei den Römern feierten weitere – vor allem wohlhabende – Schichten der Bevölkerung den Geburtstag mit Festen, die dazu dienen sollten, die bösen Geister von der gefeierten Person fernzuhalten. Geschenke und manchmal Opfergaben dienten dem Gedenken an die Ahnen und waren als Dank für die Schutzgeister gedacht.

Sogar eine eigene Gedichtform für den Geburtstag existierte, *Genethliakon* genannt. Man feierte mit Freunden und Verwandten und sang ein Ständchen für das Geburtstagskind. Es gab reichlich Essen – auch Kuchen – und Getränke. Insofern kamen die griechische und später die römische Geburtstagsfeier unserem heutigen Brauch sehr nah. Der Grund, weshalb diese Art der Feier in ganz Europa populär werden konnte, liegt in der Verbreitung des Kalenders.

Obwohl der Kalender im Mittelalter noch verbreiteter war, feierte man den Geburtstag nicht mehr, weil die Kirche dieses Fest als »heidnisch« verurteilte.

Im Alten Testament ist nur dreimal ein Geburtstagsfest erwähnt. Alle drei Fälle sind nicht heiter:

1. Der Geburtstag des Pharaos, bei dem er einen Mundschenk begnadigt und einen Bäcker aufhängen lässt. Beide waren in Ungnade gefallen (1. Moses 40, 20).

2. Die Geburtstagsfeste von Hiobs Söhnen. Der fromme Vater brachte nach Beendigung der Feste Opfer in nachträglicher Sorge darüber, dass seine Söhne auf ihren Festen gesündigt haben könnten (Hiob 1, 4–5).

3. Das Geburtstagsfest des verhassten Antiochos IV. Epi-

phanes, zu dem die Juden Jerusalems mit demütigender Gewalt getrieben wurden (2. Makkabäer 6, 7).

Das Neue Testament erwähnt nur ein einziges Geburtstagsfest, das wiederum schlimm endet: das große Fest des Herodes Antipas, bei dem die hübsche Salome, Tochter der Geliebten von Herodes, sich als Lohn für ihren Tanz den Kopf des mutigen Johannes des Täufers wünschte (Matthäus 14, 1–12 und Markus 6, 14–29). Hier endet der Bericht des Evangeliums, aber nicht die Legende: Johannes' Anhänger hätten noch in der Nacht das Haupt des heiligen Mannes entwendet, nach Damaskus gebracht und dort begraben. Um das Grab entstand eine große Kirche, und als die Muslime sie in die inzwischen berühmte »Omaijadenmoschee« verwandelten, behielten sie das Grab mitten in der Moschee, weil sie Johannes verehrten und ihn Yahya nannten (was auf Arabisch heißt: »er lebt«).

Etwa bis zum Ende des 4. Jahrhunderts lehnte die Kirche das Geburtstagsfest als heidnisch ab. Aber allmählich, ab dem 5. Jahrhundert, setzte sich der Brauch, den Geburtstag zu feiern, durch. Zögerlich akzeptierte die Kirche das Fest zunächst nur für den Kaiser sowie für die Heiligen der Kirche.

In Mitteleuropa ist Ende des 17. Jahrhunderts eine radikale Veränderung im Verständnis der »Geburtstagsfeier« eingetreten. Der Mensch befreite sich zunehmend von der Herrschaft der Religion und erfuhr sich als Individuum, als Subjekt, wie Stefan Heidenreich in seinem 2018 erschienenen Buch, *Geburtstag: Wie es kommt, dass wir uns selbst feiern*, darstellt. Man feierte nicht mehr, um die Schutzgötter milde zu stimmen oder deren Segen zu bekommen, sondern man feierte sich selbst. Die Gäste beschenkten nicht die Götter, sondern den Feiernden und wurden von ihm bewirtet, so wie es bis heute Sitte ist. Aber bis zum 19. Jahrhundert blieb das

Geburtstagsfest in Europa trotz der Französischen Revolution den oberen Schichten vorbehalten. Für die Katholiken war allerdings weniger der Geburts- als vielmehr der Namenstag Anlass für ein Fest.

Die Geburt ist der Anfang eines Weges, der nicht einfach oder linear verläuft, der vielmehr sehr kompliziert und wundersam sein kann und doch mit Sicherheit in den Abgrund des Todes führt. Bald verschwindet der Startpunkt im Gewühl der Ereignisse eines Lebens. Der Tod bleibt allgegenwärtig. Er lauert wie ein kalter Schatten hinter jeder Kurve, im Schlepptau eines jeden kleinen Virus.

Auch wenn die Geburt ein Wunder ist, so hat sie jahrtausendelang nicht das gleiche Interesse erregt wie der geheimnisvolle Tod, der nicht nur Philosophen und Dichter beschäftigte, sondern auch den einfachen Menschen.

In der modernen Gesellschaft haben Geburt und Tod viele ihrer Rituale und damit auch ihre gebührende Beachtung verloren. In meiner Kindheit in Damaskus kamen Nachbarn und feierten die Geburt eines Kindes mit, die sich in der Regel zu Hause ereignete, und beim Sterben kamen ebenfalls alle, um den Angehörigen beizustehen, sie tagelang zu begleiten und ihnen im Haushalt zu helfen. Die schwarzen Kleider der Trauernden waren ein Signal, das Rücksicht, Mitgefühl und Solidarität forderte.

Eine moderne Philosophin jedoch, Hannah Arendt, hat wie kein anderer der Geburt einen positiven philosophischen und politischen Sinn gegeben.

Hannah Arendts großer Wurf, die Philosophie der Natalität (Gebürtigkeit), ist ein Gegenentwurf zur Philosophie der Geworfenheit (der Unvermeidbarkeit des Daseins) ihres Lehrers Martin Heidegger. Das war ein Befreiungsschlag für die

Philosophie, die über zwei Jahrtausende hinweg den Tod im Blick hatte. Hannah Arendt führte dagegen als Erste die Philosophie der Geburt ein.

Jede Geburt ist eine Neugeburt, jedes Kind ein neuer Anfang, ein neuer Wille, der selbst etwas Neues beginnen kann. Hannah Arendt sieht das Wunder der Geburt nicht in der Schaffung eines neuen Körpers, vielmehr sieht sie in der Geburt das Entstehen eines neuen Bewusstseins, eines neuen Willens. In diesem Verständnis – kein Wesen und kein Bewusstsein gleicht dem anderen – spielt die Natalität auch für die Politik eine wichtige Rolle.

LACHEN

Oskar,
der kleine Prophet

Wenn Oskar sprach, kamen nur Lügen aus seinem Mund. Seine Mutter sagte, das sei bei ihm schon immer so gewesen, aber sie finde es nie langweilig, was er erzähle.

Sein Vater sagte gar nichts mehr dazu. Er wurde zornig, wenn Oskar zu erzählen begann und die Leute dann laut lachten.

Und wirklich log Oskar das Blaue vom Himmel herunter und Wolken in den klaren Sonnentag hinein. In seinen Geschichten nahmen Katzen in Timbuktu vor winzigen Mäusen Reißaus. In Honolulu flöteten zwei Affen Mozarts *Kleine Nachtmusik*. In Kanada fielen Schneeflocken, so groß wie Bratpfannen. Und auf Hawaii backten Bäcker eine Nussecke mit den Ausmaßen eines Fußballstadions.

Als er von diesem leckeren Feingebäck schwärmte, wollte ein Nachbar ihn aufziehen: »Woher weißt du das denn? Warst du etwa auch zu dieser gewaltigen Nussecke eingeladen?«

»Ja, und hier hab ich noch ein kleines Stück davon«, erwiderte Oskar frech, zog eine Papiertüte aus der Tasche und warf sie dem Nachbarn zu. Und wirklich war ein Stück Nussecke in der Tüte. Auf der Tüte stand: *Konditorei Hawaii*, und in der ganzen Stadt gab es keine Konditorei mit diesem Namen. Nun lachten die Leute den Nachbarn und nicht Oskar aus.

Anders als die meisten Erwachsenen bewunderten ihn die Kinder maßlos. »Ja, der Oskar, der weiß Bescheid«, sagten sie, wenn sie irgendetwas von ihm wiedergaben – sei es eine

Geschichte über ferne Länder oder über eine Wundertat. Manche Erwachsene aber glaubten ihm kein Wort, nicht einmal, wenn er die Uhrzeit angab.

»Bald«, erzählte er eines Tages, »wird es Bonbons vom Himmel regnen, und die Kinder werden danach Durchfall bekommen.« Die Kinder schlürften beim Zuhören geräuschvoll ihren Speichel, aber die Eltern und Großeltern misstrauten seinen Worten. »Bisher sind nur schlechte Sachen vom Himmel gefallen, Bomben oder Hagel, aber keine Bonbons«, grummelte ein alter Mann. Er musste es wissen, er war über siebzig Jahre alt und hatte drei Kriege überlebt.

Doch ob man es glaubt oder nicht, eines schönen Sommertages flogen kleine, einmotorige Flugzeuge über die Stadt und warfen jede Menge Bonbons ab. Es war eine Werbeaktion für Staubsauger. Die Kinder stopften die Bonbons gierig in sich hinein, und danach bekamen viele von ihnen Durchfall. Die Staubsaugerfirma ging pleite. Ein paar Nachbarn konnten sich erinnern, dass Oskar es vorausgesagt hatte. Als sie ihn deswegen lobten, schien er sich darüber nicht besonders zu freuen. »Ich hab's eben gewusst«, sagte er fast unbeteiligt.

Und diese Nachbarn waren es auch, die ihm seine nächste Prophezeiung als Erste glaubten. Je älter er wurde, desto größer wurde das Kaliber seiner Behauptungen.

Mit vierzehn verkündete er an einem lauen Frühlingstag, dass ausgerechnet auf einem verödeten Platz am Stadtrand, wo im Sommer der heiße Staub nur so wirbelte und im Winter nichts als eine große Schlammpfütze war, etwas Großes entstehen werde. Er überredete zwei ihm zugeneigte Nachbarn, mit ihm dorthin zu gehen, und dann beschrieb er ihnen, wie es hier künftig aussehen würde.

»Hier«, rief er und hob die Hand zu einer ausladenden Geste, »wird ein Palast stehen, ein Theater mit gewaltigem

Eingang. Drinnen wird man in Samtsesseln sitzen und Schauspiel und Musik erleben, wie wir es noch nie gesehen oder gehört haben. Die besten Schauspieler und weltberühmte Musiker werden sich die Klinke in die Hand geben, und um das Theater herum wird ein neuer Stadtteil entstehen, ein Ort des Vergnügens.«

»Wenn das so ist, dann werden die Leute etwas zu essen brauchen, also wäre ein Restaurant keine schlechte Sache«, sagte der eine Nachbar; und er machte am Rande des staubigen Platzes ein Restaurant auf. Der andere richtete ein Café ein, zwei Wochen später eröffnete ein dritter einen Souvenirladen, ein vierter einen Supermarkt. Bald kamen ein Friseursalon und ein Blumenladen hinzu, und so gesellte sich ein Laden zum anderen, und immer mehr Leute besuchten aus reiner Neugier den Platz.

Allerdings begannen die Geschäftsinhaber langsam daran zu zweifeln, ob sich Oskars Geschichte jemals bewahrheiten würde. Deshalb waren sie zu den Kunden ganz besonders freundlich, damit sie wiederkämen. Schnell waren die Händler, Handwerker und Gastwirte dieses Platzes für ihre außergewöhnliche Freundlichkeit bekannt. Nach und nach entstanden auf dem gewaltigen Gelände Straßen und Gassen, von kleinen Buden und Kiosken gesäumt. Nur ein großes Feld im Norden blieb eingezäunt und unbebaut. Schon bald hatte man vergessen, weshalb man sich überhaupt hier angesiedelt hatte, und der Platz wurde zum beliebtesten Ort der Stadt.

Eines Tages rumpelten Bagger, Lastwagen und Bulldozer auf das Feld. Hunderte von Arbeitern schufteten rund um die Uhr und bauten fleißig ein riesiges Haus.

Zuerst wurde gemunkelt, es solle ein Parkhaus werden; allerdings sah die Fassade mit den gewaltigen Säulen aus Marmor nicht gerade danach aus. Doch bald erfuhr man: Das

Stadttheater sollte hier in einem Jahr seine erste Vorstellung geben, ein namhafter Musiker habe eine Sinfonie eigens für die Eröffnung komponiert.

Die Zeit verging wie im Fluge. Auf zahlreichen kleineren Baustellen bemühte man sich, noch vor dem großen Ereignis fertig zu werden: Hotels, Bars, ein Krankenhaus, eine Schule, ein Kindergarten, ein Sportplatz, ein Kino, Taxistände und Bushaltestellen wurden eine Woche vor der Theatereröffnung in Betrieb genommen. Eine prächtige Allee führte vom Ufer des Flusses zum Schauspielhaus. Und so sehr sich der Bürgermeister auch anstrengte, den Leuten klarzumachen, dass das neue Theater *Stadttheater* heiße, sie konnten sich mit dem Namen nicht anfreunden. Etliche erinnerten sich wieder an seine Prophezeiung und sprachen immer nur von *Oskars Theater*. Und auf alle Schilder und Wegweiser, auf denen in großen Buchstaben das Wort STADTTHEATER stand, sprayten Jugendliche mit roter Farbe Oskars Namen. Wenn ein Fremder nach dem Stadttheater fragte, so antworteten sie: »Ach, Sie meinen *Oskars Theater*, klar, das liegt am großen Platz. Sie können es nicht übersehen. Es ist das Gebäude mit dem prächtigen Eingang, der riesigen Treppe und den hellen Marmorsäulen.«

Oskar half weiterhin seinem Vater im Blumengeschäft, trug die Bestellungen aus und sparte jeden Cent von dem Trinkgeld, das er bekam.

Am Tag der Eröffnung fuhren Limousinen und Taxen vor. Elegante Leute stiegen laut lachend aus und schritten über die Marmortreppe ins Theater. Ein Mann im schwarzen Anzug kontrollierte ihre Karten und verneigte sich vor ihnen.

Keiner, nicht einmal der Bürgermeister, dachte an diesem Tag an Oskar und seine Prophezeiung.

Doch der zog sich fein an und ging erhobenen Hauptes

zum Theater. Er wusste, wie viel ein Platz in der Loge kosten würde. Als er gelassen am Schalter stand, eine Karte verlangte und das abgezählte Geld bereithielt, sagte der Mann hinter der Scheibe: »Es tut mir leid. Wir sind seit Tagen ausverkauft!«

Fassungslos schaute Oskar den Schaltermann an, aber der schüttelte nur unwirsch den Kopf und schnarrte: »Der Nächste bitte!«

Traurig flüsterte Oskar: »Aber ich habe euch doch erfunden.«

»Erfunden?«, fragte der Mann fast empört und überreichte dem Besucher hinter Oskar seine reservierte Karte. »Er hat uns erfunden, sagt der Bursche«, wiederholte er, und der Gast verstand überhaupt nichts, und es interessierte ihn auch nicht. Hauptsache, er hatte seine Karte.

Oskar ging davon. Allein stand er draußen in einer fernen Ecke und weinte leise.

Die Entkopplung

Ich weiß nicht, warum mich so viele Menschen aufsuchen, um mir ihre kuriosen Erlebnisse zu erzählen. Ich bin natürlich gierig nach Geschichten. Vielleicht sendet diese Gier Signale, ähnlich wie meine Angst vor Hunden.

Oft sind es harmlose Erzählungen, die ich bald wieder vergesse. Nicht jedoch Georgs Geschichten. Leider sehe ich ihn viel zu selten. Er ist im Dauerstress, weil er Alimente für seine sechs Kinder zahlen muss, die er mit sechs Frauen gezeugt hat. Merkwürdig, es lief immer nach demselben Schema ab. Georg ist ein lebensfroher Mann, ein belesener Handwerker, ein sagenhaft guter Elektromeister und Alleskönner, und immer wieder hat er eine Affäre in der Pfanne und eine in der Vorratskammer. Treue war ihm seit jeher zu katholisch. Er ist Atheist.

Das oben erwähnte Schema sieht so aus: Er beginnt eine Affäre, sie durchläuft eine heiße, aber kurze Phase, dann zerbröselt die tägliche Routine seinen Charme und die knochenharte Arbeit als Elektromeister sein Begehren und seine Potenz. So ermüden die Frauen parallel zu ihm, der, sobald der Alltag ihn auf ein normales Maß zurückgeschraubt hat, auf seine Wunschliste schielt und die nächste einsame Frau umschwärmt. Er bemüht sich um sie, lädt sie zu Ausflügen nach Rom und Florenz ein, wo er sich als Kenner der romantischen Städte aufspielt, bis »die Neue« willig wird. In der Trennungsnacht von »der Alten« und nach vielen ehrlichen Tränen schläft er dann noch einmal mit der Frau, die er verlässt. Das hat er nie geplant. Das kommt so spontan beim gegenseitigen Trösten und Küssen der durch Tränen salzig gewordenen Lippen.

Alle sechs Frauen wurden in der Nacht des Abschieds von ihm schwanger.

Er zahlt jeder Mutter wenig, aber er zahlt.

Als er bei der Geburt des sechsten Kindes auf dem Klinikflur wartete, kam die Hebamme aus dem Kreißsaal. Frau Kraus, eine stämmige alte Frau, deren direkte Art berühmt-berüchtigt war, musterte ihn lange. Sie kannte ihn ja.

»Und?«, fragte er ehrlich besorgt.

»Ein hübsches Mädchen, aber ich frage doch mal Herrn Doktor Müller, ob er einem gewissen Georg nicht seine Gurke kürzer schnippeln will. Keine Sorge, pinkeln kannst du auch danach noch.«

Georg lachte und schien von der Bemerkung völlig ungerührt. Sein freches Lachen erschreckte die Hebamme. Sie schüttelte den Kopf, ging weiter und brummelte Unverständliches vor sich hin.

Nun aber ist eben dieser Georg, o Wunder, seit zwei Jahren glücklich verheiratet. Sabine, seine Frau, ist eine selbstbewusste, sportliche Erscheinung mit Charme und Witz, vor allem jedoch mit einer unbändigen Reiselust. Eine Nomadin im wahrsten Sinne des Wortes, die man besser fragt, wo sie noch nicht war. Seit ihrer Jugend reist sie, und je älter sie wird, umso abenteuerlicher werden ihre Reisen. Nicht nur mit ihrem Mann ist sie unterwegs, sondern auch mit den Frauen der vier Vereine, in denen sie und ihr Mann zahlende Mitglieder sind.

Eines Abends waren sie bei uns eingeladen. Während Sabine und meine Frau auf der Terrasse ihren Aperitif genossen, folgte mir Georg mit seinem Glas in die Küche. Ich hatte eine Mezze vorbereitet, eine bunte Mischung aus zwanzig Vorspeisen, immer gut, wenn man sich länger unterhalten und nebenbei naschen will. Alles war bereits gekocht, gebraten und gemixt, nun wollte ich die Leckereien nur noch schön auf Teller verteilen und geschmackvoll anrichten. Das Auge isst ja bekanntlich mit.

Auch wenn meine Hände beschäftigt waren: Meine Ohren waren vollkommen offen und frei. Und sie sendeten dieses Signal, die Gier nach Geschichten.

»Vor zwei Nächten hatte ich einen Traum«, begann Georg. Oft erfindet er Geschichten und verkauft sie dann als Film oder Traum. »Mein lieber Freund, so was kann man sich kaum ausdenken. Ich habe immer noch weiche Knie. Willst du es hören?«, fragte der verfluchte Kerl, als hätte ich jetzt noch Nein sagen können. Ich zückte das große Küchenmesser.

»Schon gut, ich erzähle ja schon. Also, wir waren auf Reisen, Sabine und ich. Wir hatten gebucht und wussten nur, es sollte eine lange Kreuzfahrt für ausgewählte Passagiere sein. Im Traum wurde weder ein Visum noch ein Pass noch eine Fahrkarte für das Schiff benötigt, wir wurden auch nicht kontrolliert, stattdessen führte man uns durch einen langen Korridor in der Abfertigungshalle. Auf einem Schild, das zunächst keiner verstand, stand nur: *Zur Entkopplung*. Ich näherte mich mit meiner Frau einem Raum mit vier oder fünf Kabinen. Drei Polizisten standen am Eingang. Hinter ihnen konnte man durch ein großes Fenster in der Ferne bereits das große Passagierschiff *Aurora* sehen. Es hatte schon am Kai angelegt. Ich wunderte mich, dass offenbar nur Paare zu dieser Reise eingeladen waren.

›Wie lange dauert die Fahrt?‹, fragte ich.

›Zehn, zwanzig Jahre, wer weiß?‹, antwortete eine Frau, die mit ihrem Mann vor uns in der Warteschlange stand und einen kleinen Schritt vorwärtsrückte.

Es ging schleppend voran. Am Eingang zu dem Raum, den wir passieren mussten, schien es ewig zu dauern.

›Was ist da vorne los?‹, fragte ein Mann hinter uns ungeduldig.

›Sie entkoppeln das Geschlecht der Männer‹, hörte ich jemanden sagen, aber ich begriff rein gar nichts.

Als wir endlich den Eingang erreichten, war ich erschöpft. Ich sah, dass man die Frauen vor uns direkt durchließ, während die Männer in die Kabinen geführt wurden.

›Sie wissen schon‹, sagte ein Mann in weißem Kittel zu mir, als wir an der Reihe waren. Sabine beachtete er nicht. Er trug komischerweise eine Sonnenbrille und ein Stethoskop um den Hals. Er muss Arzt sein, dachte ich. ›Unsere Reise dauert lang, und wir rechnen damit, dass wir, bevor wir wieder an Land gehen, über zwanzig Jahre unterwegs sind. Sie gehören zu den wenigen Auserwählten für dieses Experiment. Wir haben ausreichend Vorräte geladen, produzieren unsere Nahrung auf dem Schiff selbst, und das Wasser an Bord ist frei von jedweder Verschmutzung. Aber wir haben ein Problem: Wir dürfen uns nicht vermehren. Sie können sich vorstellen, was bei elftausenddreihundertsiebzig gesunden Paaren unter dreißig nach neun Monaten passiert, wie viele Kinder da zur Welt kommen könnten. Das Personal noch gar nicht mitgerechnet. Vor allem der abendliche Blick in den Sonnenuntergang und die frische Seeluft machen jeden welken Mann zum Stier … Sie wissen, was ich meine.‹

Ich wusste, was der Mann meinte, und grinste. Wie du weißt, stehe ich auch ohne Meerblick meinen Mann. Aber zu meinem Entsetzen fuhr der Arzt fort: ›Zudem können wir uns Sentimentalitäten und Eifersuchtsszenen nicht leisten. Daher entkoppeln wir vorab das Geschlecht der Männer. Das dauert genau neun Minuten, geschieht ganz schmerzfrei und ohne dass ein Tropfen Blut fließt. Und zwar mit dem modernen Entkoppler *Sense XXL*. Seine Erfinder, ein Mediziner und ein Physiker aus Göttingen, haben dafür den Nobelpreis bekommen. Die Penisse werden genau registriert, damit es am Ende nicht zu Verwechslungen kommt, wie es zwischen Esel und Kamel auf der Arche Noah passiert ist – zur Freude des Esels‹, fügte er hinzu und lachte süffisant. Mir war überhaupt nicht zum Lachen zumute.

›Aber was ist, wenn …?‹, wollte ich meine Bedenken äußern.

›Keine Diskussion bitte, wenn Sie nicht wollen, können Sie gerne kehrtmachen. Wir haben lange Wartelisten‹, sagte der Mann im weißen Kittel und deutete Richtung Ausgang.

›Los jetzt, die Leute hinter uns murren bereits‹, fauchte mich Sabine an. Sie sah die Gangway zu unserer verheißungsvollen Kreuzfahrt in greifbarer Nähe vor sich. ›Stell dich nicht so an, auch der Kapitän und seine Crew sind entkoppelt. Sie haben es alle über sich ergehen lassen, ohne aufzumucken. Du bist nicht besser als Tausende andere Männer.‹

›Was meinst du damit, ich bin nicht besser? Sie wollen mich kastrieren. Jawohl, das ist das richtige Wort.‹

Meine Frau antwortete nicht mehr. Sie schwieg und schaute in der Gegend herum, als ginge sie die Sache nichts an.

›Mach schon, wir wollen hinein‹, brüllte ein Mann in meinem Rücken.

Ich fühlte mich von hinten bedrängt und von meiner Frau im Stich gelassen. Widerwillig betrat ich eine Kabine, und tatsächlich ging es schnell. Eine Haube umschließt Penis und Hoden. Und saugt alles weg. Man fühlt einen kleinen Stich, und schon kommt das Ganze luftdicht verpackt aus dem Gerät. Zwischen den Beinen hat man nur noch ein Loch zum Pinkeln.

Alle persönlichen Daten wurden aufgenommen und auf den durchsichtigen, vakuumierten Beutel geklebt, den die Krankenschwester in ein Tiefkühlfach steckte, nachdem sie sich noch einmal vergewissert hatte, dass meine Daten korrekt waren. Sie sah übrigens aus wie die Hebamme Kraus.

Wir gingen an Bord, und die Kreuzfahrt startete.

Ich weiß nicht. Plötzlich erschien mir die Welt gleichgültig, fade und reizlos. Auf nichts hatte ich Lust. Die Frauen hingegen genossen die Reise. Du weißt ja, Frauen können immer genießen. Bei uns Männern hängt alles an diesem einen Galgenseil. Für mich glich der Untergang der Sonne am Horizont ihrem Aufgang am Horizont gegenüber.

Die Frauen liefen bei diesem Wetter ›oben ohne‹ herum, die Männer waren ›unten ohne‹, und ich begriff schnell, dass Blicke allein nicht befriedigen, sondern einem nur zeigen, was man verpasst.

Wie lange die Reise dauerte, kann ich nicht sagen. Es waren sonnige Stunden, Tage oder Jahre. Als es hieß, die Kreuzfahrt sei zu Ende und man wolle in Kürze im Heimathafen anlegen, freute ich mich darauf, dass ich nun bald wieder Sex mit meiner Frau haben konnte.

Auch den anderen konnte es offensichtlich nicht schnell genug gehen, die Leute drängten furchtbar beim Hinausgehen. Sie schrien herum, und es gab sogar – durch die Ungeduld – Tritte und Ohrfeigen unter den Passagieren. Ich war schon kurz vor dem Ausgang angelangt, da wirbelte ein Tumult die Menschen durcheinander – und warf mich, ich weiß nicht, wie, von der vierten oder fünften Stelle in der Warteschlange nach ganz hinten. Als ich endlich mit drei, vier anderen Schlusslichtern wieder am Ausgang ankam, saß die Krankenschwester, die nun wie Sabine, meine Frau, aussah, erschöpft und verheult vor lauter aufgerissenen, leeren Verpackungen. Ihre Schminke war über das ganze Gesicht verschmiert. Sie schaute auf und sagte: ›Nichts mehr übrig. Es tut mir leid. Ach, wie schrecklich! Dass die Leute auch bei so was noch hamstern müssen.‹

Neben der Krankenschwester standen drei Männer in weißen Kitteln und lachten. ›Ach, wie schrecklich, ach, wie schrecklich‹, äffte der Kleinste unter ihnen die Krankenschwester nach.

›Vielleicht haben manche jetzt einen Doppellauf‹, sagte der Zweite.

Ein großer Mann aus der Gruppe der Passagiere stand abseits und weinte herzerweichend: ›Man hat mein Fernrohr mit diesem Würmchen vertauscht‹, jammerte er und stand mit heruntergelassener Hose da. Eine winzige Olive ruhte auf seinen Hoden.

Hinter mir brüllten sechs, sieben entsetzte Männer, darunter auch Bedienstete und Mitarbeiter aus dem medizinischen Team.

›Ein paar Frauen haben das Chaos genutzt und sich auch eine Tüte mitgenommen. Obwohl sie überhaupt nichts damit anfangen können‹, berichtete ein Mann im weißen Kittel, es war derselbe, der mich beim Empfang aufgeklärt hatte. Ich wollte mich auf ihn stürzen und ihm an die Gurgel gehen, doch in diesem Augenblick nahm er die Sonnenbrille ab. Er sah mir zum Verwechseln ähnlich. Ich erschrak mich zu Tode. Er aber kam auf mich zu und versetzte mir einen Kinnhaken. Ich hörte ihn lachen und fiel zu Boden. In diesem Moment wachte ich auf. Ich war schweißgebadet, atmete schwer. Als sich meine Augen an die Dunkelheit gewöhnt hatten, erkannte ich, dass ich zu Hause in meinem Bett lag. Sabine schlief neben mir. Ich richtete mich auf und tastete zuerst meine Umgebung, dann meinen Körper ab. Es war alles da. Ich warf mich ins Kissen zurück und atmete erleichtert auf.«

Georg entkorkte die Weinflasche und half mir, die Tabletts mit den kleinen bunten Tellern hinaus auf die Terrasse zu bringen.

Der Teufel war es nicht

Said lag auf seinem Bett und las eine ägyptische Comiczeitschrift. Er hörte seinen Vater im Esszimmer laut lachen. Das Abendessen war längst vorbei, der Vater trank mit der Mutter Arrak und aß dazu Pistazien. Elias Derani liebte es, in der Stille des Abends seinen Arrak zu trinken und Pistazien zu knabbern, und wenn Fadia ein Gläschen mittrank, war die Welt für ihn in Ordnung. Said hörte seine Mutter erzählen, aber er verstand nicht, was seinen Vater an diesem Abend so zum Lachen brachte. Als der Vater noch einmal laut auflachte und rief: »Das erzähle ich dem Bischof, das muss ich unbedingt dem Bischof erzählen!«, wäre Said vor Neugier fast geplatzt.

Kurz darauf kam seine Mutter zu ihm, um ihrem Sohn einen Gutenachtkuss zu geben. Said hielt sie am Arm fest und fragte: »Warum hat er so gelacht?«

Sie lächelte. »Ich habe ihm eine dumme Geschichte erzählt, und dein Vater liebt meine dummen Geschichten«, sagte sie und wuschelte ihm durch die Haare.

»Ich auch«, sagte Said und ließ ihren Arm nicht los.

Sie sah ihren Mann zur Toilette gehen und setzte sich auf die Bettkante.

»Ich erzähle es dir ganz schnell, aber du darfst es niemandem weitersagen. Ich habe die Geschichte von Asisa. Kennst du Asisa?«

»Ja«, antwortete Said. Asisa war die Frau des Juweliers Burhan, eines reichen Christen. Er war sehr fromm und wie Elias Mitglied in allen Gremien der katholischen Kirche.

»Sie haben doch diesen Farag, dieses verzogene Einzelkind«, sagte sie. Said kannte den Jungen, aber er mochte ihn nicht. Farag war ein gerissener Fuchs, dem man am besten aus dem Weg ging. »Der hat doch zu Hause tatsächlich eine Videokamera angebracht. An der Decke, genau über dem Tresor. Er hat das Bild so nahe herangezoomt, dass er seinen Vater beobachten und die Geheimzahl des Tresors aufschreiben konnte. Damit fing es an. Farag hat sich monatelang von dem Geld bedient. Der Vater drehte fast durch, denn er bemerkte den Verlust, konnte ihn sich aber nicht erklären. Immer wieder verschwanden kleinere und größere Summen. Der Juwelier beschuldigte insgeheim seine Haushälterin, eine alte Witwe, die eine viel zu große Familie von ihrem mageren Lohn ernähren muss. Er verdächtigte auch Asisa, seine Frau, bis er eines Vormittags seinen Sohn auf frischer Tat ertappte.

Der jammerte unter Burhans Schlägen und rief: ›Das war ich nicht, das war ich nicht. Der Teufel hat mich missbraucht und verführt. Ich war es nicht. Er hat mich dazu gezwungen.‹

Der Vater hörte auf zu schlagen. Das wollte der fromme Mann genau wissen. ›Wie hat der Teufel das gemacht?‹, fragte er, doch bevor der Sohn seine Fantasie auf die Reise schicken konnte, knallte es in der Ecke, eine dichte rote Wolke entstand augenblicklich, und es roch nach Jasmin und Rosen.

Als der Rauch zur Decke aufgestiegen war und sich langsam auflöste, erblickten Vater und Sohn den Teufel. Er sah überhaupt nicht so aus, wie ihn die Kirche darstellt – mit Hörnern, Schwanz und Pferdefuß –, sondern war ein schöner Mann in schwarzem Anzug, schwarzem Hemd und roter Krawatte, höchst elegant.

›Entschuldige bitte die Störung‹, sprach der Teufel zum Vater. ›Ich trete selten in Erscheinung, doch diesmal tue ich es aus Achtung vor deinem Sohn.‹ Der Teufel lächelte und entblößte seine großen, schneeweißen Zähne. ›Ich habe deinen Sohn zu dieser Tat weder gezwungen noch angeleitet. Mit diesen neumodischen Geräten kenne ich mich noch nicht aus, aber ich muss schon sagen, ich habe eine Menge von deinem Sohn gelernt. Alle Achtung, Junge. Du bist ja nicht nur mit der Videokamera vertraut. Noch heute lache ich darüber, wie trickreich du die schöne Josephine überzeugt hast, dass ihre Gesangstimme durch zwölf Zungenküsse in der Woche besser wird.‹ Er näherte sich dem Vater und packte ihn am rechten Ohr. ›Hör auf, deinen Sohn zu bestrafen. Mit meiner Hilfe wird er es zum Milliardär bringen. Hast du verstanden, Burhan?‹, rief er und zog den Vater kräftig am Ohr. Danach verschwand er so plötzlich, wie er gekommen war. Der Juwelier fiel in Ohnmacht. Sein rechtes Ohr trägt seitdem eine daumengroße Brandspur, aber die Stelle duftet immer nach Rosen. Seit jenem Tag geht Burhan nicht mehr zur Kirche.«

Jetzt musste auch Said herzlich lachen. Fadia küsste ihren Sohn und verließ das Zimmer, als Elias eben von der Toilette kam und wieder in den Salon trat.

Der kluge Teppichknüpfer

Mein Freund Heinrich ist immer für eine Überraschung gut. Wir hatten beschlossen, ein Buch zum Thema »Humor der Minderheiten« herauszugeben, und trafen uns abwechselnd einmal bei mir in der Pfalz und einmal bei ihm in Sachsen. Heinrich ist wie ich ein leidenschaftlicher Koch. Nach der Trennung von seiner Frau kocht er nur noch, wenn er Besuch bekommt. So auch diesmal für mich. Es war exzellent.

Gemeinsam arbeiteten wir drei Tage lang, fast zwölf Stunden täglich. Viele Fragen hatten wir gelöst, neue waren entstanden und sollten dann bei der letzten Redaktionssitzung bei mir zu Hause beantwortet werden. Wir hatten viel zu lachen über all das Komische, das Fremde mit ihrer Sicht von außen in einer Gesellschaft wahrnehmen, während es für die Einheimischen »ganz normal« ist.

»Heute sind wir Gott sei Dank früher fertig geworden«, sagte Heinrich am letzten Tag gegen vier Uhr am Nachmittag. »Wir haben noch Zeit. Um sechs Uhr findet im Boulevardtheater der Abschluss, sozusagen der Höhepunkt eines verrückten Festivals statt.« Er grinste merkwürdig.

»Comedians?«

»Nein, Furzkünstler«, antwortete er ernst.

Ich lachte. »Willst du mich auf den Arm nehmen?«, fragte ich.

»Keineswegs. Ich habe uns zwei Karten reserviert – und danach einen Tisch beim Italiener. Du erinnerst dich doch noch an den Wirt Roberto, oder?«

Natürlich erinnerte ich mich an den wunderbaren Abend, den ich mit Heinrich bei dem Italiener verbracht hatte, und an das ausgezeichnete Essen. Roberto hatte den Fisch an unserem Tisch filetiert und ausgerufen: »Ich bin Fischchirurg.« Viele Gäste hatten mit uns gelacht.

»Stell dir vor, dieses harmlose Festival ist letzte Woche zum Politikum geworden, weil mehrere Künstler, angeführt von einem bekannten amerikanischen Kunstfurzer, abzureisen drohten, wenn ein iranischer Künstler teilnehmen würde. Es wurde heftig über den Fall debattiert. Letztlich gab die Theaterleitung unter dem Druck der Sponsoren nach und schloss den Iraner aus.«

Ich war noch immer nicht in der Lage, mich auf Details einzulassen, sondern ziemlich verwirrt und unfähig, das Ganze auch nur annähernd zu verstehen.

»Ein Festival für Furzer?«, Meine Zunge verriet meine Verwirrung gegen meinen Willen.

»Kein Wunder«, erwiderte Heinrich. »Festivals boomen, und man staunt, was es alles für Themen gibt. Literatur und Musik sind ja Tradition, aber die Agenturen erfinden immer kuriosere Dinge: Es gibt tatsächlich schon Festivals für das Wälzen im Schlamm, und eines, bei dem man sich mit Tonnen reifer Tomaten bewirft … so lange, bis alle in Tomatensoße stehen. Kannst du dir vorstellen, dass man sogar populäre Feste zum Zwergenwerfen organisiert, bei denen kleinwüchsige Menschen durch die Luft geschleudert werden? Ich selbst habe schon ein Chili & Barbecue-Festival erlebt und eine Fotoreportage über ein Penisfestival gesehen, bei dem Männer und Frauen wie bei einer Prozession riesenhafte Penisse auf den Schultern durch die Stadt tragen. Tausende von Zuschauern lutschen an Penislollis oder tragen wackelnde Gummipenisse auf der Nase. Und nun gibt es hier eben auch eins für

Kunstfurzer. Die Veranstaltungen der letzten drei Tage waren ausverkauft. Du kannst es im Lokalteil nachlesen.«

»Furzen? Das kann doch jeder«, widersprach ich.

»Aber nicht Kunstfurzen!«, antwortete Heinrich unbeeindruckt. »Ich mache uns jetzt einen Espresso, und in der Zwischenzeit kannst du in die Zeitung schauen oder im Internet nach ›Kunstfurzer‹ suchen. Dort wirst du schnell auf den legendären Joseph Pujol stoßen. Heute Abend soll dem Sieger eine kleine goldene Figur überreicht werden, die Pujol beim Furzen darstellt. Sie ist zehntausend Euro wert.«

Es war genau so, wie Heinrich behauptet hatte. Furzen als Kunst beherrschen nur wenige. Nicht jeder verfügt über die anatomische Fähigkeit, durch gezieltes Anspannen und Entspannen des Darmschließmuskels die Tonhöhe der Abwinde zu modulieren. Außerdem muss man in der Lage sein, durch seine diversen Körperöffnungen Luft zu inhalieren und über den Hintern wieder entweichen zu lassen. Die frisch eingesaugte Luft erzeugt keine stinkenden, sondern geruchsneutrale Fürze. Bis zu neunzig Minuten dauert die Show mancher Kunstfurzer, allerdings führen sich einige – vom Publikum unbemerkt – hinter der Bühne Luft per Schlauch ein, um sie dann auf der Bühne kontrolliert entströmen zu lassen. Manche können mit ihrem »Gesäßhusten« sogar eine Kerze ausblasen, was die Zuschauer wahlweise von den Stühlen reißt oder, wie es in der Zeitung stand, in Ohnmacht fallen lässt. Das und noch mehr hatte ich rasch nachgelesen und war nun selbst gespannt auf das Festival.

Der Saal war gerammelt voll. Heinrich hatte die besten Plätze für uns reserviert. »Die Akustik«, sagte er, »ist in diesem Theater perfekt wie in einer Kirche, aber ich wollte, dass wir auch genau sehen, was sich auf der Bühne abspielt«, sagte er.

Die Innenarchitektur des Boulevardtheaters erinnerte an die Zwanzigerjahre. Der schwere, bordeauxrote Vorhang war umgeben von einem dem Jugendstil nachempfundenen goldenen Rahmen. Als der Vorhang sich hob und der Theaterdirektor die Bühne betrat, wurde er mit einem begeisterten Beifall empfangen.

»Meine Damen und Herren«, sprach er in das mittig platzierte hohe Standmikrofon. Auf der Bühne hinter ihm waren außerdem mehrere niedrige Standmikrofone zu erkennen. »Ich freue mich sehr, dass Sie so zahlreich zur Abschlussveranstaltung des Festivals für die ungewöhnliche Fähigkeit des Kunstfurzens erschienen sind. Sie und Tausende von Besuchern haben die Künstler mit ihrem Programm drei Tage lang auf verschiedenen Bühnen erlebt. Heute jedoch wollen wir den König dieser Kunst küren und ihm den goldenen Pujol als Auszeichnung überreichen. Wir danken unseren großzügigen Sponsoren, die nicht nur die Kosten für diese edle Figur, sondern für das gesamte Festival übernommen haben.

Eine kompetente Jury aus Sportmedizinern und Musikern hat dreihundert Bewerber aus fünfundvierzig Ländern geprüft … leider war keine Frau darunter. Zehn Kandidaten konnten die Experten überzeugen. Sie sind die besten der Welt, deshalb haben wir sie zu diesem Festival eingeladen. Die vielen begeisterten Besucher sind Beweis dafür, dass die Auswahl unserer Jury richtig war. Und Sie, verehrtes Publikum, haben heute die Aufgabe, den Sieger zu ermitteln. Vorn an Ihrer Armlehne befindet sich ein grüner Knopf. Wenn Sie einem Kandidaten Ihre Stimme geben möchten, drücken Sie nach seinem Auftritt einfach darauf, und das Resultat erscheint direkt auf dieser Anzeigetafel.« Dabei deutete er auf ein Display über der Glasvitrine, in der auf rotem Samt die goldene Siegerfigur stand. »Und nun bitte ich Sie um einen Probelauf. Geben Sie jetzt Ihre Stimme ab«, rief er und schaute gespannt auf die Tafel. Die Ziffern rasten nach oben wie an der Zapfsäule einer Tankstelle, und als sie stoppten, leuchtete rot die Zahl 489 auf.

»Da fehlt noch jemand …«, begann der Direktor, aber im nächsten Moment lachte er erleichtert auf. Die Anzeige war auf 490 gesprungen. »Da ist er ja! Auch der Letzte hat's verstanden! Danke schön.«

Das Publikum klatschte.

Der Moderator erläuterte, über die Reihenfolge der Auftritte habe das Los entschieden und über jeden Künstler werde neu abgestimmt. Er bat das Publikum um Beifall für den ersten Meister seiner Disziplin, Mats van Dijk aus Amsterdam, der nun lachend auf die Bühne kam. Der Moderator zog sich zurück.

Mats van Dijk stellte sich vor eines der niedrigen Mikrofone, beugte sich nach vorne, sagte »Donner«, und man hörte einen grollenden Furz. Bei »Rakete« zischte es ein paar Sekunden lang und knallte dann, aber man konnte im Saal erkennen, dass der Holländer den Schließmuskel seines Anus mit den Händen zum zischenden Schlitz in die Länge zog. Einige pfiffen. Nach ein paar weiteren Geräuschimitationen verließ der Holländer die Bühne wieder, die Benotung durch das Publikum fiel ärmlich aus: nur 80 Punkte.

Danach wurde der Franzose Jean-Pierre André angekündigt. Er war nervös und zitterte am ganzen Leib. Er bemühte sich tapfer, doch seine Fürze kamen gequält und fast unhörbar heraus. Auch er ging ohne Beifall und mit schlechter Punktzahl von der Bühne ab: 60 Punkte.

Ihm folgte der afghanische Meister, der mit seiner Darbietung anscheinend den Krieg in seinem Land darstellen wollte: Bomben explodierten, Menschen schrien hysterisch, Maschinengewehre knatterten, Motoren heulten, und zwischendurch hörte man die dumpfen Einschläge von Artillerie und Raketen. Das Publikum reagierte leicht betroffen, denn hier gab es nichts zu lachen. Dennoch vergaben die Zuschauer 250 Punkte. Damit hatte der Asiate seine zwei Vorgänger »weggeblasen«.

Bald konnte ich mir die Namen nicht mehr merken. Sie waren mir letztlich auch egal. Ein schwedisches Duo faszinierte das Publikum ganz besonders: Die zwei blonden Männer führten mit ihren Fürzen ein heftiges Gespräch zwischen Mann und Frau auf, die Fürze des Darstellers der weiblichen Rolle waren zwei Oktaven höher als die des anderen. Der Streit begann wie ein Dialog mit unverständlichen Worten aus der Ferne, man hörte die beiden lachen und schimpfen, weinen und husten. Doch plötzlich versagte der Bassfurzer, weil er sich nicht mehr beherrschen konnte und selbst lachen musste. Das Lachen brachte ihn zum Entsetzen seines Partners vollkommen durcheinander. Ihm entfuhren die Fürze nur noch unwillkürlich beziehungsweise verstummten gegen den Willen ihres »Befreiers«. Das Ergebnis war eine schlechte Bewertung: 75 Punkte.

Es folgten ein Schweizer, der mit Fürzen jodeln konnte, ein Südafrikaner, ein Chinese, ein Isländer. Alle bemühten sich, blieben jedoch in der Publikumsgunst hinter dem Afghanen. Dann traten zwei Pfälzer auf die Bühne, jeder von ihnen hatte zwei alte Holzkrücken dabei. Der Moderator stellte sie als das Duo »Ferz mit Krigge« vor. Die beiden boten eine gute Show, sie furzten abwechselnd und schlugen die Krücken aufeinander. Es klang wie Trommelschläge und Kastagnetten, war zwischendurch auch tatsächlich feurig, sodass manche im Saal jubelten. Aber am Ende übertraf das Duo den afghanischen

Kunstfurzer gerade mal um zehn Stimmen: Die Pfälzer erzielten 260 Punkte.

Dann kam der Amerikaner.

Der Moderator empfing ihn mit einer Rede, die eines Nobelpreisträgers würdig gewesen wäre. Entsprechend gespannt war das Publikum, und der amerikanische Künstler im Kostüm des legendären Comichelden Captain America enttäuschte die Zuschauer nicht. Mit seinem Kunstfurzen übertraf er alle bisherigen Konkurrenten. Er konnte Vulkane, Explosionen, das Zischen einer Flamme, ein Gurgeln, das Hämmern auf Holz, aber auch das Traben, Schnaufen und Wiehern eines Pferdes präzise furzen, dabei lächelte er gelassen. Ein tosender Beifall des Publikums war der Lohn, er verbeugte sich höflich. Doch spätestens beim perfekten Wiehern kam der Verdacht auf, er furze gar nicht live, sondern habe einen MP3-Stick mit den Geräuschen in seinem Hintern, die über einen Minilautsprecher übertragen wurden. Der Moderator, so etwas vorausahnend, hatte zwar schon bei der Begrüßung versichert, dass alle Künstler einer gründlichen Untersuchung ihres Afters unterzogen würden, das sei die Voraussetzung ... Trotzdem hielt der Zweifel manche zurück, dem Amerikaner ihre Stimme zu geben. Andere verweigerten ihm ihre Stimme, weil sie ihm seine arrogante, humorlose Haltung gegenüber dem iranischen Künstler nachtrugen. Zu dieser Gruppe gehörte ich, und, wie ich später erfuhr, auch Heinrich. Immerhin bekam er 320 Punkte.

Er ging ab, und dann kam ein Auftritt voller Überraschungen. Ein stämmiger Mann mit schulterlangen, wallenden blonden Haaren betrat tänzelnd die Bühne. Er hatte eine Reihe von Kerzen auf kleinen Ständern dabei, die er im Halbkreis aufstellte, dann verschwand er hinter dem schwarzen Vorhang, der die Bühne vom Backstagebereich trennte, und kehrte mit einer Violine zurück. Darauf spielte er eine orientalische Melodie, tanzte dabei, und trommelte mit seinen Fürzen den Takt dazu. Es war, als würden sich zwei Trommeln einen Wettstreit liefern. Das Publikum staunte, dass man alles ganz genau hören konnte, obwohl der Künstler nicht vor einem Mikrofon stand. Er trat nur kurz zu dem hohen Standmikrofon des Moderators und sagte: »Arschset angeschnallt.« Das Publikum tobte. Der Moderator blickte von der Seite verwirrt auf die Bühne und verschwand wieder. Der Künstler brachte nun mehrere bekannte Melodien mit Violine und Trommelbegleitung zu Gehör. Sein Violinspiel war ebenso virtuos wie seine Fürze.

Dann zündete er nacheinander alle Kerzen an. Der Furzkünstler bewegte sich dabei mit unnachahmlicher Eleganz, trotz seines kräftigen Körpers wirkte sein Tanz erotisierend auf Frauen wie Männer. In gebeugter Haltung bewegte er sich nun an den Kerzen vorbei und blies sie eine nach der anderen mit seinen Fürzen aus. Und als ob das alles noch nicht perfekt genug gewesen wäre, ging er jetzt zum Standmikrofon und rief: »Windmühlen.« Er legte die Violine auf den Boden und begann im Kreis Räder zu schlagen. Seine Arme und Beine verschmolzen wie zu Flügeln, und man hörte die Geräusche des Windes und das metallische Reiben der Achse.

Das Publikum johlte und tobte. Auch meine Hände waren rot und schmerzten vom kräftigen, andauernden Beifall.

Nachdem er seine Vorführung beendet hatte, schaute der Künstler erschöpft und glücklich in den Saal und streifte die blonde Perücke vom Kopf. Er schleuderte sie in die Ecke und verbeugte sich, dankbar für den Applaus. Seine Glatze glänzte vom Schweiß.

Auf der Anzeigetafel stand die Zahl 490. Zögernd kam der Moderator wieder auf die Bühne. »Aber Sie ... das ist, ich meine, Sie können doch hier nicht einfach so auf die Bühne komm…«

Das Publikum pfiff ihn stumm.

»Ich bin Teppichknüpfer. Seit dreitausend Jahren knüpfen wir leise und beharrlich Knoten für Knoten, verstehen Sie? Der Amerikaner ist im Vergleich dazu sehr jung, gerade mal 500 Jahre. Er ist dagegen höchstens ein Furzknoten.«

Das Publikum lachte schallend. Ein nicht enden wollender Beifall riss auch den Moderator mit, er ging auf den Künstler zu und streckte ihm die Hand entgegen.

Im Saal wurde es still.

»Das Publikum hat Sie eindeutig zum Sieger gekürt«, sagte er mit leiser Stimme. Eine junge Frau kam auf die Bühne, nahm die goldene Figur aus der Vitrine und überreichte sie dem Iraner. Er hatte die Violine noch in der linken Hand und hob die goldene Figur mit der rechten hoch.

Nur wenige merkten, dass er weinte.

Galgenhumor

Der arabische Diktator General Fusshami war, wie es bei Tyrannen nicht selten ist, schizophren. Er beleidigte jeden und machte sich über alle und alles lustig, war aber eine Mimose, wenn er selbst zur Zielscheibe der Satire wurde. Und üblicherweise lautete die Anklage dann: »Beleidigung des Vaterlandes im Auftrag Israels«. Von solchen Aufträgen haben die Israelis nie auch nur etwas geahnt.

Eines Tages erzählte ein Satiriker folgenden Witz: »Unser Land geht seit zehn Jahren durch eine Krise. Daher hat ein Berater dem Präsidenten vorgeschlagen, Amerika den Krieg zu erklären. Wir würden den Krieg verlieren, und dann würden die Amerikaner, wie sie das damals in Deutschland mit dem Marshallplan taten, unser Land wiederaufbauen. ›Aber was ist, wenn wir Amerika besiegen?‹, fragte der Präsident.«

Für diesen Witz wurde der Satiriker im Schnellverfahren zum Tode verurteilt, weil er, so die Presse, beim Verhör angeblich zugegeben habe, von Israel dafür bezahlt worden zu sein, den Vater der Nation zu beleidigen – und damit das ganze Volk.

Am Tage der Hinrichtung führte man den Verurteilten zur Galgenhalle. Er war überrascht, dass dort nicht nur der Gefängnisdirektor und einige Gefängnisoffiziere, sondern auch der Präsident persönlich sowie mehrere Generäle und hohe Offiziere anwesend waren. Als er jedoch bemerkte, dass sich auch der Sohn des Präsidenten, ein zwölfjähriger, blasser Junge, im Raum befand, war er vollends verblüfft. Der Junge saß neben seinem Vater und wirkte desinteressiert, fast verloren.

Der Präsident rauchte genussvoll seine Havanna-Zigarre. »Der Verurteilte ist so mickrig«, sagte er zu seinem Vertrauten, dem Geheimdienstchef General Dassas, »der kann den Hunger meiner Hunde nicht einmal für eine Nacht stillen.« General Dassas kannte die deutschen Schäferhunde und Dobermänner, er fand die Bemerkung nicht sonderlich lustig, aber er wusste, dass der Präsident seine Geschmacklosigkeit als Witz verstanden wissen wollte. »Allerdings«, rief der Geheimdienstchef deshalb und lachte laut, was den Präsidenten sichtbar befriedigte.

»Und nun zu dir, Hurensohn«, forderte Diktator General Fusshami den Satiriker auf, der neben der Galgenschlinge stand, »wenn du es schaffst, einen Witz zu erzählen, der uns zum Lachen bringt, so werde ich dich begnadigen.«

Eine schwere Stille legte sich über den Raum. Der Satiriker begann:

»Ein Beamter ging zur letzten Wahl, bei der Sie, Herr Präsident, 99,99 % der Stimmen erhalten haben. Es gab, wie Sie wissen, zwei Wahlzettel, einen weißen mit einem grünen Ja darauf und einen schwarzen mit einem roten Nein. Der Beamte war verärgert über seinen Chef und stimmte daher mit Nein. Weil Zweifel ihn plagten, erzählte er zu Hause seiner Frau, dass er eine Neinstimme abgegeben hatte. Die Frau war entsetzt und begann zu weinen, weil sie befürchtete, dass ihr Mann nun entlassen würde. ›Und wer soll mich und die sechs Kinder ernähren?‹, fragte sie und schlug ihm vor, er solle zum Wahllokal gehen und dem Wahlleiter sagen, er habe leider die Zettel verwechselt und wolle nun seine Jastimme für den Präsidenten abgeben. Gesagt, getan. Der Mann eilte zum Wahllokal und besprach sein Problem leise mit dem Wahllokalleiter. Dieser lächelte und klopfte dem Beamten auf den Rücken. ›Wir wussten, dass du anständig bist, deshalb haben wir deinen Fehler korrigiert, du kannst also ruhig schlafen, aber pass auf, dass dir so etwas nicht noch einmal passiert.‹«

Einige kicherten, der Sohn des Präsidenten lachte hell auf, aber als ihn eine schallende Ohrfeige seines Vaters traf, verstummte er abrupt und schaute so unbeteiligt in die Gegend, als hätte jemand anderer gelacht und die Ohrfeige bekommen. Der Diktator blieb steif. Er blickte um sich, und allen erstarrte das schüchterne Lächeln auf dem Gesicht.

»Ich verstehe den Witz nicht, und es lässt sich nicht klar feststellen, ob jemand außer meinem schwachsinnigen Buben gelacht hat. Ich gebe dir eine zweite Chance«, sagte der Diktator.

»Ich brauche ein Glas kaltes Wasser«, bat der Verurteilte. Seine Kehle fühlte sich an, als sei sie aus sprödem Holz.

Man brachte ihm kaltes Wasser.

»Die Geschichte, die ich nun erzähle, ereignete sich in einem fernen Land. Anders als unser Land, das als Vorbild für Freiheit und Demokratie gelten kann, wurde dieses Land diktatorisch regiert. Deshalb reisten auch keine europäischen Touristen dorthin. Zu uns kommen sie, um zu lernen, wie die Würde des Menschen respektiert wird, und zu bestaunen, welch hohes Maß an Freiheit und Demokratie bei uns herrscht. Nicht so in jenem elenden Land. Eines Morgens ging dort ein Geheimdienstler nach einem Streit mit seiner Schwiegermutter schlecht gelaunt aus dem Haus. Am liebsten hätte er sie als Spionin angezeigt, aber da seine schöne Frau an ihrer Mutter hing, kam das nicht wirklich in Frage.«

»Du bringst mich auf eine gute Idee«, rief ein General in der dritten Reihe, viele lachten. Der Präsident ärgerte sich. Er drehte sich um, und alle schwiegen.

»Der Mann vom Geheimdienst hielt kurz bei einem Straßenverkäufer an, der Poster mit verschiedenen Motiven feilbot: Bilder von Schauspielern, Tänzerinnen, Sängerinnen, von Jesus und dem Präsidenten. Der Händler nutzte den hohen Gartenzaun einer Behörde, um die Poster daran auszustellen und sie den Passanten anzupreisen. Der Geheimdienstler wunderte sich, dass das Jesus-Poster fünfzig Lira kostete, das Bild des Präsidenten dagegen nur fünf Lira. Empört fragte er: ›Was erlaubst du dir, unseren Helden und Landesvater für fünf und Jesus für fünfzig Lira anzubieten?‹ Er wollte den Verkäufer provozieren, indem er vom Präsidenten und nicht vom Poster des Präsidenten sprach. Die Passanten horchten auf. ›Reg dich nicht auf‹, antwortete der Händler, ›kreuzigt den Präsidenten, und ich verkaufe seine Plakate für hundert.‹«

Ein Lachen explodierte und verbreitete sich ungehemmt in der Halle. Besonders herzlich lachte der General der Luftwaffe, der direkt hinter dem Präsidenten saß. Der Präsident lachte als Einziger nicht. Er drehte sich um und schrie: »Nur Hurensöhne lachen bei solch einem geschmacklosen Witz.« Das war sein eigenes Todesurteil. Denn als er sich voller Empörung wieder dem Verurteilten am Galgen zuwandte, stand der General der Luftwaffe hinter ihm auf und erschoss den Präsidenten. »Niemand nennt meine Mutter eine Hure!«, schrie er. Der Geheimdienstchef, der neben dem Diktator saß, wollte seine Waffe ziehen, da traf ihn eine Kugel, die seine rechte Schläfe durchbohrte. Der Adjutant des Oberbefehlshabers der Luftwaffe hatte den Geheimdienstchef noch nie ausstehen können. Vier weitere hohe Offiziere der Luftwaffe zogen ebenfalls ihre Pistolen und riefen: »Der Diktator ist tot. Es lebe die Republik.«

»Waffen auf den Boden, an die Wand stellen und Hände an die Wand legen«, befahl der General der Luftwaffe der Menge.

Allem Anschein nach war er der Anführer einer Verschwörung. Er zückte sein Smartphone und wählte eine Nummer.
»Der Hund ist tot… nein, nicht verfrüht. Die ganze Armee-
und Geheimdienstleitung ist hier in meiner Gewalt … So eine
Gelegenheit wäre so schnell nicht wiedergekommen … Ich
weiß, ich weiß, aber wir kriegen das hin. Besetze mit deinen
Spezialeinheiten umgehend den Rundfunk und gib das ver-
einbarte Kommuniqué durch. Es lebe die Republik!«

Er drehte sich zu seinem Adjutanten um. »Und du küm-
mere dich um den Bengel, bring ihn zu seiner Mutter. Sie sollen sofort aus dem Palast verschwinden. Ich werde dort ein-
ziehen«, sagte er und zeigte auf den Jungen, der totenblass in
der Ecke stand und auf die Leiche seines Vaters starrte.

»Und du verlässt das Land innerhalb von drei Tagen«,
wandte er sich an den Satiriker.

»Aber Herr Präsident. Ich brauche einen Monat, um all
meine Sachen zu packen und Frau und Kinder sicher ins Ausland zu bringen.«

»Gut, dann nimm dir einen Monat und keinen Tag mehr«,
sagte der neue Präsident.

Acht Wochen später wurde auch er weggeputscht. Der
Satiriker lebte fortan arm, aber in Sicherheit in Schweden.

Ein Schmuggler
namens Lachen

Lachen ist ein zweischneidiges Verhalten, es kann verbinden, aber auch trennen. Verbinden, weil es vertraute Gemeinschaft erzeugt, und trennen, wenn es gegen eine Person oder Gruppe gerichtet ist und diese aus der Gemeinschaft ausschließt, wie etwa rassistische Witze. Es könnte gemeinschaftsbildend zur Demütigung eines »Gegners«, »Außenseiters« oder willkürlich gewählten »Opfers«, aber auch versöhnend im Sinne der Überwindung von Konflikten wirken.

Lachen ist eine Sprache.

Lachen ist ein raffinierter Schmuggler. Er kann große Weisheiten, moralische Prinzipien, ethische Grundsätze, philosophische Erkenntnisse und humanitäre Ideale unauffällig zu ihrem Ziel bringen, aber ebenso Feindseligkeiten, Vorurteile, Verachtung und Verletzungen gut getarnt an der Kontrolle vorbei ins Hirn und Herz schmuggeln.

Lachen hilft mit seiner Leichtigkeit aus vielen Krisen heraus. Nicht selten verwandelt es eine vermeintliche Sackgasse in eine Kreuzung, die mehrere Möglichkeiten bietet.

Immer wieder frage ich mich, ob es Zufall ist, dass sich alle meine Besucher aus Syrien nach ein paar Tagen Aufenthalt in Deutschland über die Ernsthaftigkeit und schlechte Laune der Menschen, denen es scheinbar an nichts fehlt, wundern und beschweren. Eine befriedigende Antwort fand ich bis heute nicht.

In Deutschland wurden und werden humoristische Texte seitens der Literaturkritik kaum wertgeschätzt. Das hat Erich Kästner zu seinem herben Urteil bewegt:»Die deutsche Literatur ist einäugig. Das lachende Auge fehlt. Oder hält sie es nur krampfhaft zugekniffen?«

Warum sind Satiriker in Deutschland eher rar und verpönt? Da, wo das Lachen Ausdruck von Kritik und Widerstand ist, findet es kaum Beachtung. Drei von mir geschätzte deutsche Satiriker haben in ihrem Leben deshalb auch sehr gelitten: Heinrich Heine, Oskar Panizza und Kurt Tucholsky. Heine starb vereinsamt und verbittert im Exil. Panizza endete in der Irrenanstalt, und Tucholsky nahm sich im Exil das Leben. Sie sind meiner Meinung nach nicht verkannt, sondern als Satiriker erkannt und bekämpft worden.

Eine plausible Antwort auf die Frage, weshalb die Satire in diesem Land keinen fruchtbaren Boden fand, liefert die Geschichte. In Deutschland fehlte es lange Zeit an einer zentralen Staatsmacht, von der man sich leichter distanziert als von einer politischen Macht in einem Klein- oder Kleinststaat. Die vielfältigen, engen Verwicklungen in einem Fürstentum erlaubten den Untertanen kaum eine Kritik. Der Feind war immer draußen vor den Burgmauern.

Auch ein außereuropäisches Beispiel belegt das. In keinem anderen arabischen Land werden die Politik der Regierung, das Verhalten des Einzelnen und die Krisen der Gesellschaft mit bissigerer Satire überzogen als in Ägypten. Denn Heines Ausspruch»Diese Satire wäre nicht so bissig geworden, wenn der Dichter mehr zu beißen hätte«, rückt nur eine der Ursachen in den Fokus. Eine andere, die die Gesellschaftsstruktur miteinbezieht, ist darin zu sehen, dass nirgendwo sonst die Macht so zentralisiert ist wie in Ägypten, und das nicht erst in der jüngsten Geschichte, sondern seit Tausenden von Jahren.

Lachen ist eine absolut natürliche Äußerung der Gefühle. Sie wird aber unterschiedlich bewertet, je nach Kultur und Epoche. Die Völker des Südens lachen beispielsweise häufiger als die des Nordens.

Christliche Kirchen haben für das Lachen nicht viel übrig. Die katholische Kirche beging seit ihren Anfängen drei große Fehler: Sie fixierte das Christentum auf Leid, Schuld und Sühne. Sie erfand den Beichtstuhl, und sie füllte den Himmel mit den sogenannten Heiligen. Abgesehen von der Nichtanerkennung des Vatikans unterscheidet sich die orthodoxe Kirche nur wenig von der katholischen Kirche. Die evangelische Kirche dagegen befreite sich nicht nur vom Papst, sondern auch von Beichtstuhl und Zölibat; dennoch vertritt sie weiterhin das Konzept von Schuld, Sühne und Buße und bestärkt ihre Anhänger mehr im Ernst als in der Freude.

Warum haben die großen Kirchen solche Vorbehalte gegenüber dem Lachen? Weil Lachen mutig und rebellisch macht, einen kritischen Blick ermöglicht und den Genuss geradezu ansteuert. Die Führer der kirchlichen Institutionen hätten dann keine zerknirschte, von Schmerz, Schuldgefühlen und Gewissensbissen gebeugte, sondern eine selbstbewusste, aufrecht gehende, mit scharfem Blick gewappnete Gemeinde, was die Herrschaft der Kirche zwangsläufig infrage stellt.

Anders als die christliche Kirche, die Lachen als Sünde verteufelte, pflegten und pflegen die asiatischen Kulturen das Lachen und eine Philosophie des Komischen. Buddha lächelt uns oft heiter entgegen. Die Taoisten lachen sehr gerne, die Zen-Mönche sind weltberühmt für ihr lautes Lachen.

Der Islam steht positiv zum Lachen. Lachen und Weinen sind nach dem Koran von Gott geschaffen: »Und dass Er es ist, der [einen] zum Lachen und Weinen bringt.«

Es wird von vielen Begleitern, Freunden und Zeitzeugen berichtet und bestätigt, dass der Prophet Muhammad gerne scherzte und lachte. Von ihm stammt der Spruch: »Dein Lächeln ins Gesicht deines Bruders [hier: Gläubigen] ist ein Akt der Nächstenliebe.« Allerdings mahnten sowohl er als auch die Gelehrten des Islams zur Mäßigung beim Lachen. Alles, was Salafisten gegen das Lachen ins Feld führen, zielt auf die Unterdrückung der Menschen ab.

Der jüdische Humor ist einzigartig auf der ganzen Welt. Er richtet sich in selten gegen andere, sondern ist eher selbstironisch. Er hat aber in der Regel eine bittere Seite, weil er von einer unterdrückten Gemeinschaft stammt. Und es ist kein Humor, der sich um jeden Preis Lachern anbiedert, wie die meisten deutschen Comedians, sondern er enthält nicht selten eine philosophische Kritik, eine religiöse Kritik oder auch eine gnadenlose Selbstkritik.

Auch wenn man dabei lacht, der jüdische Humor scheint in der jüdischen Kultur nicht nur der Unterhaltung zu dienen, sondern er ist gestern wie heute auch eine Technik, Ängste und Konflikte zu bewältigen. Bisweilen war der jüdische Humor die einzige Waffe einer unterdrückten Minderheit.

Der Grad der Freiheit, die ein kritischer, nicht systemkonformer Witz genießt, ist ein Maß für die Freiheit in einem Land. Noch hat es keine Diktatur geschafft, den politischen Witz mundtot zu machen. Witze und Gerüchte unterlaufen alle Kontrollen. Diejenigen, die sie verbreiten, leben aber immer gefährlich.

Man sollte Diktatoren nicht unterschätzen. Sie erkannten zu allen Zeiten die Gefahr des engagierten Wortes, sie durchschauten ja ihre Lügen und das hohle Pathos selbst ganz genau. Deshalb hassen sie den politischen Witz und die Satire, die auf die leeren Versprechungen der Diktatur zielen und sie entlarven, ins Lächerliche ziehen.

Und nicht zufällig sind alle Diktatoren humorlos. Ihre Auftritte sind verkrampft und bemüht, streng und erhaben zu erscheinen. Dabei wirken sie todlangweilig.

Der politische Witz hat aber noch eine andere Eigenschaft, die der Diktatur missfällt: Ein politischer Witz ist die letzte Möglichkeit, sich gegen die Missstände und vor allem gegen die lähmende Angst zu wehren. Er ist eine Form des Widerstandes, dessen Stärke in der schnellen Verbreitung liegt.

Auf der anderen Seite kann das Lachen über die Diktatur zu einem Ventil werden, das all die aufgestaute und berechtigte Wut befreit. Das haben die etwas intelligenteren Diktatoren begriffen und Komiker in ihren Dienst gestellt, die »quasipolitische Witze« vortragen und einige Unzulänglichkeiten des Systems kritisieren, die Spitze der Diktaturpyramide aber immer schonen, ja bisweilen sogar loben.

Das erinnert mich sehr an die Funktion der Hofnarren. In vielen Kulturen bekamen die Spaßvögel am Hofe der Kalifen, Sultane, Fürsten und Könige die Freiheit, Kritik zu üben und Parodien aufzuführen, die der Erheiterung des Hofes dienten. Sie hatten die sogenannte Narrenfreiheit.

Kinder neigen von Natur aus zum Lachen, ihre einzige Bremse ist die Welt der Erwachsenen. Daher hat Erich Kästner recht, wenn er, als Kinderfreund, den Kindern empfiehlt: »Lasst euch die Kindheit nicht austreiben! Schaut, die meisten Menschen legen ihre Kindheit ab wie einen alten Hut. Nur wer erwachsen wird und Kind bleibt, ist ein Mensch!«

REISEN

Wie Herr Moritz
die Welt bereiste

Bevor wir die Reise um die Welt beginnen,
sollten wir die Reise um uns selbst beendigen.

Denis Diderot (1713–1784)

Siebzehn Jahre lang hatte Herr Moritz das Dorf, in dem er wohnte, ertragen. Niedorf war eines jener vielen schlauchförmigen pfälzischen Dörfer mit einer Durchfahrtsstraße, die oft entweder Haupt- oder Kaiserstraße hieß. Diese Straße führte von Mainz nach Paris. Sie schlängelte sich durch die Hügellandschaft um den Donnersberg, passierte viele Orte im Saarland und verlief schließlich in Frankreich fast parallel zur Nationalstraße 3 durch Verdun, Metz und die Champagne bis nach Paris. Gebaut hatte sie Napoleon I.

Herr Moritz wohnte mit seiner Frau Mathilde in einem Haus mit großem Garten in Niedorf, einer Siedlung, die in den Sechzigerjahren an der nördlichen Einfahrt der Kaiserstraße entstanden war. Bis zu seiner Pensionierung war er Buchhalter in einer großen Baufirma im Industriegebiet der Stadt Bonladen gewesen, die etwa vier Kilometer nördlich von seinem Wohnort lag. Eine Landstraße führte von Niedorf über eine Ringstraße direkt zum Industriegebiet im Norden der Kreisstadt. Das soll deshalb erwähnt werden, weil Herr Moritz bis zu seiner Pensionierung nie zu Fuß von Niedorf nach Bonladen gegangen war.

Seine Frau arbeitete als Apothekerin im Kreiskrankenhaus. Und obwohl sie einen Führerschein besaß, wollte sie nie mit dem Auto zur Arbeit fahren. Sie nahm zur Verwunderung ihrer Nachbarn täglich den Bus, der nicht einmal zehn Meter von ihrer Haustür entfernt hielt und sie fünfzehn Minuten später an der Haltestelle am Kreiskrankenhaus absetzte.

Sie bekamen selten Besuch von den Nachbarn, denn Mathilde und Herr Moritz waren Fremde, und fremd blieb man in jenem Dorf bis zur dritten Generation. Da die beiden keine Kinder hatten, sahen sie ihre Chancen, in dieser Gegend heimisch zu werden, eher nüchtern, aber das war den beiden ehemaligen Kölnern, auch das muss man erwähnen, ziemlich gleichgültig.

Nur die Haushälterin Katharina kam täglich und kümmerte sich um das Haus. Sie putzte, bügelte und kaufte für die Familie ein. Der Einkaufszettel lag immer auf dem Küchentisch, versehen mit einem freundlichen Gruß.

Wie es die zwei Kölner in dieses Dorf verschlagen hat, ist schnell erzählt. Mathilde hatte das Anwesen von einer entfernten Tante geerbt, der sie nur einmal in ihrem Leben begegnet war. Als sie das Haus mit dem gepflegten Garten, dem Teich und dem winzigen Pavillon zum ersten Mal sah, da war es um sie geschehen. Dass sie beide ohne große Mühe einen Job in der Gegend fanden, erleichterte ihnen den Umzug. Wie schon in Köln arbeitete Herr Moritz in der Buchhaltung und Mathilde im Krankenhaus. Beide waren in der Stadt groß geworden, hatten immer dort gelebt, wie ihre Eltern und Großeltern auch. Sie kannten das Landleben nur aus Heimatfilmen und dachten, ein wenig Ruhe, die Blumen und der Gemüsegarten täten ihnen bestimmt gut. Später soll der friedliche Herr Moritz einmal gerufen haben, man sollte die Regisseure kitschiger Heimatfilme in einem Schweinestall festbinden

und ihnen sieben Jahre lang rund um die Uhr ihre Filme vorführen, bis sie nur noch grunzten.

Nein, in diesem Zuckerrübendorf gab es nicht einmal richtige Bürgersteige, wie man sie andernorts gegen sieben Uhr
abends hochzuklappen pflegte. Lediglich die Kaiserstraße
war zu beiden Seiten von einem dreißig Zentimeter breiten
und zehn Zentimeter hohen Trottoir gesäumt. Allerdings hatte man die Kanten abgerundet, damit die Autos bei Bedarf
problemlos darüberfahren konnten. Herr Moritz hatte immer
den Verdacht, die Bürgersteige seien absichtlich so schmal
ausgefallen. So waren die Menschen nie gezwungen, einander zu begegnen. Die Leute wechselten die Straßenseite, sobald sie in der Ferne jemanden auf sich zukommen sahen. Sie
grinsten einander aus sicherer Distanz an und murmelten
irgendetwas vor sich hin, das sie manchmal selbst nicht verstanden.

Nein, das Dorf blieb Herrn Moritz und Mathilde fremd,
aber sie liebten das Haus und verbrachten jede freie Minute
darin. Und so merkwürdig es erscheinen mochte, sie unter-
nahmen nie eine Reise.

In Wahrheit wäre Herr Moritz schon gern gereist, aber
Mathilde fand das Reisen sehr anstrengend, lieber erholte sie
sich im Garten, las viel, schlief sich aus und hatte Zeit zum
Nachdenken. Eines Tages sprach sie mit ihren Kollegen im
Krankenhaus darüber. »Nachdenken?«, rief der Stationsarzt
Meier schockiert. »In meiner Freizeit will ich nicht nachden-
ken.«

Für Herrn Moritz war jeder Ort ohne Mathilde eine Wüste.
Und er mochte Wüsten nicht. Also verbrachten sie ihren Urlaub gemeinsam daheim. Sie genossen einander, lasen, dachten nach, hörten viel Musik, spielten bis nach Mitternacht leidenschaftlich Karten oder schauten sich Filme an, die sie für

solche Gelegenheiten vorsorglich aufgezeichnet hatten. Beide liebten die verfilmten Klassiker, die im Fernsehen immer zu nachtschlafenden Zeiten ausgestrahlt wurden.

Herr Moritz vermisste weder die Nachbarn noch die Exotik ferner Länder. Er liebte Mathilde, und sie war selbst eine weite Welt.

Am 1. Juni 2010 aber starb Mathilde plötzlich an einem Herzinfarkt. Es passierte wenige Wochen bevor sie beide in Rente gehen sollten, und sie hatten ein Heft mit all ihren Träumen vollgeschrieben, die sie nun realisieren wollten. Herr Moritz litt sehr. Er verfluchte den Tod, diesen »hinterhältigen Verräter«, der seine und Mathildes Pläne durchkreuzt hatte.

Außer Herrn Moritz, der Haushälterin Katharina und deren Mann Paul folgten nur fünf, sechs Nachbarn dem Sarg zum Friedhof, und sie hatten Mitleid mit dem grauhaarigen Herrn Moritz, der wie ein Kind weinte, hemmungslos und laut.

Zum ersten Mal in seinem Leben fühlte Herr Moritz sich einsam. Zum ersten Mal wünschte er sich, er wäre in Köln geblieben. Dort lebten Freunde von ihm, mit denen er sich oft in der Kneipe getroffen hatte. Aber auch wenn er sich mit niemandem verabredete, war die Einsamkeit in der Stadt nicht so bitter, denn wenigstens der Lärm der Straßen besucht die Einsamen. Auf dem Land aber war es, vor allem in der Nacht und an Feiertagen, absolut still. Und in dieser Stille konnte man die Einsamkeit geradezu hören.

Seit Mathildes Tod war alles so anders. Herr Moritz musste nun allein aufstehen, allein kochen, allein essen und allein ins Bett gehen. Aber das war noch nicht das Schlimmste, viel schlimmer war diese absolute Stille, die jetzt im Haus herrschte. Mathilde hatte das Haus mit ihrem Lachen, Singen, Pfeifen erfüllt, und sobald eine Ecke leer blieb, füllte sie die schnell mit ihren Worten, denn Mathilde erzählte gerne, und sie hatte in Herrn Moritz einen dankbaren Zuhörer.

Um die Stille zu besiegen, ließ Herr Moritz in allen Zimmern laut Musik laufen, so laut, dass die Nachbarn nebenan und gegenüber erst den Kopf schüttelten und dann bei ihm klingelten.

»Es ist zu laut«, sagten sie.

»Hier drinnen ist es zu ruhig«, antwortete er und knallte ihnen die Tür vor der Nase zu. Mit der Zeit aber merkte er, dass der Lärm seine Einsamkeit zwar bekannt machte, aber nicht vertrieb. Von da an verzichtete er auf die Musik, und die Nachbarn atmeten erleichtert auf.

Am 1. Juni 2011, dem ersten Todestag seiner Frau, besuchte Herr Moritz ihr Grab. Er erzählte Mathilde viel, weinte und lachte, und am Ende flüsterte er ihr zu, dass er beschlossen habe, dem Dorf zu entfliehen. Er wolle um die Welt reisen. Und als hätte er ihre Stimme gehört, flüsterte er: »Klar, ich schreibe alles auf, dann kann ich es dir besser erzählen.«

Am nächsten Tag wollte er erst einmal die Umgebung erkunden. Dieser Aufbruch sollte das Leben des einsamen Herrn Moritz radikal verändern.

Er kaufte ein schönes Heft und schrieb mit Schönschrift auf die erste Seite: Bericht über meine Reisen.

Darunter schrieb er: Für Mathilde.

An diesem ersten Reisetag notierte Herr Moritz morgens in sein Heft: Donnerstag, der 2. Juni 2011, sonnig, 15 °C (um sieben Uhr). Erste Wanderung von Niedorf nach Bonladen.

Als die Haushälterin kam, sah sie das aufgeschlagene Heft. Sie war von Natur aus eigentlich nicht neugierig, aber die Überschrift sprang ihr ins Auge. Sie freute sich sehr für Herrn Moritz, und nach getaner Arbeit stellte sie ihm einen schönen

Strauß Blumen auf den Küchentisch. Er würde sich bestimmt darüber freuen, dachte sie, wenn er abends nach Hause kam.

Das Heft blieb von nun an in der Küche liegen. Jeden Morgen trug Herr Moritz, ganz der routinierte Buchhalter, Tag und Datum, Reiseziel, Uhrzeit und Temperatur ein, und nach seiner Rückkehr beschrieb er in wenigen Worten und sachlich seinen Ausflug. Er war sich sicher, Mathilde würde, was er tat, gutheißen.

Am 2. Juni also ging er um acht Uhr dreißig in der Früh aus dem Haus. Nach ein paar Schritten war er auf dem Wanderweg, der erst durch einen kleinen Wald führte und sich dann in malerischer Hügellandschaft fortsetzte. Zur rechten Hand lagen akkurat bepflanzte Weinberge, links senkte sich ein Tal hinab, mit einem Bach, der sich schon seit ewigen Zeiten zwischen Pappeln, Eichen, Kastanien und Weiden hindurchschlängelte. Welch wunderbare Abwechslung für die Augen! Niedorf war nur von langweiligen Zuckerrübenfeldern umgeben, ohne einen Baum oder Busch. Wie herrlich war da dieser kleine Mischwald, in dem die Luft so harzig duftete, und erst recht die Weinberge! Herr Moritz atmete tief ein, die Luft roch nach Erde und Weinblättern. Auf einer Bank machte er eine Pause, lauschte dem lauten Gesang der Vögel, der hier von viel mehr Leben zeugte als im Dorf. Später, nach seiner Rückkehr, notierte er: »Wie im Paradies bei dir.«

Er entdeckte einen Trampelpfad, der zu einem der ehemaligen Weinberghäuschen hinaufführte, und da er neugierig war und keine Eile hatte, wanderte er den Weg bergauf. Das malerisch gelegene Häuschen war verwahrlost. Mit seinen Mauern aus rötlichem, geschliffenem Sandstein, dem Ziegeldach, den beiden Bogenfenstern und der fast orientalisch anmutenden Tür hatte es vor langer Zeit einmal bestimmt sehr prachtvoll ausgesehen. Es gab viele dieser Häuschen oben auf den Hügeln in Richtung Norden – gerade so, als wären sie Wachtürme einer unsichtbaren Mauer.

Vor dem Haus stehend ließ er seinen Blick über das Tal und die weite Ebene bis hinein ins Saarland schweifen. Im Häuschen selbst stank es leider fürchterlich nach verdorbenen Lebensmitteln und Urin.

Herr Moritz setzte seinen Weg fort. Zum ersten Mal betrat er Bonladen von Süden kommend. Hier führte der Wanderweg über eine breite asphaltierte Straße, vorbei an langweiligen Supermärkten, Autowerkstätten und einem umzäunten Dauerparkplatz für Wohnwagen. Auch zwei merkwürdig heruntergekommene graue Häuser standen da, als wären sie geradewegs aus den Vierzigerjahren angeflogen gekommen und hätten hier einen Landeplatz gefunden. In diesen Breitengraden, dachte Herr Moritz, liegt die Verwahrlosung selten an der Armut, sondern viel häufiger in der Unlust am Leben begründet.

Bald entdeckte er ein italienisches Café, das *Venezia*. Durstig, wie er war, eilte er dorthin. Er suchte sich einen schattigen Platz unter dem Sonnenschirm, denn die Sonne brannte inzwischen kräftig.

Bei Francesco, dem grauhaarigen Wirt, bestellte Herr Moritz kaltes Mineralwasser und einen Espresso. Als der Wirt mit seinem Tablett zurückkehrte, musterte er ihn lächelnd. »Sie sind zum ersten Mal hier«, sagte er und versetzte Herrn Moritz in Staunen.

»Das stimmt, aber wie können Sie das wissen?«

»Ich habe ein gutes Gedächtnis«, sagte der Italiener in perfektem Deutsch, wenn auch mit leichtem Akzent, und Herr Moritz verstand ihn besser als das Pfälzisch seiner ehemaligen Kollegen. Manchmal hatte er den Eindruck gehabt, als hätten sie extrabreit »gepfälzert«, wenn sie mit ihm sprachen, um ihm zu zeigen, dass er ein Fremder war. Dialekte trennen. Eine Art Nationalismus im Miniformat.

Zu dieser Vormittagsstunde war in dem Café nicht viel los, und so unterhielten sich die zwei Herren über die malerische Landschaft und auch darüber, was ihr fehlte.

»Ich sage Ihnen, das ist die deutsche Toskana, die Einzigen, die das nicht wissen, sind die Pfälzer. Auf jeden zweiten Hügel gehört eine kleine Bar mit Getränken und Speisen. Sie werden sehen, wie gerne die Leute dann zum Wandern herkommen werden.«

Herr Moritz nickte zustimmend. Er sah schon die Hügelkuppen bei Nacht vor sich, wie sie von den kleinen Lokalen beleuchtet wurden.

Den Rest des Tages verbrachte er in Bonladen. Zum ersten Mal sah er sich richtig um. Die Stadt gefiel ihm, und als er Hunger verspürte, ging er zu Francesco zurück und ließ sich einen erfrischenden Salat mit Brot und Oliven servieren.

Im Licht der milden Spätnachmittagssonne und unter einer leichten Brise aus dem Norden kehrte Herr Moritz nach Hause zurück. Er freute sich über den Blumenstrauß und notierte in seinem Heft, man müsse Francesco den Auftrag geben, aus den pfälzischen Hügeln eine Toskana zu machen.

Er war sich sicher, Mathilde wäre begeistert.

Nicht so der Bürgermeister, den Herr Moritz am nächsten Tag unverzüglich anrief. Er winkte ab und schüttelte verärgert den Kopf – das sah Herr Moritz am Telefon zwar nicht, aber er spürte den Ärger des Mannes, der ihm heiß ins Ohr triefte.

»Als hätte ich ihm vorgeschlagen, ein Bordell aufzumachen«, sagte er ein paar Tage später zu Francesco.

Der lachte. »Vielleicht würde er bei einem Puff eher zu-
stimmen«, meinte er.

Aber beide irrten sich gewaltig. Der Bürgermeister war
aus einem anderen Grund verärgert. Er hatte nämlich unter-
halb der Weinberge zwei große Felder erworben, mit dem
Vorhaben, dort eine Putenzucht im großen Stil zu betrei-
ben. Die Weinbauern protestierten, sammelten Unterschrif-
ten und reichten bei der Kreisstadt Widerspruch ein. Die Behörden hatten dem Bürgermeister Auflagen gemacht, die das
ganze Unternehmen zum Scheitern brachten. Der Bürgermeister blieb auf den teuer erworbenen Grundstücken sitzen. Herr Moritz hatte von der ganzen Auseinandersetzung
natürlich keine Ahnung, aber seine Anregung einer »Pfälzischen Toskana« war der Tropfen, der das Fass für den Bürgermeister zum Überlaufen brachte.

Bis Ende Juni erwanderte Herr Moritz alle Weinberge und
besichtigte ihre kleinen Häuser. Er lernte allmählich, sich für
die Wanderungen besser auszurüsten. Er nahm belegte Brote,
Wasser, Äpfel und Bananen mit, und immer wieder beendete
er seine Reise bei Francesco.

Eines Tages hatte er zwar viel eingepackt, aber nur wenig
gegessen. Als er am Ende der Wanderung die Stadt Bonladen
erreichte, ging eine Frau an ihm vorbei, die mit großem Appetit einen Döner aß. So wie er damals in der Schule immer die
Brote der anderen besser fand als seine eigenen, so bekam er
jetzt plötzlich Heißhunger auf Döner. Herr Moritz kaufte sich
einen. Aber er genierte sich, mit dem prall gefüllten Brot zu
Francesco zu gehen. Also setzte er sich auf eine schattige Bank
gegenüber den zwei heruntergekommenen Häusern und aß.
Zu seiner Enttäuschung musste er wieder feststellen: Döner
duften besser, als sie schmecken. Zu diesem Ergebnis war er
vor vielen Jahren in Köln schon einmal gekommen. Er nahm

seine Proviantdose aus dem Rucksack und öffnete sie. Ein kleines Knäckebrot mit Butter und Käse lächelte ihn an. Er nahm es heraus und stellte die Dose neben sich auf die Bank. Er biss in das Brot und spürte den nussigen Geschmack vom Emmentaler am Gaumen.

Herr Moritz beobachtete das Treiben in und vor den zwei merkwürdigen Gebäuden. Von Francesco hatte er kürzlich erfahren, dass darin ein Asylantenheim untergebracht war. »Eine UNO der armen Teufel. Männer und Frauen aus dreißig Ländern«, wie Francesco sich ausdrückte.

Herr Moritz hatte gerade sein Knäckebrot aufgegessen, als ein großer Schwarzer mit grauen Schläfen zu ihm trat. Er fragte auf Englisch, ob der Platz neben ihm noch frei sei.

Herr Moritz sprach gut Englisch. Das war auf dem Gymnasium sein Lieblingsfach gewesen. Danach hatte er eine Banklehre gemacht. Nachdem er drei Jahre in einer Bank gearbeitet hatte, war er für ein Jahr nach London gegangen, um bei einem britischen Pharmakonzern zu arbeiten.

Er nahm seine Brotdose auf den Schoß. Als sich der Fremde hinsetzte, bot ihm Herr Moritz ein belegtes Brot an. Der andere zierte sich etwas, aber dann nahm er das Angebot dankbar an.

»*It tastes very good*«, sagte er schließlich, als er den letzten Bissen gegessen hatte, und so bot ihm Herr Moritz auch noch einen Apfel an. »Haben Sie auch einen für sich selbst?«, fragte der Mann vorsichtig.

»Ich habe sogar noch zwei«, erwiderte Herr Moritz und lachte.

»Sie sind sehr freundlich«, sagte der Mann und streckte ihm die Hand entgegen. »Mein Name ist John Ozokwo. Ich komme aus Nigeria, genauer gesagt aus der Stadt Enugu. Mein Volk, die Igbo, zählt dreißig Millionen«, sagte er.

»Und ich heiße ganz einfach Moritz, und ich bin hier auch fremd. Ich stamme aus Köln, aber ich lebe seit über siebzehn Jahren in dieser Gegend«, erwiderte Herr Moritz. Er verschwieg seinem afrikanischen Bekannten, dass er eigentlich Rudolph-Wilhelm Moritz hieß. Seit seiner Kindheit verabscheute er den Doppelnamen, den ihm seine Eltern zugemutet hatten.

Sie unterhielten sich lange, und als Herr Moritz Lust auf einen Cappuccino bekam, fragte er John, ob er mit ihm zu Francesco gehen wolle. »Gerne«, sagte dieser, »aber drei Euro für einen Cappuccino habe ich leider nicht.«

»Das überlassen Sie ruhig mir. Ich möchte Ihre Geschichte zu Ende hören«, erwiderte Herr Moritz und fasste John am Arm. »Sie sind mein Gast.«

Die beiden erhoben sich und machten sich auf den Weg. John erzählte von seinem Leben. In seinem Land hatte es im Jahr 1966 einen Putsch und einen Gegenputsch gegeben und im Anschluss ein Pogrom gegen sein Volk, das friedlich im Südosten des Landes lebte. Nur weil mehrere Putschisten dem Volk der Igbo angehört hatte. Binnen weniger Monate waren über dreißigtausend Zivilisten barbarisch umgebracht worden. Ermuntert und finanziert von Ölfirmen hatten einige Offiziere die Unabhängigkeit der Region erklärt und sie »Republik Biafra« genannt. Die Region war reich an Erdöl und anderen Bodenschätzen. Deshalb führte die Zentralregierung Nigerias mit Unterstützung anderer Ölfirmen drei Jahre lang einen erbarmungslosen Krieg gegen Biafra, bis die Separatisten im Jahre 1970 flüchteten und das Volk der Igbo dem gnadenlosen, korrupten Sieger überließen. Johns Mutter war während der langen Belagerung im Winter 1969 verhungert. Sein Vater überlebte den Krieg, starb jedoch ein Jahr später völlig verbittert. John war damals zwanzig Jahre alt. »Ich hatte einen bescheidenen Traum«, erzählte er, und seine Stimme wurde brüchig. »Ich wollte Lehrer an einer Grundschule werden, doch das war unmöglich. Die Regierung steckte mich für fünf Jahre ins Gefängnis, weil ich in einer Zeitung einen Artikel gegen die Korruption veröffentlicht hatte. Dabei hatte ich noch Glück. Unter dem Diktator Abacha wurden viele friedliche Oppositionelle ermordet. Der berühmteste unter ihnen war der Schriftsteller und Menschenrechtler Ken Saro-Wiwa.«

John erzählte viel, und Francesco brachte ihre Bestellungen, zwei Cappuccini und zwei Mozzarellabrote, lautlos und unauffällig.

»Und dieser Diktator Abacha, der mehrere Milliarden Dollar aus dem Land schaffte und auf irgendeiner ausländischen Bank deponierte, starb im Juni 1998 an einem Herzinfarkt, weil er eine Überdosis Viagra genommen hat, um sich mit drei aus Dubai eingeflogenen indischen Prostituierten zu amüsieren.«

Herr Moritz lachte Tränen und verschluckte sich. Er hustete und lachte, sodass er auch John ansteckte.

»Ist was mit dem Mozzarella?«, fragte Francesco.

»Nein, mit Viagra«, antwortete Herr Moritz und lachte.

»Du bist der Erste, der meiner Geschichte aufmerksam zuhört«, sagte John, als sie Francescos Café wieder verließen.

»Na ja, ich habe Übung. Meine Mathilde hat gern und viel erzählt, und ich merkte gar nicht, wie die Zeit verflog. Bei dir ist es genauso.«

Beim Abschied hielt John Herrn Moritz' Hand fest. »Willst du mich nicht besuchen? In meinem Zimmer ist ein Bett frei. Mein Zimmergenosse liebt eine Frau in einem Dorf in der Nähe und lebt praktisch bei ihr.«

Herr Moritz dachte nicht lange nach. »In einer Stunde bin ich bei dir. Ich muss ein paar Sachen regeln, dann komme ich.«

»Das wird mich sehr freuen«, sagte John. »Ich kann auch gut kochen«, fügte er hinzu.

Herr Moritz ging nach Hause, packte einen Koffer mit Wäsche, nahm aus der Schublade fünfhundert Euro und schrieb, bevor er das Haus verließ, einen Zettel für Katharina: »Ich fahre in den Urlaub nach Nigeria. Im Umschlag ist Ihr Lohn für den Monat, grüßen Sie Ihren Mann und gießen Sie bitte die Rosen. Mathilde hat sie so sehr geliebt.«

Er fuhr mit dem Wagen und war schneller als gedacht auf dem großen Parkplatz vor dem Asylantenheim.

Zwei Wochen später kehrte er nach Niedorf zurück. Das Haus glänzte, und der Garten leuchtete in allen Farben schöner denn je. Herr Moritz rief Katharina an und bedankte sich bei ihr. Der Berg Post auf dem Tisch im Wohnzimmer bestand, wie sich erweisen sollte, zu achtzig Prozent aus Werbung, zu zehn Prozent aus Rechnungen und amtlichen Schreiben, und der Rest waren Briefe und Todesanzeigen.

Sowohl Katharina als auch Mathilde erzählte er davon, wie gut es ihm in Nigeria ergangen war, Katharina am Telefon und Mathilde am Grab.

Die Nachbarin von gegenüber, die mit großer Freude täglich den schmalen Bürgersteig fegte, fragte ihn über die Straße hinweg, wo er gewesen sei. Auch seine Nachbarn rechts und links erkundigten sich in fast vorwurfsvollem Ton: »Wo sind Sie denn die ganze Zeit gewesen?«

Herr Moritz staunte über diese merkwürdigen Nachbarn, die seine Abwesenheit bemerkten, seine Anwesenheit dagegen nicht.

»In Nigeria«, antwortete er, »genauer gesagt, in Enugu am Fuße der Udi Hills, einer Hügellandschaft mit Felsen.« Und Herr Moritz erzählte seinen Nachbarn von den leckeren nigerianischen Gerichten, mit Erdnüssen, Huhn, Fisch oder Gemüse. »Vor allem, wie John, der beste Koch dort, den Reis zubereitet! Das ist märchenhaft«, schwärmte er. Die Nachbarn staunten nicht wenig, wie viele Details über Nigeria dieser Mann nach nur zwei Wochen Urlaub kannte. Wenn sie selbst in Ägypten, der Türkei oder der Dominikanischen Republik gewesen waren, dann hatten sie zwar einige Pyramiden, Tempel und Basare gesehen, aber wirklich gut kannten sie nur den Swimmingpool ihres Hotels. Und dieser unscheinbare Witwer hier behauptete, Nigeria beherberge ganze zweihundertfünfzig Volksgruppen. »Das gibt es nicht«, sagte die Nachbarin von gegenüber. Als Herr Moritz berichtete, in Nigeria würden fünfhundert Sprachen und Dialekte gesprochen, deswegen verständige man sich von Amts wegen auf Englisch, da lachten die Nachbarn. »Man kann auch übertreiben, wir kommen ja mit einer Sprache kaum zurande«, sagte der Nachbar zur Rechten, dessen Namen Herr Moritz nie erfahren hatte.

Dann erzählte Herr Moritz, die Stadt Enugu habe mehr Fußballer von Weltrang hervorgebracht als die ganze Pfalz. Da waren alle Nachbarn beleidigt. Sie hätten nichts dagegen gehabt, wenn diese Stadt, deren Name schwer zu behalten war, mehr Musiker oder Schriftsteller, Erfinder oder Päpste hervorgebracht hätte – aber mehr Fußballer von Weltrang als die ganze Pfalz!

Sie wollten nichts mehr davon hören.

Schließlich blieb nur Katharina übrig, die ihm gebannt lauschte. Er erzählte ihr ein wenig von der Geschichte der Region. Besonders beeindruckt hatte ihn die Entscheidung der

Separatisten, 1967 als Nationalhymne ihrer Republik Biafra, die nur drei Jahre existierte, die *Finlandia* des finnischen Komponisten Jean Sibelius zu wählen.

Als Katharina zu Hause davon berichtete, schaute ihre Nichte Sonja sofort im Internet nach und bestätigte, dass es tatsächlich so gewesen war. Und am selben Abend in der Dorfkneipe erzählte Sonjas Freund ungläubig seinen Freunden davon. Das kleine Gespräch hüpfte von Mund zu Mund und veränderte sich mit jedem Sprung, sodass es am Ende hieß: Herr Moritz hätte gesagt, jedes kleine Dorf in Nigeria habe mehr Fußballer hervorgebracht als die Pfalz, und Nigeria sei eine finnische Kolonie gewesen.

Man war sich nun im Dorf sicher, dass Herr Moritz aus lauter Trauer um seine Frau den Verstand verloren hatte. Es hieß sogar, er würde an ihrem Grab oft bei Tag aus einem Heft vorlesen und sei sogar des Nachts dort gesichtet worden. Herrn Moritz interessierte das wenig. Er lud John zu sich ein und verwöhnte ihn. Und von da an trafen sich die zwei fast täglich.

Ein paar Wochen später fand Katharina erneut ihr Monatsgehalt in einem Umschlag und eine kurze Notiz: »Ich fahre für zwei Wochen in den Urlaub zu meinem Freund Ali nach Persien.« Und auch von dieser Reise kehrte Herr Moritz gesund und glücklich zurück und erzählte von der hohen Kunst der Iraner, Teppiche zu weben und Miniaturen zu malen, und schwärmte von den feinen iranischen Freunden, die in zwei Wochen viel mehr gelacht hätten als Niedorf in einem ganzen Jahr. »Und ich weiß auch, warum«, verkündete er stolz den Nachbarn, die sich vor dem Haus um ihn scharten. »Weil ihr hier euer ganzes Lachen in zwei Wochen des Jahres verbraucht, auf der Kirchweih oder Kerwe, wie ihr sagt, und in der Fastnacht. Die Iraner aber, ein uraltes Kulturvolk, verteilen ihr Lachen sehr geübt auf alle zweiundfünfzig Wochen des

Jahres, deshalb können sie leichter lachen, obwohl sie es schwerer haben als wir.«

Im August und September fuhr Herr Moritz nach Syrien, nach China und nach Algerien.

Immer mehr Fremde besuchten ihn, feierten und übernachteten bei ihm. Man hörte sie lachen. Man sah sie im Garten grillen und tanzen. Eines Tages alarmierte ein Nachbar die Polizei. Er könne bei diesem Lärm nicht schlafen, und es sei doch bereits fünf nach zehn. Zwei Polizisten klingelten bei Herrn Moritz. Sie wunderten sich, dass von dem Lärm überhaupt nichts zu hören war. Herr Moritz lud sie ein mitzufeiern. »Unsere chinesische Freundin Bo hat heute Geburtstag. Sie hat noch nie Geburtstag gefeiert. Wollen Sie nicht hereinkommen? Sie wird sich freuen.«

»Nein, vielen Dank«, sagte der ältere der beiden Polizisten. Er grüßte Francesco, der auch mitfeierte und ihm winkte. Der dickliche Polizist war Italienfan und trank des Öfteren einen Espresso im *Venezia*. Von seinem Streifenwagen aus rief er den Mann an, der Herrn Moritz angezeigt hatte. »Sie müssen Ihr Ohr an die Tür geklebt haben, um irgendetwas von Ihrem Nachbarn zu hören. In dieser Haltung kann man schlecht einschlafen, das glaube ich gern. Machen Sie so etwas besser nicht noch einmal!«

Im Herbst bereiste Herr Moritz Afghanistan, Tschetschenien, die Westsahara und Mali. Er fand es überaus spannend, den Menschen zuzuhören, wie sie von den Orten ihrer Jugend schwärmten, ja manchmal mit Tränen in den Augen von ihren wenigen Freuden in einer schweren Kindheit berichteten. Er aß mit ihnen und half, wo er nur konnte. Hin und wieder tadelte ihn sein Freund John, dass er zu viel für das gemeinsame Kochen spendiere, aber für Herrn Moritz war das alles nicht der Rede wert.

Später erzählte Katharina, die Katastrophe, die sich im Dezember ereignete, habe ihren Anfang bereits in den ersten Oktobertagen genommen. John, Herrn Moritz' bester Freund, und weitere zehn Bewohner des Asylantenheims wurden ausgewiesen. Ihr Asylantrag war endgültig abgelehnt worden. Angeblich bestand in ihrer Heimat für sie keine Lebensgefahr. Im Niedorfer Fußballverein brachte man belustigt das Gerücht in Umlauf, Herr Moritz hätte einen Antrag gestellt, seinen Freund John zu adoptieren.

»Ein älteres Adoptivkind gibt es in der Pfalz nicht«, witzelte der Bürgermeister, und alle grölten vor Lachen. Mitte Oktober kam der zweite Schock. Erst war es ein Gerücht, dann wurde es kalte, nackte Gewissheit. Die beiden grauen Häuser lagen so zentral, dass der Boden, auf dem sie standen, als Baugrund sehr begehrt war. Deshalb wurden die Asylbewerber in Schiffscontainer zwanzig Kilometer entfernt von Niedorf umgesiedelt. Herr Moritz besuchte sie auch dort, aber er fühlte sich nicht mehr wohl. Seine Freunde durften auch nicht mehr ohne Antrag zu ihm kommen, da Niedorf außerhalb ihres neuen Asylbezirks lag. Ihnen drohte ein Bußgeld und sogar Gefängnis, und bei Wiederholung verschlechterte die sogenannte »Straftat« ihre Asylchancen. Aus den Augen der Menschen sprach die Angst.

Herr Moritz kehrte nach Hause zurück und weinte bitterlich vor Mitleid und Scham. Katharina war in Sorge um ihn, denn er bekam Fieber, wollte aber nicht zum Arzt gehen.

Eines kalten Morgens im November hatte sich Katharina wieder zu ihm aufgemacht. Herr Moritz war nur noch ein Schatten seiner selbst, er aß zu wenig. Sie wollte ihn bitten, besser auf sich zu achten. Sie würde auch gerne für ihn kochen und ihr Mann und sie würden sich freuen, wenn er gelegentlich zu ihnen zum Essen käme.

Eine schwere Stille lastete auf dem Haus. Sie rief nach ihm, aber Herr Moritz war nicht da. Wieder fand sie einen Umschlag mit zwei Monatsgehältern, und auf einem Zettel daneben stand: »Ich bin in der Toskana.«

Erleichtert atmete sie auf. Zum ersten Mal seit vierzig Jahren betete sie wieder. Sie wusste kaum mehr, wie man das macht, und so sprach sie ihre Bitten unbeholfen und unterwürfig. Ihr einziger Wunsch war, dass dem lieben Herrn Moritz nichts passierte. Draußen regnete es, und der Donner rollte seine Felsen über den grauen, blechernen Himmel. Katharina zuckte zusammen.

Drei Tage später fand ihn ein Bauer. Herr Moritz lag im dritten Weinberghäuschen, das man auf dem Wanderweg von Niedorf erreicht. Die ersten beiden Häuschen hatte er penibel gesäubert. An der Mauer hatte er jeweils ein Schild angebracht. »Toskana I« und »Toskana II« stand darauf – und die Bitte, das Haus sauber wieder zu verlassen. Im dritten Häuschen hatte sich Herr Moritz niedergelegt und mit Zeitungen und alten, zerrissenen Kleidern zugedeckt. Sein Werkzeugkasten und die Farbdosen lagen neben ihm.

Man rief den Rettungsdienst.

Auf der Bahre kam er zu sich. »Wo fahren wir hin?«, fragte er verwirrt.

»Nach Honolulu«, flüsterte der Sanitäter. Er kannte Herrn Moritz, denn er stammte aus Niedorf. Der zweite Sanitäter verdrehte die Augen und warf ihm einen vernichtenden Blick zu.

»Honolulu. Das ist gut. Dort ist es immer warm«, flüsterte Herr Moritz erleichtert hinten im Rettungswagen und schlief ein. Die Sanitäter hatten es nicht gehört.

Zwei Reisen

Was wunderst du dich,
dass deine Reisen dir nichts nützen,
da du dich selbst mit herumschleppst?

Sokrates (470–399 v. Chr.)

Frank Thalheimer war fertig mit der Welt, als er in Udine das Fenster zur Straße aufstieß, um etwas frische Luft in die nach Mottenkugeln riechende Wohnung zu lassen. Ihm gegenüber auf der schmalen Via Mercerie, die an dieser Stelle nicht einmal fünf Meter breit war, öffnete eine Frau fast zur selben Zeit die Fensterläden. Sie schaute ihn schüchtern an, lächelte und sagte: »*Buon giorno.*«

Er erwiderte den Gruß, ohne die Frau genau anzusehen, und warf einen Blick auf die Straße. Die Via Mercerie lag im Zentrum der Altstadt. Zu dieser Nachmittagsstunde war es draußen sehr ruhig.

Frank Thalheimer, ein Professor für Geschichte aus München, hatte sich zufällig für Udine entschieden. Er wollte nur weg von zu Hause. Das war sein wahres Reiseziel. Er kannte Udine nicht und hatte keinen besonderen Grund gehabt, die Stadt auszuwählen, aber es gab für ihn Gründe genug, München so schnell wie möglich hinter sich zu lassen.

Doris, seine Frau, die er liebte und achtete, der er bis in die intimsten Gedanken hinein treu war, obwohl er ständig mit attraktiven Frauen in Kontakt kam, hatte ihn betrogen. Diese Frau, mit der er ein Leben geführt hatte, wie es in einem Zukunftsroman vorkommen könnte, ein Leben, in dem jedwede Benachteiligung von Frauen verboten wäre, hatte ihm drei Jahre lang vor aller Welt mit einem dieser tätowierten Hohlköpfe aus dem Fitnessstudio Hörner aufgesetzt.

Was seine Würde aber am tiefsten verletzt und ihn beschämt hatte, war die Tatsache, dass er nie irgendetwas davon geahnt oder gemerkt hatte.

Und wenn er ehrlich mit sich selbst war, dann hatten ihn auch ihre harten Worte in der letzten Nacht vor der endgültigen Trennung schwer getroffen. Ja, ihr junger Freund Denis sei vielleicht von schlichter Natur, aber im Bett sei er ein Stier, ein unersättlicher, der sie das Liebesspiel siebenmal die Woche genießen lasse. Er, Frank, dagegen hätte stattdessen seine Skripten mit ins Bett genommen. Sicher, sie war fünfzehn Jahre jünger als er, aber das war sie doch immer gewesen! Die Welt um ihn herum wurde dunkel. Das war seine dritte gescheiterte Ehe und die zehnte Beziehung, in der eine Frau ihn verließ. Er war nie derjenige gewesen, der ging.

Sein Freund, ein Psychoanalytiker, machte ihn gar verantwortlich für das Scheitern der Ehe mit Doris. Er habe sie mit seinem Wissen und seinem Professorengehabe erdrückt, nun wolle sie sich verwirklichen, und deshalb wähle sie nicht zufällig einen zehn Jahre jüngeren Dummkopf. Der stehe ein paar Stufen unter ihr, während sie gegenüber Frank keine Chance gehabt hätte, sich zu behaupten. Wo immer sie aufgetreten seien, habe sie klein und unsicher in seinem Schatten gestanden. Und dass sie ihn in der Öffentlichkeit gedemütigt habe, sei nur eine berechtigte Rache für all die stillen Demütigungen gewesen, die er, Frank, ihr zugefügt habe.

Psychologen leben davon, uns und unsere Eltern für alles verantwortlich zu machen, was andere uns antun, dachte Frank.

Nun war er über fünfzig! Was sollte er unternehmen, um endlich eine Partnerin zu finden, mit der er alt werden konnte? Als er am Abend in seiner Küche die Rotweinflasche entkorkte, musste er lachen. Es war ein edler Tropfen, ein Barolo aus dem Piemont. »Italien und nicht so ein Psychokram ist die Lösung«, sagte er laut. Ja, natürlich. Er liebte Italien seit seiner Kindheit, aber für eine Flucht aus allem, was ihn bedrückte, lag das Land ihm zu nah. Eher hatte er an Chile, an die USA oder an Südafrika gedacht, weit weg also. Rom war seine zweite Heimat. Sein Vater war dort fünf Jahre lang Diplomat gewesen, Frank hatte als Schüler Italienisch und Deutsch gelernt. Und er war dem Land immer treu geblieben. Seine Doktorarbeit hatte den Aufstieg Venedigs zur See- und Großmacht zum Thema gehabt. Das Stipendium war großzügig bemessen, und so hatte er vergnügt ein Jahr lang in einer schönen Wohnung in Venedig gelebt – zusammen mit seiner schwedischen Freundin Matilda Berglund. Sie war groß, blond und hübsch, und sie war sich dessen bewusst. Viele italienische Männer schwirrten um sie herum. Sie alle wollten Marcello Mastroianni sein und träumten von *Dolce Vita* mit ihr. Sie aber blieb ihm treu. Zu seinem Pech allerdings wollte sie nicht mit nach Deutschland kommen, und um ihm die Trennung von ihr zu erleichtern, wie er selbstironisch erzählte, hatte sie kurz vor Ablauf des Jahres in Venedig eine heiße Affäre mit einem dreißig Jahre älteren reichen Mexikaner begonnen und war mit ihm ohne Abschied verschwunden. Es war kein Betrug gewesen, sondern eher ein Befreiungsschlag. Erst Jahre später bekam er einen Brief von ihr. Er warf ihn ungelesen in den Müll.

Frank hatte sich das kommende Wintersemester für die Forschung freigenommen. Es gab sogar noch die Option, ein zweites Semester dranzuhängen. Er war als Historiker sehr begehrt und hatte der Universität München bereits etliche internationale Preise und Auszeichnungen für seine Arbeit eingebracht. Der Dekan gönnte ihm eine Zeit des Forschens und der Erholung. Er wusste von der privaten Katastrophe mit Doris. Alle wussten es.

Mitte Juli, kurz vor dem Ende des Sommersemesters, nahm er eine große Italienkarte und betrachtete sie lange. Viele der Städte hatte er mit der untreuen Doris bereits besucht, Venedig, Florenz, Grado, Turin, Mailand, Bologna, Triest, Neapel, Salerno und Capri, und mit seinen Eltern war er fast jedes Jahr in Kalabrien und Sizilien gewesen. Sein Vater liebte den Süden, seine Mutter hatte oft gescherzt, ihr Mann habe den falschen Pass und Beruf. Er habe sizilianisches Blut in den Adern, und mit seiner verschwiegenen Geheimnistuerei sei er der typische Kalabrese. Besser wäre er ein erstklassiger Mafiaboss geworden als ein mittelmäßiger Diplomat.

Udine sprang Frank ins Auge. Der Name war ihm geläufig. Immer wieder hatte er ihn auf Autobahnschildern gelesen, wenn er früher für seine Recherchen über Venedigs Geschichte auf dem Weg zur Lagunenstadt war, oder auch später, als er mit Doris in seinem Wagen von München nach Triest, Grado oder Venedig gefahren war. Aber sie hatten nie in Udine haltgemacht.

Er besorgte sich einen Reiseführer über die Region und fing an zu lesen. Die Stadt schien für seine Zwecke gut geeignet. Im Schatten von Grado, Triest und Venedig war sie nicht gerade attraktiv für Touristen. Hier konnte er inkognito leben. Über eine Internetvermittlung fand er erstaunlich schnell eine günstige Wohnung, und ein paar Tage später war er bereits unterwegs. Als er die Wohnung sah, war er positiv überrascht. Einzig die frische Luft fehlte ihr, da sie schon lange leer gestanden hatte. Der Vermieter, ein wohlhabender Goldschmied, freute sich, dass der Deutsche sich gleich für ein halbes Jahr einmietete.

Frank wollte über sein Leben nachdenken, wollte ergründen, was eigentlich mit ihm los war. Manchmal, in seinen einsamen Nächten, dachte er, Historiker sind einfach nicht für die Gegenwart geschaffen, aber dann fand er den Gedanken infantil. Warum sollte ein Metzger, ein Elektriker oder ein Lehrer die Gegenwart besser bewältigen als er?

Hier in der Fremde wollte er sich mit sich selbst beschäftigen und seine Seele reinigen. Was machte ihn so anziehend für viele attraktive und umworbene Frauen, und warum verließen sie ihn dann jedes Mal? Doris hatte ihn gedemütigt. Zwei Frauen hatten ihn nach kurzen heimlichen Affären mit anderen Männern verlassen. Alle anderen waren einfach auf leisen Sohlen davongegangen. Manche sagten kein Sterbenswort, andere waren so mutig und ehrlich, sich wenigstens von ihm zu verabschieden. Eine sagte, die Chemie stimme nicht, die Nächste behauptete, er sei sexsüchtig, wieder andere weinten beim Abschied, als würde sie jemand zwingen, ihn zu verlassen. Nicht selten blieben die Frauen auch lange danach noch allein. Sie nahmen also lieber die Einsamkeit in Kauf, als an seiner Seite zu leben. Warum? Was war so schrecklich an ihm? Oder war das alles nur Zufall? Traf er einfach immer die falschen Frauen?

Er packte seinen Koffer aus, dann schlenderte er durch die Straßen. Zu später Stunde aß er in der *Osteria alle Volte*. Das Restaurant lag in der Via Mercatovecchio, nicht weit von seiner Wohnung. Es sollte für die kommenden Monate sein Stammlokal werden.

Am nächsten Morgen suchte er den Supermarkt ganz in der Nähe auf. Gleich beim Eintreten erblickte er die Frau, die ihm gegenüber wohnte, offenbar die Leiterin des Supermarkts. Sie war um die dreißig und, wie er jetzt sah, eine südländische Schönheit. Er grüßte sie.

»Haben Sie sich schon eingerichtet?«, fragte sie freundlich, nachdem sie ihn erkannt hatte.

»Ja, aber es fehlt noch an Lebensmitteln«, sagte er und trat einen Schritt auf sie zu, als ein Kunde mit seinem Einkaufswagen passieren wollte. Sie duftete nach Lavendel.

»Dann sind Sie hier genau richtig, und sollten Sie etwas nicht finden, sagen Sie mir Bescheid. Ich kann es Ihnen besorgen.«

Er lachte. »Dann werde ich bestimmt jeden Tag etwas nicht finden«, sagte er.

»Sie sind sehr charmant, *Signore*«, sagte sie und hielt kurz inne. »Und Sie sprechen fantastisch Italienisch. Sie sind aber kein Italiener, oder?«

»Nein, ich bin ein Barbar aus dem Norden, ein Deutscher«, scherzte er.

»Sagen Sie das nicht, die Deutschen sind sehr fein und …«, sie zögerte, »korrekt. Aber wie kommt es, dass Sie so gut Italienisch sprechen? Ich habe alle Sprachkurse abgebrochen. Englisch schaffte ich nicht, Französisch auch nicht. Mit dem Deutschkurs habe ich nach ein paar Wochen aufgehört.«

»Ich habe meine Kindheit in Rom verbracht.«

»Ach so! Na ja, Kinder lernen am schnellsten. Und jetzt machen Sie Ferien?«

»Nein, ich bleibe mindestens sechs Monate Ihr Kunde. Ich bin Lehrer und habe ein Jahr Urlaub.«

»Dann seien Sie willkommen! Entschuldigung, jetzt muss ich leider weiterarbeiten«, sagte die Frau dann, lachte und wandte sich einer Verkäuferin zu, die nach ihr gerufen hatte. Auf diese Weise erfuhr er, dass ihr Name Sara war. Er kaufte alles, was er für den Haushalt brauchte. Die Frische von Obst und Gemüse faszinierte ihn in Italien jedes Mal aufs Neue, auch wenn der Viktualienmarkt in München den Vergleich nicht fürchten musste – abgesehen von den Preisen.

Kein schlechter Anfang, dachte Frank auf dem Weg zurück in die Wohnung. Die junge Frau machte den Eindruck, als lebte sie allein. Er wollte keine Liebesaffäre, aber ein wenig Erotik befreit das Hirn. Lehrer bin ich an der Universität ja auch, und ich muss sie nicht mit meinem Professorentitel verängstigen, überlegte er, während er Zucker, Milch, Salz und Toilettenpapier in der Wohnung verstaute. Er kochte den ersten Espresso und war mit sich zufrieden.

Nach ein paar Tagen hatte er sich an das Leben in Italien angepasst. Mittags machte er eine Siesta. Er schrieb in ein Heft:»Eine Siesta reinigt die Augen und lässt die zweite Hälfte des Tages zu einem neuen, frischen Tag werden.«

Er bedrängte *Signora* Sara nicht, aber er bezeugte ihr bei jeder Begegnung Interesse und Aufmerksamkeit. Auch sie schien ihm zugeneigt. Nach einer Woche lud er sie zum Essen ein, und sie freute sich darüber. So einfach war das!

Abends trat sie elegant angezogen aus dem Haus. Sie sah aus wie eine Filmdiva. Ein dünnes weißes Kleid betonte ihre dunkle Haut und brachte ihren vollkommen geformten Körper zur Geltung.

Sie plauderten angeregt miteinander und schlenderten nach dem Essen durch die Straßen. Die Nacht war warm, und die Lokale hatten lange offen.

Beim Abschied küsste er sie auf den Mund. Sie schmeckte nach Schokolade. Ihre Arme fühlten sich weich und glatt an wie Samt. Viel angenehmer als die von Doris. Bevor er schlafen ging, schrieb er: »Ab heute kein Vergleich mehr mit irgendeiner Verflossenen! Lebe in der Gegenwart, damit du eine Zukunft hast!« »Verflossenen« und »Zukunft« unterstrich er mehrmals.

Eine Woche später lud sie ihn zum Essen ein, diesmal bei sich zu Hause. Ihre Wohnung war geräumig und geschmackvoll eingerichtet. Alt und Neu harmonierten miteinander. Die Wohnung hatte sie, wie sie erzählte, von ihren Eltern geerbt. An einem traurigen Tag vor drei Jahren waren sie zusammen mit ihrem Mann Mateo ums Leben gekommen. Es war an einem Samstag. Sie arbeitete noch im Supermarkt. Mateo hatte frei. Er war Bankangestellter. Zusammen mit ihren Eltern wollte er eine kranke Cousine in Palmanova besuchen, nicht einmal dreißig Kilometer entfernt. Auf dem Rückweg verunglückten sie mit dem Auto. Alle drei waren auf der Stelle tot.

Sie hatte ihre Wohnung aufgegeben und war in die Wohnung ihrer Eltern gezogen. »Hier waren die Erinnerungen weniger bedrohlich«, sagte sie.

Frank war der erste Mann, mit dem sie seit Mateos Tod ins Bett ging, und sie fühlte sich ein wenig gehemmt. Er wiederum wurde dadurch in seiner Sexualität und Lust angestachelt. Er war geübt und charmant genug und genoss das Liebesspiel mit ihr in vollen Zügen. Sie weinte vor Glück.

Von nun an verbrachten sie jede freie Minute zusammen. Tagsüber arbeitete sie. Er dachte nach und schrieb seine Gedanken in sein Heft, das er mit »Seelenwerkstatt I« betitelte. Außerdem las er Unterhaltungs- und Liebesromane, für die er früher nie Zeit gehabt hatte, und abends erlebte er mit Sara das Paradies der Sinnlichkeit.

Sie zeigte ihm einige interessante Plätze und Bauten in Udine, den mächtigen Dom, das Castello auf dem Hügel über der Stadt, die Loggia del Lionello, ein Meisterwerk der venezianischen Spätgotik, und auch einige verborgene Plätze. Sie kannte sich gut aus, denn sie hatte nach ihrem Abitur eine Zeitlang als Touristenführerin gearbeitet, war aber bald mangels Touristen entlassen worden.

Sara merkte, dass er sehr tief verletzt war, auch wenn er ihr nur wenig von seiner Trennung von Doris erzählt hatte. Aber sie spürte sein Misstrauen gegenüber jedem Mann, der sie freundlich grüßte, und er konnte sich nie verkneifen zu fragen, ob sie mit ihm eine Beziehung gehabt habe. Er fragte sehr höflich, aber seine Verunsicherung war nicht zu übersehen. Sie empfand große Wärme für ihn und verließ sich darauf, dass ihre Liebe und Zärtlichkeit ihn beruhigen würden. Und sie behielt recht. Von Woche zu Woche erholte er sich mehr. Er wurde entspannter, lachte wieder, sogar über sich selbst.

Mit den Fahrrädern machten sie Ausflüge in die Umgebung von Udine, und er merkte, wie gelassen sie war. Er bemühte sich gleich einem braven Schüler, wie Sara das Leben positiv zu sehen und immer zuerst das Schöne und danach vielleicht das Hässliche an den Dingen zu bemerken. Das war nicht leicht für ihn. Seinen misstrauischen Blick hatte er immer für kritisch-rational gehalten und merkte erst jetzt, mit dreiundfünfzig Jahren, dass er ein Nörgler war und dass seine Dauerkritik ihm selbst oft die Laune und Lust verdarb. Sie dagegen nahm mit unschuldigen Augen alles in sich auf. Sie lobte und genoss die Freude der anderen an ihrem Lob. Sie war es, die ihn lehrte, dass ein Lächeln nichts kostet und anderen viel geben kann.

Erst mit ihr lernte er, auf einer Bank zu sitzen und in aller Öffentlichkeit ein Eis zu schlecken. »Seit dreiundvierzig Jahren habe ich das nicht mehr gemacht«, schrieb er in sein Heft.

Anfangs wollte er nur ihren Körper genießen und sich über seine guten wie schlechten Eigenschaften klar werden. Doch

Sara gab ihm nicht nur ihren Körper. Sie brachte ihm still und leise bei, unaufgeregt, ja fast gelassen zu leben.

Er war aus München geflüchtet, aber die Wunden reisten mit. Wenn er in Rage geriet, wenn er abfällig wurde, blieb sie ruhig. Sie lächelte ihn an und streichelte seine Hand. Manchmal hatte sie Tränen in den Augen, aber sie sagte nie auch nur ein böses Wort, und hinterher schämte er sich und bat sie um Verzeihung. Sie hatte eine weise Seele und verzieh ihm immer. Nicht ein einziges Mal erinnerte sie ihn an einen seiner Fehler, und deren gab es am Anfang viele. Als er sie einmal wegschickte, ging sie, aber als er eine Stunde später wieder vor ihrer Tür stand, empfing sie ihn mit einem Lächeln. »Du kommst genau richtig. Ich habe gerade Espresso gekocht«, sagte sie und küsste ihn. Er weinte fast vor Rührung.

Sara zeigte ihm auch die »Grotta nuova di Villanova«, eine der schönsten Höhlen Europas. Für eine Stunde vergaß er die Welt. Hand in Hand mit Sara ließ er sich von den verschiedenen Tropfsteinhöhlen und dem unterirdischen Wildbach faszinieren. In der Nacht schrieb er: »In der Tiefe fühlte ich mich jung, und ich hielt Saras Hand ganz fest. Ich glaube, ich habe mich in sie verliebt.« Aber das sagte er ihr nicht.

Auch der Ausflug zu dem malerisch an einem Hang gelegenen Bergdorf Topolò, etwa eine halbe Stunde Autofahrt entfernt, tat ihm gut. Sara trug Bluejeans und eine weiße Bluse unter einer roten Weste. Sie hatte ihre Haare zu einem Pferdeschwanz zusammengebunden und kam ihm vor wie eine zwanzigjährige Studentin.

Als sie am Abend zurückkehrten, blieb er bei ihr, und sie eröffnete ihm in der Nacht, dass sie ihn sehr liebe und sehr glücklich mit ihm sei. Er erzählte ihr, dass er Zeit brauche, da er in seinem Leben schon von zehn Frauen verlassen worden sei. Er wunderte sich über seine Offenheit, aber er wusste, dass er sie bremsen musste. Aus Angst vor einer erneuten Niederlage zögerte er. Darin lag sein Problem. Die Frauen waren stets zu schnell in sein Leben getreten, das hatte verhindert, dass er nachdenken konnte. Er flüchtete von einer zur nächsten, um die vorangegangene Enttäuschung zu vergessen, statt ihre Ursache zu verstehen. Dieses Mal wolle er sich Klarheit über sich selbst verschaffen. Sara hörte ihm gut zu. Sie verstehe nicht, sagte sie, wie jemand, der einen gesunden Verstand besitze, so einen feinen Menschen wie ihn verlassen könne.

Obwohl Sara nicht aus der Oberschicht stammte und keine große Bildung besaß, fand Frank sie kultivierter als alle Frauen, denen er je begegnet war. Auch das war neu für ihn. Während seiner Kindheit in Rom war er von allen Erfahrungen mit der normalen Bevölkerung abgeschottet gewesen. Er hatte in den elitären Diplomatenkreisen seiner Eltern gelebt, von Bediensteten umgeben.

Auch in Venedig hatte er immer nur mit Akademikern und reichen Liebhabern der Lagunenstadt verkehrt. Die Venezianer selbst hatte er nie kennengelernt. Hier aber, mit Sara, erlebte er, wie die große Weltkultur eines Imperium Romanum auch tausend Jahre später noch weiterwirkte. Nicht nur Sara, auch *Signore* Massimiliano, der Straßenkehrer, sang bei seiner Arbeit und spottete über sich und die Welt. Mit seinem Humor, seiner Philosophie und vor allem mit seinem Selbstbewusstsein erinnerte er Frank an Chaplins Tramp und an Alexis Sorbas. Und der deutsche Professor fragte sich, warum er in seinem Land nie solche von Natur aus weisen Menschen traf.

Sara las wenig, aber sie kannte unendlich viele Filme. Er selbst war bislang kein Cineast gewesen. An ihrer Seite lernte er diese wunderbare Kunst schätzen. Sara zelebrierte ihre gemeinsamen Filmabende regelrecht. Sie bot ihm zehn, zwanzig DVDs zur Auswahl, richtete einen kleinen Tisch mit Leckereien und gutem Rotwein her und kuschelte sich an ihn. Es war der Himmel auf Erden.

Im Herbst reiste er mit ihr ans Meer. Sie war keine große Schwimmerin, aber eine leidenschaftliche Spaziergängerin. Bei ihren langen Strandwanderungen erzählte sie ihm von ihrer Kindheit, von ihren Träumen, die nach und nach gestorben waren.

An einem stürmischen Tag Ende November fand er endlich den Mut, ihr seine Liebe zu gestehen. Er hatte inzwischen das zweite Heft, »Seelenwerkstatt II«, mit Gedanken, Notizen, Selbstkritik und Aufzeichnungen der wundersamen Erlebnisse bei seinen Ausflügen mit Sara gefüllt. Das Resultat fasste er in einem Satz auf der letzten Seite zusammen, den er mit großen, fetten Buchstaben schrieb: »*MUT ZUM LEBEN*«. Sie war überglücklich. Sie hatte seit Monaten gespürt, dass er sie liebte, aber sie wollte es von ihm hören, ohne ihn mit der berühmten Frage zu erpressen: »Liebst du mich?«

Das dritte Heft betitelte er mit: »Zeit der Liebe«. Darunter schrieb er: »Sara ist meine Rettung.«

Zwei weitere Monate seines Glücks vergingen wie ein Wimpernschlag. Ende Januar musste er nach München zurückkehren. Die Vorlesungen am historischen Seminar sollten im April anfangen. Aber er wollte sich gut vorbereiten.

Sara schien dies nicht zu beunruhigen. »Ich weiß, dass du mich liebst, und wir werden für immer zusammenbleiben«, sagte sie. Er war sehr bewegt.

Seine Freunde und Kollegen in München wunderten sich, wie lebendig er war. »*Cherchez la femme*«, sagte er und meinte Sara. Täglich telefonierten sie lange miteinander, und er fühlte eine eigenartige Sehnsucht nach ihr. Er bedrängte sie, ihre Stelle zu kündigen und zu ihm nach München zu ziehen. »Die Wohnung in Udine kannst du vermieten«, schlug er vor.

Sie war gerührt, aber es ging ihr zu schnell. Ihre Bedenken verschwieg sie. Anfang Mai nahm sie zwei Wochen Urlaub. Sie setzte sich ins Auto und fuhr Richtung München. Im Kofferraum hatte sie all die Leckereien mitgebracht, die er besonders gern mochte: Artischockenherzen, bestes Olivenöl aus Kampanien, Panforte aus Siena und Amaretti. Ein Karton mit seinem Lieblingswein, einem Cabernet Sauvignon aus dem Friaul, sollte das Ganze abrunden.

Sie fuhr schnell und stand bereits nach viereinhalb Stunden vor seiner Tür. Sie fand ihn noch schöner, noch männlicher, als sie ihn in Erinnerung hatte. Und war angenehm überrascht, als er ihr, nach dem stürmischen Liebesspiel, sagte, dass er einen Tisch in einem feinen italienischen Restaurant reserviert hatte. Es war ihr erster Besuch in Deutschland. Sara war verblüfft, wie sauber die Straßen, wie neu alle Autos und wie höflich und leise die Leute waren. Sie biss sich auf die Zunge, um nicht dauernd in Lobeshymnen auszubrechen, weil sie merkte, dass es Frank verlegen machte. Seltsam fand sie das. Wenn sich jemand lobend über Udine äußerte, so freute sie sich doch. Aber er freute sich nicht, wenn sie München oder die Deutschen lobte, sondern wiegte skeptisch den Kopf.

Nach der Rückkehr aus dem Restaurant küsste und liebkoste er sie. Sie war todmüde, aber aus Höflichkeit ließ sie es geschehen.

Kurz bevor sie einschlief, wollte er ihr noch etwas Wichtiges sagen. Hoffentlich keine Affäre in den vergangenen Wochen, dachte sie und sah ihn besorgt an. Er stotterte herum und gestand schließlich, dass er kein Lehrer, sondern Professor an der Universität sei. Sie musste an sich halten, um nicht vor Lachen zu explodieren.

»Was ist dabei? Das ist doch schön. Für mich bist du der wunderbare, sehr männliche Liebhaber Frank«, sagte sie, gab ihm einen kleinen zärtlichen Klaps auf den Bauch und ein Küsschen auf die Nase. »Und nackt sehen alle Männer gleich aus«, meinte sie und gähnte herzhaft.

Er war enttäuscht, obwohl er nicht recht wusste, warum. Sara schien ein ungemein starkes Selbstbewusstsein zu haben und den Unterschied zwischen einem Lehrer und einem Universitätsprofessor nicht einmal zur Kenntnis zu nehmen.

» Fehlt nur noch, dass sie sagt, es sei ihr egal«, murmelte er im Badezimmer vor sich hin, und in diesem Moment fiel ihm auf, dass Sara keine Anstalten gemacht hatte, ihre Zähne zu putzen. Er wollte sie noch darauf ansprechen, aber sie schlief bereits.

Er schüttelte den Kopf.

Am nächsten Tag musste er früh aufstehen. Er schlich sich aus dem Bett, schrieb ihr einen Gruß auf einen Zettel und eilte zur Universität.

Als er aus dem Hörsaal kam, lächelte ihn seine Sekretärin verlegen an. Er machte große Augen. »Ihre Freundin wartet in Ihrem Büro. Leider kann ich kein Italienisch«, sagte sie.

Frank war wütend, dass Sara ohne Ankündigung gekommen war, aber er biss die Zähne zusammen und lächelte, als er sein Büro betrat. Sie hatte am Fenster gestanden und drehte sich jetzt erfreut um. »Frank, *amore, amore mio*«, rief sie viel zu laut.

»Hast du gut geschlafen?«, fragte er, weil ihm nichts anderes einfiel.

»Ja, aber die Wohnung ist langweilig ohne dich. Wann bist du hier fertig?«

O Gott, dachte er. Aber er beruhigte sich schnell. Sie konnte keine Ahnung vom universitären Betrieb haben.

»Ich habe noch ein Seminar am Nachmittag, dann eine Sitzung im Dekanat. Ich glaube, es wird spät. Aber wir können«, er schaute kurz auf seine Armbanduhr, »in einer halben Stunde zusammen essen gehen«, sagte er, um sie zu trösten.

Im Restaurant wollte sie kein deutsches Gericht probieren. Sie hätte lieber eine Pizza bestellt, aber das Lokal hatte keine Pizza auf der Karte.

»Spaghetti Carbonara, Spaghetti Bolognese, Spaghetti arrabbiata«, sagte der Ober.

»*Arrabbiata per favore*«, antwortete Sara.

Ein Kollege von Frank hatte bereits gegessen und war am Gehen, als er Frank sah.

»Störe ich?«, fragte er höflich.

»Nein, nein«, erwiderte Frank. Er mochte den Kollegen und war seit kurzem mit ihm gemeinsam bemüht, das Dekanat von einem langfristigen Forschungsprojekt zu überzeugen.

Erst jetzt bemerkte der Kollege Sara und streckte ihr die Hand entgegen. »Gerhard Müller. Ich bin ein Kollege von Frank.«

Sara drückte die Hand, aber sie verstand nur ansatzweise, was der Mann sagte.

»Und sie heißt Sara und leitet einen Supermarkt in Udine«, sagte Frank und war sogleich in ein Gespräch mit seinem Kollegen vertieft.

Als sie mit dem Essen fertig waren, gab Frank Sara die Hand und fragte, ob sie allein nach Hause finden würde.

»Ja, ich glaube schon. Ich habe die Adresse aufgeschrieben«, erwiderte sie und wollte ihn wie immer zum Abschied küssen, aber er wich ihr aus und eilte winkend mit seinem Kollegen davon. Vielleicht küsst man sich in Deutschland nicht auf der Straße, dachte Sara verwundert, aber drei Meter weiter küssten sich gerade zwei ältere Menschen an einer Bushaltestelle. Und die jungen Leute küssten sich andauernd, wie in Italien.

Merkwürdig. Warum will Frank nicht, dass ich ihn küsse?, fragte sie sich und fand keine Antwort.

Abends kam er nach Hause, müde und enttäuscht von der Sitzung. Er stank nach Bier, mit dem er seine Enttäuschung hinuntergespült hatte, und lallte irgendetwas von der vergeblichen Mühe, Bürokraten für die Forschung zu interessieren. Sie nahm ihn in den Arm, streichelte sein Gesicht, küsste ihn, aber er war nicht mehr fähig, ihre Liebkosungen zu erwidern, und schlief bald ein. Sie lag lange wach. Er kam ihr so verschlossen vor wie eine Burg, und sie fühlte sich wie ein kleines Mädchen, das barfuß vor dem Tor stand und klopfte, um den Burgherrn an eine schöne Zeit in Udine zu erinnern. Sie fror im Bett wie schon lange nicht mehr.

Am nächsten Tag, einem Samstag, war Frank zu einer Geburtstagsparty bei einer Kollegin eingeladen. Er fragte Sara, ob sie mitgehen oder lieber in Ruhe zu Hause bleiben wolle. Er habe ein paar DVDs für sie gekauft, sie könne italienische Filme anschauen. Sara entschied sich mitzugehen, obwohl sie am liebsten mit Frank allein sein wollte. Aber dieses Angebot hatte er ihr nicht gemacht.

Die Party war für sie todlangweilig. Außer Frank sprach niemand Italienisch, und sie konnte den Ausruf »Ah, *bella Italia*« bald nicht mehr hören. Darüber hinaus kümmerte sich keiner um sie. Auch Frank nicht. Er lachte und redete mit allen, nur nicht mit ihr.

Frank beobachtete sie aus der Ferne. Sie kam ihm unscheinbar vor. Sie war verschlossen, lachte nicht und sprach mit niemandem. Schlecht gelaunt wanderte sie in der fremden Wohnung umher wie ein Hausdetektiv im Supermarkt und bediente sich noch nicht einmal am kalten Buffet. Sie wirkte völlig fremd hier und passte nicht in diesen intellektuellen Kreis.

Ein Kollege fragte ironisch, ob Sara Franks Haushälterin sei, ein anderer meinte, sie sei wohl eine »Jagdtrophäe«. Frank fühlte sich nicht geschmeichelt.

Eher aus Verlegenheit fragte er sie ab und zu, ob sie etwas trinken oder essen wolle, und verschwand dann wieder. Einer der Männer stellte ihr ziemlich plump nach. Mit einigen wenigen Brocken Italienisch machte er ihr aufdringlich den Hof. Sie verstand, dass er mit ihr schlafen wollte, und wandte sich hilfesuchend an Frank. Ihm schien das nicht viel auszumachen. Er beschwichtigte sie, der Mann sei betrunken und könne keiner Fliege etwas zuleide tun.

Sie fühlte sich so einsam wie schon lange nicht mehr. Auch an den folgenden Tagen wurde es nicht besser.

Die Stadt war sehr teuer und blieb Sara daher verschlossen. Sie ging viel spazieren, aber der Anblick der Liebespaare machte sie traurig.

Er selbst schien keinerlei Interesse mehr an ihr zu haben. Als sie ihn darauf ansprach, hielt er das für ein Missverständnis. Er habe durchaus Interesse, aber sie sei zur falschen Zeit gekommen. Er habe im Moment viel Stress und könne sich nicht um sie kümmern.

»Hast du eine andere?«, fragte sie und fing an zu weinen. Sie schämte sich. Seit vier Tagen hatte er sie nicht mehr angefasst, sondern nur korrigiert, kritisiert, ermahnt und getadelt, als wäre sie das kleine Mädchen vor dem Tor.

Nach zehn Tagen packte sie ihren Koffer. Er hatte sie beim Frühstück beleidigt. Sie sei humorlos und unfähig, sich an das Leben hier anzupassen. Sie verhalte sich wie ein störrisches Mädchen. Seine Freunde würden über sie lachen.

Sie erwiderte kein Wort. Sie wollte ihm erklären, wie sehr er sie im Stich ließ, aber sie spürte dazu keine Kraft mehr. Der letzte Rest war ihr am Abend zuvor abhandengekommen.

Der Tag hatte ganz harmlos angefangen. Frank erklärte, er habe von ihren Kochkünsten geschwärmt, und deshalb wollten heute drei Kollegen und der Dekan mit ihren Frauen zum Essen kommen. »Wir zwei dazu, sind insgesamt also zehn. Das ist leicht zu schaffen. Ich verlass mich auf dich.«

Mit diesen Worten drückte er ihr Geld für die Einkäufe in die Hand und wandte sich zum Gehen.

Mühselig kämpfte sie sich durch die Läden und besorgte, was sie brauchte. Am frühen Nachmittag begann sie mit den Vorbereitungen.

Dann kamen die Gäste. Nach der kurzen Begrüßung gab es als Aperitif einen Prosecco. Auf großen Platten servierte sie dann die vorbereiteten Antipasti – Schinken und Melonenstücke, wie Sonnenstrahlen um eine halbe Melone angeordnet. Danach kam der erste Gang: Spaghetti mit Garnelen. Alles war frisch zubereitet. Sie selbst war zu beschäftigt und aß in der Küche im Stehen. Der zweite Gang war ein aufwendiges Fleischgericht: Schnitzel mit Zwiebeln, Zucchini und Knoblauch, Oliven und Tomaten. Frank blieb bei seinen Gästen sitzen. Er half ihr nicht. Keiner half ihr. Die Leute aßen Unmengen und ungeheuer schnell. Und sobald Sara sich an den Tisch setzen wollte, bat Frank sie um Wasser, Wein, Salz oder sonst etwas, das gerade fehlte. Sie kam sich vor wie ein Dienstmädchen und war vollkommen erschöpft. Kochen in einem fremden Haushalt empfand sie als doppelt so anstrengend wie zu Hause. In der Küche begann sie zu weinen. So verspätete sie sich mit dem Nachtisch. Frank kam in die Küche und fragte, was los sei. Sie sagte, sie sei am Ende ihrer Kräfte.

»Aber Sara, du kannst mich doch nicht vor meinen Freunden blamieren. Nur noch den Nachtisch, und die Leute sind zufrieden.«

»Ich kann nicht mehr«, brüllte sie ihn an. Er nahm das Tiramisu aus dem Kühlschrank und ging hinaus. Die Stimmen wurden leise. Sie hörte nur noch den Klang der Löffel, wenn sie gegen das Glas der Schälchen stießen. Es war nach Mitternacht, als die Gäste endlich gingen. Sara fühlte sich elend.

Frank sprach kein Wort mit ihr.

Gegen acht Uhr in der Früh war er zur Uni gefahren. Um zehn verließ sie die Wohnung und ging in die Tiefgarage. Sie hinterließ nicht einmal einen Zettel. Ihr Auto stand dort, wo sie es vor zehn Tagen abgestellt hatte. Es war ihr Rettungsfloß.

Ihr blieben noch vier Urlaubstage, dachte sie kurz vor Udine, um sich von dieser Reise in ihrer ganzen Hoffnungslosigkeit zu erholen.

Die fliegenden Händler
der Insel

Böse Worte fielen an jenem Abend. Der Streit fing harmlos an. Sie beschimpfte die Italiener und ich verteidigte sie. Dann aber glaubte Ilse, sie habe verstanden, weshalb ich Italien liebe: Weil dieses Land genau wie die arabischen Länder korrupt, faul und kriminell sei. Ich sei unfähig, auch nur einen Tag ohne sie auszukommen, sagte sie zu mir in einem Ton, wie reaktionäre Ehemänner mit ihren Frauen sprechen. Ihre Stimme klang so spröde, fast männlich.

Sicher würde ich lügen, wenn ich behaupten würde, das käme sehr überraschend. Seit zwei Jahren bin ich als Chemiker arbeitslos. Außerdem bin ich Palästinenser. Diverse Umschulungen haben mich nur ausgelaugt, aber nichts gebracht. Ich wurde Hausmann für meine Frau Ilse, eine gut verdienende Oberärztin in einer Münchner Frauenklinik.

Ich begnügte mich mit dem Haushalt, kochte, wusch und putzte fünf Stunden am Tag, und zum ersten Mal in meinem Leben las ich etwas anderes als Fachliteratur. Aber mit Ilse hat es nicht mehr geklappt, weder im Bett noch im Alltag. Ich musste alle Geldausgaben begründen. Ihre häufigste Mahnung war: »Wir wollen nicht übertreiben.« Auch vor Gästen betonte sie stets, dass wir von ihrem Gehalt lebten.

Der deutsche Pass half mir zu reisen, aber nicht bei meiner Jobsuche. Ich bin dunkelhäutig, und sobald man den Geburtsort: Ramallah, Westjordanland, las, suchte man höflich nach Ausflüchten und ich suchte bald den Ausgang.

Ilse warf mir so etwa einmal in der Woche vor, dass ich mich nicht genug bemühte. Das hat mich immer gedemütigt, weil ich fünf Jahre älter bin als sie. Sie übernahm die Rolle einer Erzieherin, die meine Anstrengungen benotete. Deutsche neigen dazu, andere erziehen zu wollen. Nicht nur in der Weltpolitik, inzwischen wollen sie sogar den Italienern zeigen, wie man Espressobohnen richtig röstet, und den Arabern, wie man Falafel mit Käsefüllung!!! macht.

Ich hoffte, beim Reisen würden wir uns wieder näherkommen, Ilse könnte sich am Strand entspannen und wir könnten wieder zueinanderfinden. Wir beide liebten diese herrliche Insel und waren fast jeden Sommer dort. So einfach war meine Hoffnung. Aber Ilse wurde von Tag zu Tag nervöser und immer unverschämter gegenüber den Italienern.

Eines Morgens reiste sie ab, ohne Abschied. Ein Zettel lag auf dem Küchentisch: »Ich kann Italien nicht ertragen. Wenn du bei diesen Menschen bleiben willst, dann nicht mit meinem sauer verdienten Geld. Das musst du verstehen!« Sie hinterließ mir keinen einzigen Euro, keinen Scheck, nichts. Mit allem hatte ich gerechnet, aber nicht damit.

Nun stand ich plötzlich da, ohne Geld, aber mit einer prachtvollen Ferienwohnung und einer Strandkarte. Beide waren schon im Voraus für weitere drei Wochen bezahlt. Auch in Deutschland besaß ich kein eigenes Geld, das ich hätte abrufen können. Und meine wenigen Freunde waren in alle Winde zerstreut.

Die Trennung von meinen früheren Freundinnen ist immer schmerzhaft gewesen – Trennung ist eine Art Sterben –, die plötzliche Radikalität meiner Frau aber hat mich gelähmt. Das war eine Ilse, die ich so noch nie erlebt hatte. Erst später sollte ich erfahren, dass sie mich nicht ganz freiwillig hier auf der Insel sitzenließ, sondern ein Ultimatum ihres Liebhabers erfüllte, mit dem sie seit einem halben Jahr eine stürmische Affäre hatte und dem sie auf die Malediven folgte.

In einem Punkt hat Ilse allerdings recht. Ich liebe nichts auf der Welt so sehr wie diese Insel und das Mittelmeer. Warum? Ich weiß es nicht. Irgendetwas zieht mich seit meiner Jugend immer wieder ans Meer. Mit meinen vierzig Jahren habe ich bestimmt schon zwanzig Sommer an den Stränden dieses Meeres verbracht. Ja, man könnte mich einen autodidaktischen Experten des Mittelmeers nennen. Ich habe alle Bücher in arabischer, englischer, deutscher oder italienischer Sprache zu diesem Thema gelesen, die ich mir beschaffen konnte.

Nach Ilses Abgang erfuhr ich durch meine verzweifelten Telefonate mit Leuten in Deutschland, dass es in München zu der Zeit nur so stürmte und regnete. Keine zehn Pferde hätten mich da hingebracht.

»Hier bleiben und überleben«, sagte ich mir. Ich hatte Bilder von harten Burschen im Kopf, wie sie sich mit Stirnbinde und Tarnanzug im Wald durchschlugen. Robinson Crusoe wurde zu meiner Leitfigur. Und vielleicht verdankte ich ihm die Eingebung, wie ich auf dieser Insel mein Auskommen sichern könnte.

Im Lauf der Jahre war der Marokkaner Muhsin so etwas wie ein Freund für mich geworden. Er nannte mich »*Achi*«, mein Bruder. Meine zwei leiblichen Brüder sind widerliche Burschen, die mich raffiniert um meine Erbschaft brachten, wohl wissend, dass ich weder zurückgehen konnte, noch Geld für einen Rechtsanwalt hatte, aber wie präzise die Benennung »*Achi*« war, sollte ich erst später erfahren.

Am Abend des Tages, an dem Ilse abgereist war, suchte ich meinen marokkanischen Bruder in seinem VW-Bus auf. Er wunderte sich zunächst ein wenig über mein Erscheinen, denn für gewöhnlich trafen wir uns in der Strandbar. Ich erzählte ihm offen, welche Katastrophe mir widerfahren war.

Muhsin hatte offenbar Mitleid mit mir. Er lieh mir Geld gegen Wucherzinsen: monatlich 20 %. Sein Risiko sei groß, meinte er. »Herr Doktor«, nannte er mich, nicht mehr *Achi*. Ich habe nie einen Doktortitel erworben, sondern mit Mühe mein Diplom erkämpft. »Von einem anderen hätte ich das Doppelte verlangt«, sagte er, um seine Zuneigung zum Ausdruck zu bringen. Das ähnelte der Zuneigung meiner bescheuerten Brüder.

Ein paar Stunden später hatte ich mir eine Auswahl der besten Tücher von einem dubiosen Großhändler besorgt. Aber wo sollte ich meine hundert Tücher lagern? Sie bis zur Ferienwohnung durch die ganze Stadt zu tragen wäre lächerlich und unpraktisch gewesen.

»Hier«, sagte Muhsin und öffnete eine Schiebetür. »In diesem Schrank haben dreihundert Tücher Platz. Pro Tag zahlst du mir fünf Euro Lagergebühr. Und damit wir uns recht verstehen, Doktor, solange du deine Ware bei mir hast, lässt du die Finger von Drogen und nimmst auch nie etwas zur Aufbewahrung an. Ist das klar?«

»Natürlich, natürlich«, murmelte ich wie benommen.

»Und was muss ich jetzt tun?«, fragte ich ihn, da ich keine genaue Vorstellung von meiner neuen Arbeit hatte. Es ist seltsam. Zehn Jahre lang sieht man eine Sache immer nur von einer Seite an und denkt, man weiß alles darüber. Sobald man aber die Seite wechselt, entdeckt man, dieses Wissen ähnelt einem Sieb.

»Die reichen Touristen liegen am Strand. Du gehst durch die Reihen und bietest deine Ware an. Der Handel dort ist verboten, aber kein Schwein kümmert sich darum. Am Ende des Tages hast du mit etwas Glück einiges Geld verdient und auch das eine oder andere Abenteuer erlebt. Dass du, genau wie ich, Italienisch sprichst, wird dir helfen.«

Mein neuer Arbeitsplatz war ein unendlich langer Strand. Er wird von einem hohen Zaun begrenzt und hat drei bewachte Zugänge. Es gibt dort Bars, Spielplätze, sogar eine kleine Erste-Hilfe-Station, eine Galerie, einen Garten, eine Bühne für Lesungen, ein Theater für Kinder und dergleichen mehr.

Der Strand ist extrem flach und so für Kinder und alte Menschen bestens geeignet. Man muss sehr weit ins Meer hineinlaufen, bis das Wasser auch nur einen Meter tief wird. Und doch rettet jeder der *Salvatori,* der dort tätigen Rettungsschwimmer, im Jahr mindestens hundert Menschen das Leben.

Der Strand wird täglich geharkt und am frühen Morgen von Seetang und all dem anderen Schmutz befreit, den das Meer über Nacht ausgespuckt hat.

Einige Bademeister kümmern sich um die wohlhabenden Feriengäste, sorgen für Ruhe und Ordnung. Und die *Salvatori* sitzen den ganzen Tag über in ihren Booten unter einem Sonnenschirm, um im Notfall helfen zu können. Dieser gepflegte Strand ist so etwas wie eine Insel auf der Insel, denn schon ein paar hundert Meter hinter dem Zaun ähnelt das Ufer einem Sumpfgebiet mit vermodernden Algen und braunem, stinkendem Seetang.

Die Insel hat einen guten Ruf und entsprechend hoch sind die Preise. Doch jedes noch so perfekte System hat seine Lücken. Für das Ferienparadies auf der Insel heißt das: Irgendwo im Meer endet der Zaun, der den Strand der Reichen von der Wildnis der Armen trennt. Bei Ebbe überwinden fliegende Händler diese Grenze im flachen Wasser leicht, bei Flut tragen sie ihre Ware in einem blauen Kunststoffsack auf dem

Kopf und pirschen sich so an ihre Kunden heran. Die Verwaltung hat nicht genug Personal zur Überwachung der Randzonen, außerdem würden intensivere Kontrollen die Badegäste stören. Ich besaß ja meine teure Eintrittskarte für den Strand und musste mir keine Gedanken machen, wie ich mit einer riesengroßen Strandtasche zu meinem Arbeitsplatz gelangte. Mein Problem war, am Strand zu bestehen.

Also schulterte ich am nächsten Tag meine herrlichen Badetücher, die ich im Auf-und-ab-Gehen den Urlaubern feilbieten wollte. Einen ganzen Vormittag lief ich in der sengenden Sonne herum – *»Bellissimi asciugamani!«* pries ich meine Badetücher an – und konnte doch kein einziges Stück loswerden. Muhsin verkaufte in dieser Zeit jede Menge bunte, leichte Strandkleider für Frauen und Shorts und T-Shirts für Männer. Ich konnte nur neidisch zusehen. Bald erkannte ich die Ursache für meinen Misserfolg: Die anderen fliegenden Händler wollten mich an ihrem Strand nicht haben. Und wenn sie jemanden vertreiben wollen, machen sie ihn zusammen fertig. In diesem Kreis herrscht die Moral der Meute, und die Faust entscheidet. Vier Männer bildeten einen unsichtbaren Ring um mich, verkauften ihre Ware wie die Wilden und ließen mir so keine Möglichkeit, auch nur ein einziges Tuch an den Mann zu bringen. Was sollte ich machen? Ausbrechen war zwecklos, denn sogleich holten sie mich ein und umkreisten mich von neuem. Auch als eine alte Frau ein besonderes Tuch von mir haben wollte, waren die vier sofort zur Stelle und redeten so lange auf die Arme ein, bis sie schließlich gar nichts mehr kaufen wollte und uns alle vertrieb.

Ich hatte zum Glück einen vollen Kühlschrank und genug Reis für eine Woche, aber die Burschen waren unerträglich.

Abends erzählte ich meinem marokkanischen Bruder von meinen Erlebnissen, und Muhsin wurde fast steif vor Wut.

»Warte hier«, sagte er und ließ seine angebissene Scheibe Brot auf den Teller mit einem Stück trockenen Schafkäse fallen. Er rannte hinaus in die Dunkelheit. Ich wartete auf ihn neben seinem VW-Bus. Die Meereswellen rauschten am Strand, zwei Verliebte küssten sich und flüsterten in der Nähe. Ich aber fühlte mich hundeelend.

Spät, ganz spät kam Muhsin zurück. Ein Auge war geschwollen, aber er strahlte. »Morgen«, sagte er und biss in sein zurückgelassenes Brot, »wird dir keiner im Weg stehen.«

Und so war es auch.

Ich verkaufte meine Tücher, mied die anderen Händler am Strand und verkürzte jedes Gespräch auf nichtssagende Höflichkeitsfloskeln. Muhsin hatte nicht übertrieben. Der Verdienst war nicht schlecht, vor allem an den Wochenenden, wenn die Touristen den ganzen Tag dicht beieinanderlagen. Man musste aufpassen, um den Leuten nicht versehentlich auf den Bauch zu treten. Ich wunderte mich über mich selbst. An meinem Arbeitsplatz war ich wie geschlechtslos. So viele Frauen sich da in der Sonne aalten oder in ihren attraktiven Bikinis herumspazierten, nicht selten oben ohne, sie waren wie Luft für mich. Ich hatte nichts als Badetücher im Kopf.

Bald wechselte ich zu einem günstigeren Großhändler und zahlte Muhsin meine Schulden samt Zinsen zurück. Ich verdiente nun ordentlich, aber die Arbeit am Strand brauchte Hiobs Geduld. Die Touristen waren hierhergekommen, um ihren Frust und Stress loszuwerden, und nicht selten lagen ihre Nerven blank wie ihre gesengte Haut. Manchmal rief mich einer zu sich, der gar nichts kaufen wollte, und kotzte sich bei mir aus.

»Die Leute sind noch nicht richtig da«, beschwichtigte mich ein Peruaner, der am Strand sonderbare Mützen mit Ventilatoren verkaufte. »Sie liegen zwar hier in der Sonne, aber ihre Seele ist noch im Büro, an der Uni, an der Börse oder im Geschäft.« Er lächelte ein weises indianisches Lächeln, ging weiter und zeigte einem neugierigen Mann eine seiner blauen Mützen. Ich lernte, besondere Geduld mit Touristen zu haben, die noch blass und teigig aussahen. Ich bekam aber auch Respekt vor den Einheimischen, die jährlich Hunderttausende von Touristen hier heilen, reinigen, massieren und wieder aufrichten, nur damit diese Leute zurückfahren und elf Monate lang Gift ansammeln können für den nächsten Urlaub. Wo bleibt all das Gift? Wie schaffen es die Bewohner der Insel, jahrein jahraus damit fertigzuwerden, ohne daran zu ersticken?

Als fliegender Händler muss man immer auf der Hut sein vor einer Razzia. Mehrere Polizeiabteilungen gehen hier am Ufer auf Streife. Die harmlosesten sind die Strandpolizisten, sie sind so faul, dass sie nicht einmal aus ihren Autos aussteigen. Sie wollen sich nur zeigen und haben eher Augen für die Frauen als für die Ordnung. Auch die *Carabinieri* sind harmlos.

Die schlimmste Abteilung ist die *Guardia di Finanza,* die Finanz- und Zollpolizei. Die Beamten haben es weniger auf die illegalen Verkäufer abgesehen als auf die unverzollte Ware. Erwischen sie einen der fliegenden Händler, so lassen sie ihn in der Regel laufen, aber die Ware und das Geld nehmen sie ihm weg. Das ist für ihn der Ruin. Man munkelt, dass auch die regulären Händler in der Stadt Druck auf die Zolldirektion machen, um auf diesem Weg die Konkurrenz am Strand zu dezimieren. Was hier verkauft wird, geht den Geschäften und Steuerbehörden der Stadt verloren. Und so gut wie immer ist es billige Schmuggelware oder stammt aus den Lagern der Mafia.

Es ist ein harter Kampf. Es geht um das tägliche Brot. Die

Strandverkäufer stellen ihrerseits Beobachterposten auf und belohnen diese jungen Männer mit etwas Geld für rechtzeitige Warnrufe. Sobald Alarm geschlagen wird, rennen die Verkäufer so schnell sie können davon. Die Polizisten sind jung und gehen nach Plan vor. Sie greifen von einem Ende des Strandes her an und treiben die Illegalen in einer wilden Jagd in die Arme ihrer Kollegen, die in Zivil durch die drei Eingänge eindringen und die Fluchtwege abschneiden.

Auch ich wäre beinahe einmal in ihre Fänge geraten. Aber durch göttliche Hilfe habe ich gemerkt, dass ein Mann an der Bartheke nur so tat, als wäre er ein harmloser Gast und würde einfach seinen Espresso trinken. Er warf einen sonderbaren Blick auf mich, und ich wusste sofort, das ist ein Polizist. Vorsichtig machte ich einen weiten Bogen um die Bar herum. Den Mann ließ ich dabei nicht aus den Augen. Ich ging ganz langsam, und erst als er die Tasse auf die Theke setzte, nahm ich Reißaus. Zwei der vor der Bar abgestellten Fahrräder warf ich quer hinter mich und rannte los. Der Polizist stolperte über das erste Fahrrad und verfluchte mich.

Als ich Muhsin davon erzählte, war er nicht begeistert. »Das machst du ein- oder zweimal, aber dann wirst du geschnappt«, sagte er trocken.

»Was soll ich denn sonst tun?«

»Ins Meer gehen, dahin kommt dir kein Polizist nach. Er versaut sich sonst seine Kleidung und macht eine schlechte Figur. Kannst du schwimmen?«

»Natürlich!«

»Ich auch, aber die meisten Polizisten können es nicht«, sagte Muhsin.

Der Druck der Polizei nahm zu in diesem Jahr, täglich musste man mit einem Einsatz rechnen. Doch nach wie vor hingen über dreißig Verkäufer an diesem Strand herum. Aus dem Senegal, Indien, Nordafrika, Pakistan, China, Albanien, Nigeria und Peru stammen sie und stampfen zwischen geölten Touristen durch den heißen Sand.

Muhsin hatte recht, auch die Männer von der Zollpolizei wollen sich die Schuhe nicht nass machen. Sie fluchen vom trockenen Strand aus. Oft musste ich nur so weit gehen, bis mir das Wasser über den Knien stand. Wir, der Ordnungshüter und ich, starrten uns dann so lange an, bis der Polizist seine Wut abgelassen hatte, sich umdrehte und ging. Wie in einem Tierfilm, wenn ein verletzter kampfbereiter Wasserbüffel einem verletzten, entkräfteten und hungrigen Löwen gegenüberstand.

»Und was mache ich mit den Tüchern, wenn ich sie auf der Flucht nicht bei einem gutherzigen Touristen deponieren kann?«

»Ich werde es dir zeigen«, sagte Muhsin. Wir verabredeten, uns in einer Stunde wieder am Strand zu treffen. Er wollte mir vormachen, wie man mit der Ware ins Wasser geht, ohne sie nass zu machen.

Es war bereits dunkel, als wir über den Zaun kletterten. Muhsin war ein Meister der Behändigkeit. Die Tücher hatte er in Sekundenschnelle in einen großen blauen Kunststoffsack gepackt, und schon rannte er los, so schnell, dass er im Meer verschwand und man bald nur noch den blauen Sack sah.

Ich musste ihm das dreimal nachmachen, bis er zufrieden war.

Zwei Liebespaare, die wie wir verbotenerweise am Strand waren, wunderten sich über unsere Aktion. »Was macht ihr da?«, fragte der eine Mann.

»Wir üben Rettungsmanöver für unsere Seelen«, antwortete Muhsin und lachte.

Für die Lektion in dieser Nacht bekam Muhsin zehn Euro von mir. Angeblich hat er eine Schwäche für mich, denn normalerweise zeigt er diesen Trick nicht unter fünfzig Euro.

Eines Tages aber setzte mir ein Beamter in Zivil nach – in der Badehose! Doch ich hatte Glück. Ich lief so schnell ich konnte ins Meer, und bis heute weiß ich nicht, ob es Zufall war oder Absicht: Eine Familie versperrte dem Polizisten den Weg. Eltern und Kinder erhoben ein Geschrei und hielten ihn fest, bis er ihnen umständlich erklärte, dass er im Dienst war. So manches andere Mal hatte ich noch im Rennen die Tücher bei einem meiner vertrauten Strandgäste unterbringen können, der sie dann mit einer Decke tarnte. Doch diesmal war der Abstand zu meinem Verfolger zu klein. Ich wusste, er würde hinter mir herschwimmen. Meine Entschlossenheit hat mich gerettet. Ich versuchte, so schnell wie möglich ins weite Meer hinauszugelangen. Der Sack glitt dahin und machte mir kaum Probleme, während ich mit Händen und Füßen auf das Wasser einschlug. Schon stampfte auch der Polizist ins Wasser, und die Strandgäste beobachteten belustigt die Verfolgung. Sie pfiffen und klatschten.

Für eine kurze Zeit war ich in einer anderen Welt.

Ich dachte an einen Urlaub, den ich einmal mit meinen Eltern in Beirut gemacht hatte. Damals hatte ich das Meer kennengelernt, ich war neun, und meine Freude über sein Blau war unendlich groß. Ich glaube, das hat mich endgültig an das Mittelmeer gebunden.

Erst ziemlich weit draußen holte mich einer der *Salvatori* in seinem Boot aus meiner Traumwelt: »Was ist denn heute bloß los?«

»Einer der Polizisten spielt den Helden. Er schwimmt mir nach«, sagte ich und zog an ihm vorbei.

Der *Salvatore* peilte mit seinem Fernglas den Strand an.
»Er kriegt dich nicht. Er macht schon kehrt«, sagte er. « Du kannst dich hinter meinem Boot ausruhen, da sieht dich keiner vom Strand aus.«

Für den Tag war ich also gerettet. Aber immer mehr Verkäufer gingen der Polizei ins Netz. Muhsin war trotzdem der Ansicht, wir wären stärker als die Polizisten, weil diese nur ihrer Pflicht nachkommen, während wir um unser Überleben kämpfen.

Muhsin selbst rannte nie, doch das entdeckte ich erst ziemlich spät. »Du musst aber viele Schutzengel haben«, sagte ich, als ich wieder einmal erschöpft von einem Wettlauf mit der Polizei zurückkam. Aus der Ferne hatte ich gesehen, wie er es sich in der Strandbar gutgehen ließ und die Aktion der Polizei amüsiert beobachtete. Seine Ware lag neben ihm.

»Schutzengel ist gut«, sagte er bitter. »Das sind keine Engel, sondern gefräßige Krokodile. Wenn sie nicht ein Stück Fleisch bekommen, schnappen sie nach deinem Bein.«

Dass er mir die ganze Zeit kein Wort davon erzählte hatte, auf welche Weise er sich die Ordnungshüter vom Halse hielt, nahm ich ihm übel. Mit finsterem Gesicht lehnte er meinen Vorschlag ab, auch mir auf diese Weise Ruhe vor der Polizei zu verschaffen. Bestechung ist immer nur einer Kaste erlaubt. Die anderen aber, das Fußvolk, dürfen nicht auf dieses Mittel zurückgreifen.

In jenen Nächten hatte ich Albträume über Albträume. Das eine Mal schlug mir ein *Salvatore* mit dem Ruder auf den Kopf. »Haifisch! Haifisch!«, rief er mit vor Angst geweiteten Augen. Ein anderes Mal träumte ich von einem großen Vollmond und einer absolut ruhigen See. Ich stand im Meer mit dem großen Sack auf dem Kopf, und so weit das Auge reichte, ragten Köpfe mit ähnlichen Säcken aus dem Wasser, und immer wieder schwamm ein buntes Tuch an mir vorbei.

Einmal war ich im Traum sogar ein *Salvatore* in seinem Boot. Der Himmel war blau, das Wasser eine einzige undurchsichtige grüne Brühe. Ich langweilte mich zu Tode und betete: »Gott, lass einen in Seenot geraten, damit ich was zu tun habe.« Plötzlich sah ich, wie eine Hand aus dem Meer aufragte. Ich ruderte hin. Das Wasser war immer noch merkwürdig trüb. Ich zog einen Mann in mein Boot, und wer war es? Der Polizist, der mich verfolgt hatte und über das Fahrrad gestolpert war. »Endlich habe ich dich, du Halunke«, brüllte er und sprang auf mich zu. Mit einem Schrei wachte ich auf.

Drei Wochen lang habe ich Tag für Tag am Strand Tücher verkauft und eine ganze Menge Geld damit verdient. Danach bin ich aus der teuren Ferienwohnung ausgezogen und habe ein preiswertes kleines Zimmer in einem heruntergekommenen Hotel gemietet.

Mit meinen Ersparnissen kann ich noch mindestens vier Wochen auf der Insel bleiben. Jetzt will ich endlich meinen Urlaub genießen.

Dann kann Deutschland kommen.

Reisen, was sonst!

Mit Nadine verbindet mich eine zwölfjährige Beziehung. Ich sage »Beziehung«, obwohl wir uns vor einem Monat zum ersten Mal sahen. Doch davon später.

All die Jahre standen wir in engem E-Mail-Kontakt. Nadine war von Anfang an eine kritische Leserin meiner Literatur und Kennerin der arabischen Kultur. Ein- bis zweimal im Monat schrieben wir uns, und mich faszinierte ihre Sensibilität. Immer wieder erkundigte sie sich voller Sorge nach meiner Familie in Damaskus. Auch neun Jahre Bürgerkrieg ermüdeten sie nicht, mit innerer Anteilnahme nachzufragen.

Ich wusste, dass sie viel von ihren Eltern geerbt hatte, da ihr Vater ein bekannter Rechtsanwalt in München gewesen war. Bei einem furchtbaren Autounfall starben die Eltern, Nadine überlebte wie durch ein Wunder. Seitdem hatte sie beschlossen, die Welt zu bereisen, schrieb sie mir. Rührend schilderte sie, wie sie als Kind auf Fahrten immer Geschichten von einem tragbaren Kassettenrekorder hörte, den sie neben sich auf dem Rücksitz hatte. Und dann das allerschönste Lob für die Literatur, von dem ich je gehört habe. Sie schrieb: »Nach dem Unfall war ich im Auto eingeklemmt. Aber der Kassettenrekorder lief weiter. Er lag nicht weit von meinem Kopf. Die Kassette war voll mit lustigen Kindergeschichten aus aller Welt. Mein Rücken brannte und tat weh, aber bald vergaß ich den Schmerz und lachte Tränen über die Streiche und die Abenteuer der Kinder. Und während sich die Männer draußen berieten und bald auch das deformierte Autoblech mit ihren Geräten durchschnitten, um mich herauszuholen, war ich in Südafrika oder Schweden – das weiß ich heute nicht mehr – und lachte. Der Schock ereilte mich erst, als ich die Leichen meiner Eltern sah. Ich fiel in Ohnmacht.«

Nach einem Jahr war unser gegenseitiges Vertrauen gewachsen. Ich wusste nun, dass sie in der Münchner Wohnung ihrer Eltern lebte, und ich scheute mich nicht, ihr meine Adresse zu geben, was ich sonst nie tue, da ich mein Privatleben schützen muss.

Wir schrieben uns immer offener, und ich hatte keine Bedenken mehr, auch Negatives von meinem Beruf zu erzählen. Und sie begann mir ausführlich von ihren Reisen zu berichten.

Und das war das Spannendste an ihren langen E-Mails. Jede davon enthielt die präzise Beschreibung eines Landes und seiner Leute. Ich hatte am Ende einer jeden Nachricht immer den Wunsch, der Text möge noch nicht enden. Zuerst habe ich eine Liste der Länder und Städte erstellt, die sie bereiste, dann warf ich das Blatt in den Papierkorb. Ich war gespannt auf die nächste Reise. Meine Anregung, ihre so spannenden Texte zu einem Buch über das Reisen zusammenzustellen, lehnte sie kategorisch ab. Sie schreibe das nur für sich und mich, und wenn ich ihr mein Wort nicht gäbe, alles nach dem Lesen wieder zu löschen, würde sie nicht mehr schreiben. Ich habe ihr mein Wort gegeben und hielt es gewissenhaft, auch gegen meinen Willen. Für mich ist ein Versprechen heilig.

Es dürften in den zehn Jahren bestimmt über zwanzig Länder gewesen sein. Nadine war keine Touristin, sondern eine Reisende, die mit der Ruhe eines weisen, mutigen und neugierigen Kindes das Eigene durch das Fremde korrigierte … Ich merkte, wie meine Achtung vor ihr von Bericht zu Bericht wuchs, und bald fühlte ich mich ungeheuer geehrt, dass sie das alles nur mir anvertrauen wollte.

Schon immer faszinierte die Menschen die Ferne. Zur ältesten Reiseliteratur Europas zählt die *Odyssee* von Homer mit Odysseus, dem Helden des Versepos. Auch der Geograf Skylax gehört zu den ersten Verfassern von Reiseberichten. Er beschrieb die Reise von Persien nach Indien, Ägypten und zurück. Und wer kennt nicht Sindbad und seine Reisen aus den legendären Geschichten von *Tausendundeiner Nacht*? Die Reiseberichte des arabischen Gelehrten Ibn Battuta wurden im 19. Jahrhundert neu entdeckt und berühmt. Seine Reisen führten den gebürtigen Marokkaner im 14. Jahrhundert durch Teile Europas, Afrikas und Asiens. Nach heutiger Berechnung hatte er 120 000 Kilometer zurückgelegt.

Marco Polo reiste von Venedig aus durch ganz Asien bis nach China. Seine Reiseschilderung, *Die Aufteilung der Welt*, enthält viel Fantasie, aber sie ist eine spannende Lektüre und hat Millionen von Lesern viele Seiten der asiatischen und chinesischen Kultur vermittelt. Immerhin soll Marco Polo u. a. angeblich die Spaghetti aus China mitgebracht haben, dort waren sie schon 2000 Jahre vor Christus bekannt.

Jonathan Swift hat mit *Gullivers Reisen* die Menschheit beglückt, Johann Wolfgang von Goethe schrieb seine autobiografische *Italienische Reise* und trug dazu bei, dass Italien für viele Deutsche das Land der Sehnsucht wurde.

Der Dichter und Gelehrte Adelbert von Chamisso und der große Erzähler Mark Twain beschrieben jeder ausführlich seine *Reise um die Welt*. Mark Twain faszinierte mich zudem mit seinem Buch *Die Arglosen im Ausland*. Darin widmet er dem Heiligen Land mehrere Kapitel, und dort fand ich einen Satz über Damaskus, wie ihn niemand vor Mark Twain so präzise formuliert hatte: »Damaskus misst die Zeit nicht nach Tagen und Monaten und Jahren, sondern nach den Reichen, die es hat erstarken, blühen und verfallen sehen. Es ist ein Urbild der Unsterblichkeit.« Nicht zu vergessen Jules Vernes Roman *Reise um die Erde in 80 Tagen*, der schließlich Welterfolg errang.

Doch nicht nur Berühmtheiten animierte das Reisen zum Nachdenken, jeder von uns praktiziert es unbewusst in einer fremden Gegend: Man beobachtet die Natur, Menschen, Sitten und Gebräuche und vor allem sich selbst. Ob dieses Philosophieren und Reflektieren in der Ferne Spuren hinterlässt, hängt von uns ab.

Reiseliteratur kann nicht neutral sein, da man mit jedem Satz Stellung zur fremden Kultur nimmt. Als Beispiel seien die Orientalisten und andere Europäer genannt, die im 19. Jahrhundert in die arabischen Länder reisten.

Den Orient gibt es nicht. Der Begriff ist eine westliche Imagination, ein Konstrukt, um sich im Kontrast zu ihm zu definieren. Doch im Zuge seiner Verwendung stülpten die europäischen Literaten und Orientalisten eine Menge negativer Eigenschaften über Indien, Persien, die Türkei und die arabischen Länder. Demnach sei der Orientale chaotisch, antriebslos, hinterhältig, gewalttätig und unfähig, vernünftig und logisch zu denken. Die europäischen Romantiker wiederum projizierten ihre Sehnsüchte in »den Orient« und erzeugten so die zweite Seite der rassistischen Medaille: Der Orientale, so glaubten sie, ist sinnlich, müßiggängerisch, faul, erotisch, genießerisch, feminin und kitschig bunt gekleidet.

Die Reisenden beschrieben nicht etwa die Realität, die sie in den arabischen Ländern vorfanden, sondern wiederholten und bestätigten die tief sitzenden rassistischen Vorurteile ihrer Institutionen und wurden dafür mit Anerkennung belohnt.

In unserer Zeit verwechselt man Reisen schnell mit Tourismus. Die Tourismusbranche sorgt mit ihren Werbeslogans und gewaltigen Umsätzen dafür, dass sich diese Verwechslung im Bewusstsein verankert. Reisen aber ist etwas anderes, als einen im Reisebüro gebuchten Urlaub inklusive Versicherung und der Fahrt vom und zum Flughafen anzutreten, um in der »unberührten« Natur »Abenteuer« mit Halbpension zu genießen. Statt Abenteuern bekommt man ein Unterhaltungsprogramm. Der Kontakt mit den Einheimischen beschränkt sich auf die Reiseführer und Händler. Als Tourist ist man ausgeschlossen vom echten Leben.

Was soll man von Touren halten, die »Europa in sieben Tagen« heißen – und was von Kreuzfahrten, die in zwei Wochen die Küstenländer des Mittelmeers abklappern und manchmal für eine Hafenstadt wie Alexandria oder Beirut nur drei Stunden haben?

Vor dreißig Jahren hörte ich den folgenden Witz:

Ein Tourist schaut aus dem Busfenster auf die Passanten und fragt: »Welche Stadt ist das?«

»Was haben wir heute für einen Tag?«, fragt sein Nachbar.

»Dienstag«, sagt der Erste.

»Dann muss das Heidelberg sein.«

Das 20. und mehr noch das 21. Jahrhundert sind allerdings nicht nur vom Massentourismus gekennzeichnet, bei dem sich Menschen permanent um den Globus bewegen, sondern auch und vor allem von Millionen von Menschen, die ihre Heimat verlassen, emigrieren, flüchten oder politisches Asyl suchen müssen. Hier hat das Reisen weniger seidenen Glanz, weniger Schwärmerei von der Exotik der Ferne, die die Nähe niemals zu erfüllen vermag. Hier ist Reisen lebensrettend.

Warum es Jahrzehnte dauerte, bis wir uns trafen, kann ich nicht erklären. Eines Tages lud Nadine mich zu sich ein.

Sie war etwas nervös am Telefon, sprach von einer Überraschung und hoffte, ich würde nicht enttäuscht sein. Ihre Stimme stockte, sie stotterte ein wenig. »Solange du mir zum Tee keine gebratene Boa oder geröstete Heuschrecken servierst, kann mich nichts umwerfen«, scherzte ich. Ihr Lachen klang höflich zurückhaltend.

Und dann hat mich die Überraschung doch fast umgeworfen. Die Wohnung lag im teuren Münchner Stadtviertel Schwabing. Eine alte, aber rüstige Dame öffnete die Tür und führte mich nach einer höflichen Begrüßung schweigend durch die eleganten, weitläufigen Räume in den Salon. Und da war Nadine. Sie lächelte, ihre Augen sahen müde, rot und verheult aus. »Endlich sehe ich dich«, sagte sie mit mädchenhafter Stimme.

Nadine saß schief in einem Rollstuhl. Sie war Ende dreißig, hatte ein schönes Gesicht, helle Haut und blaue Augen. Ihre Hände waren so zart wie Kinderhände, sie trug eine weiße, edle Bluse und eine dunkelblaue, seidene Hose, dazu rote Schuhe.

Ich überwand meinen Schock und ging mit ausgebreiteten Armen auf sie zu. Erleichtert öffnete sie ihre Arme. Ich drückte sie fest, und sie weinte an meiner Schulter. Ich streichelte ihr über den Kopf.

Als sie sich langsam beruhigte, löste ich mich von ihr und setzte mich auf einen Stuhl am Tisch in ihrer Nähe. Und während wir den feinen Darjeeling tranken, erzählte sie mir von ihrem Leben nach dem Unfall, durch den sie querschnittgelähmt war, da nicht nur drei Wirbel gebrochen waren, sondern auch das Rückenmark erheblich beschädigt wurde. Seitdem war sie an diesen Rollstuhl gefesselt. Ihre kinderlose

Tante, die Schwester ihrer Mutter, hatte ihr Leben vom Unfalltag an in Nadines Dienst gestellt.

Wir lachten viel und erzählten einander viele traurige und lustige Erlebnisse.

»Und so reist du um die Welt?«, fragte ich erstaunt, als wir auf unsere Korrespondenz zu sprechen kamen. Ihre E-Mails waren immer mit Reiseschilderungen verbunden gewesen. Ich schluckte die andere Hälfte meiner Frage hinunter, nämlich, wie es sein konnte, dass sie nach Madrid und Istanbul, New York und Hanoi flog, aber der Weg zum Münchner Literaturhaus, wo meine Lesungen oft stattfanden, für sie zu beschwerlich war.

»Nein, ich gehe selten aus dem Haus. Das ist mir zu anstrengend. Vielleicht einmal ins Theater oder zu einem Musikabend. Zu dir wollte ich komischerweise nie. Ich hatte Angst vor einer Enttäuschung. Ich bereise die Welt hier in meiner Bibliothek, komm mit«, sagte sie und rollte davon. Ich folgte ihr und sah, wie die Tante leise den Tisch abzuräumen begann.

Die Bibliothek war riesig. Mit Stolz zeigte sie mir die Abteilung mit meinen Büchern und CDs, doch wirklich gewaltig war eine große Wand mit Werken über Erdkunde, Tiere und Landschaften, mit Landkarten und Atlanten. Die Reiseführer mit ihren bunten Buchrücken füllten eine zweite Wand.

»Hier fahre ich um die Welt. Mit Sachbüchern mache ich mich über das Land und seine Natur kundig, und wenn ich damit fertig bin, lese ich Romane und Erzählungen von Autorinnen und Autoren des Landes, dann weiß ich genau Bescheid«, sagte sie und lachte hell. »Kein Tourist kennt Damaskus besser als ich«, fügte sie mit stolzer Stimme hinzu.

»Alle Achtung«, sagte ich. Mehr brachte ich nicht über die Lippen.

GEHEIMNIS

Emines geheimer Wunsch

Michel Schahin, ein syrischer Zahnarzt, lebte in einer kleinen Stadt in der Nähe von Heidelberg. Der Tod seiner Frau nach einer heimtückischen Lungenentzündung hatte ihn zutiefst getroffen. Er war gerade vierzig geworden.

Der Tod ist der absolute Herrscher der Welt, dessen Macht seit Beginn des Lebens auf der Erde bis heute nicht einen Deut kleiner geworden ist. Nicht nur beendet er, wann ihm danach ist, ein Leben. Er beglückt oder zerstört auch das Leben der Hinterbliebenen.

Nach dem Begräbnis seiner Frau nahm Michel sich einen Monat frei. Heiner Brandauer, ein junger Zahnarzt, führte die erfolgreiche Praxis gewissenhaft und charmant weiter, sodass die Patienten zufrieden waren.

Als Michel zurückkehrte, war er völlig verändert. Der ihm eigene Ehrgeiz war erloschen. Er wollte nur noch drei Tage in der Woche arbeiten, sich viel Ruhe gönnen und das Leben genießen. Dr. Brandauer war dankbar, nun Partner in dieser erfolgreichen Zahnarztpraxis zu sein. In manch aufrichtigen Augenblicken gestand er sich ein, dass der Tod von Michels Frau ein Geschenk für ihn war, schämte sich dann aber sofort für diesen Gedanken.

Dienstag, Mittwoch und Donnerstag arbeitete Michel, und dann genoss er das lange Wochenende, das am Donnerstagabend anfing und Montagabend endete.

Bei einem selbstkritischen Blick zurück war er darauf gekommen, dass er und Christina, seine Frau, nicht wirklich ge-

177

lebt, sondern nur gut funktioniert hatten. Sie als junge Architektin in einem berühmten Architekturbüro und er als Zahnarzt in der eigenen Praxis. Beide waren sie gepeitscht von dem Ehrgeiz, mit fünfzig den Gipfel des Ruhms und des Reichtums erklommen zu haben. Ihrem Plan gaben sie einen geheimen Namen: »Villa Romantica«. Gemeint war eine Villa in Italien.

Das alles war ein Fehler gewesen. Man kann das Leben nicht verschieben. Es findet im Hier und Jetzt statt oder gar nicht.

Und jetzt wollte Michel reisen, ins Kino, ins Theater und in Kunstausstellungen gehen, sich mit Muße dem Kochen widmen, mit Genuss raffinierte mediterrane Gerichte zubereiten. All das hatte er in den letzten fünfzehn Jahren vernachlässigt Er hatte zwar drei- bis viermal wöchentlich gekocht, weil Christina, die selbst nicht gerne in der Küche stand, seine Gerichte sehr schätzte. Das war für Michel aber stets mehr Pflicht als Kür gewesen.

Michel begann sich langsam zu erholen. Nach drei Monaten hatte er seine große Eigentumswohnung völlig neu gestaltet, alle Kleider seiner Frau weggebracht, den Schmuck ihrer Schwester Hanna gegeben und ihre Architekturbibliothek per Internet verschenkt. Neue Möbel und eine andere Aufteilung der Wohnung zeugten von seiner wiedererwachten Lebenslust.

»Ich will leben«, wiederholte er mehrmals am Tag.

Auch seine Freunde und Freundinnen bemerkten die Veränderung und besuchten ihn oder luden ihn zu sich ein.

Michel war attraktiv, aber er fühlte keine sexuelle Regung mehr, als hätte er seine Sexualität im Sarg seiner Frau deponiert und mitbegraben. Einige Frauen versuchten, ihn zu verführen, gaben jedoch bald auf.

Das dauerte zwei Jahre. Dann sah er Emine. Sie stand an der Kasse des kleinen türkischen Supermarktes, in dem er gern seine Lebensmittel kaufte. Sie war Mitte zwanzig und sprach, weil sie hier geboren war, perfekt Deutsch. Das erfuhr Michel bereits bei der ersten Begegnung, und er lobte charmant ihre schöne Sprache. Er verriet ihr nicht, was ihre einzigartige erotische Stimme bei ihm bewirkte.

Bei der nächsten Begegnung erfuhr er, dass der Metzgermeister des Supermarktes ihr Mann war, ein stämmiger Kerl, der sehr schlecht Deutsch sprach, obwohl er in Hamburg aufgewachsen war. Aber seine Kunden waren fast ausschließlich Türken und störten sich nicht daran. Michel kaufte kein Fleisch im Supermarkt. Lieber blieb er seinem Metzger Momel treu, der für ihn das Beste vom Besten aussuchte. In der Metzgerei Momel sah es so ordentlich aus wie in einer Apotheke.

Michel bemerkte, dass er immer häufiger zu dem türkischen Supermarkt ging, um so oft wie möglich Emine zu sehen. Der einzige Schönheitsmakel war ihr Kopftuch, das ihre Wangen zusammenpresste und ihrem Kopf eine hässliche Eiform verlieh. Ob sie schwarze Haare hatte oder eine Glatze, ließ sich nicht sagen.

Das sommers wie winters getragene lange Kleid hingegen konnte ihre Schönheit nicht verbergen. Emine besaß einen umwerfend eleganten Körper, und sie roch so sonderbar, als würde sie in Zimt und Koriander baden.

Bei der fünften oder sechsten Begegnung an der Kasse wunderte Michel sich über ihre präzise formulierte Meinung zu Politik und Kultur und erfuhr, dass ihre Eltern sie drei Wochen vor dem Abitur von der Schule genommen hatten, um sie mit ihrem Mann zu verheiraten. Er war der Sohn eines Cousins ihrer Mutter. Emine hatte ihn zuvor überhaupt nicht gekannt.

Sie bekamen keine Kinder. Das erfuhr er bei der achten oder neunten Begegnung. Michel freute sich über Emines Offenheit und ihr Vertrauen.

Manchmal wünschte er sich, sie hätte schlechte Zähne, dann könnte er ihr eine Behandlung anbieten, aber sie trug schneeweiße Perlen im Mund, eher für eine Zahnpastawerbung geeignet als für den Annäherungsversuch eines verliebten Zahnarztes.

An diesem Tag war die Warteschlange vor der Kasse lang. Emine verließ die Kasse, um eine Kundin aufzufordern, den Hund draußen zu lassen. Die Kundin, eine alte Dame, war empört:»Wenn ich den Hund nicht mal zum Türken mitbringen darf, dann komme ich nicht mehr«, rief sie und verließ den Supermarkt. Emine blieb ruhig und kehrte zur Kasse zurück. Ein alter Herr fragte spöttisch, als er sein Brot bezahlte: »Was haben Sie gegen Hunde?«

Emine antwortete nicht.

»Das haben Sie gut gemacht. Hunde haben in einem Lebensmittelgeschäft nichts zu suchen«, sagte Michel laut, und in seiner Stimme schwang Hochachtung mit.

»Ich hasse Hunde und Zahnärzte«, sagte sie leise und lachte so hell, dass Michel den Kloß, der sich in seinem Hals gebildet hatte, leichter hinunterschluckte.

»Dann darf ich nicht mehr kommen?«, fragte er und lachte verlegen.

»Um Gottes willen«, erschrak Emine. »Sie sind Zahnarzt?«

Michel nickte.

»Es tut mir furchtbar leid. Ich wollte sagen, ich habe Angst vor Hunden und Zahnärzten«, erwiderte sie und errötete.

»Schon gut. Ich werde wiederkommen, die Zangen und Bohrer lasse ich in der Praxis. Einverstanden?«

Sie lächelte ihr himmlisches Lächeln. »Es tut mir wirklich leid. Sie sind so nett.«

Und Michel war der Hundebesitzerin dankbar, die diesen Dialog ungewollt ermöglicht hatte.

Emine arbeitete nur halbtags im Supermarkt, weil sie ihre bettlägerige Schwiegermutter betreuen musste, die bei ihnen wohnte. Emine konnte sie nicht ausstehen, denn die Schwiegermutter behandelte sie wie eine Sklavin. Das erfuhr Michel bei der elften oder zwölften Begegnung, und er freute sich heimlich über ihre Abneigung

Von Emine hatte er im Lauf der ersten Wochen erfahren, dass der Supermarkt immer montags, mittwochs und freitags neue Waren bekam. Und so bat Michel sie, einige frische Lebensmittel für ihn im Kühlraum aufzubewahren, bis er sie abholte. In dem Supermarkt gab es auch eine Bäckerei, und deshalb war es oft zu warm für Obst und Gemüse. Bevor Michel das Geschäft verließ, drückte er Emine jedes Mal eine Liste in die Hand, auf der alle Sachen standen, die er beim nächsten Mal brauchte. Manchmal bildete er sich ein, dass sie dabei seine Finger länger als nötig berührte.

Als er sich einmal sehr charmant für die sorgfältige Zusammenstellung seines Einkaufs bedanken wollte und ihre weiche, fast leblose Hand einen Augenblick länger in seiner behielt, zog sie sie flink zurück und sagte kühl wie ein Automat: »Das machen wir gerne für unsere Stammkunden.«

Michel merkte, dass er sich in sie verliebte. Er versuchte, ihren Blick einzufangen, doch sobald er sie länger anschaute, drehte sie sich weg und tat so, als wäre sie beschäftigt. Sie beachtete ihn nicht mehr und nicht weniger als andere Kunden.

Eines Tages, als er mit ihr allein an der Kasse war, fragte sie ihn leise: »Ist Ihre Frau Deutsche oder Araberin?« Sie wusste inzwischen, dass er Syrer war.

»Meine Frau war Deutsche. Sie ist leider vor zwei Jahren gestorben.«

»Ach, das tut mir leid«, erwiderte sie leise, und ihre Stimme verriet ihren Schreck.

»Ja, es ist hart, aber man kann es nicht ändern.«

»Und jetzt kochen Sie selbst?«, erkundigte sie sich, wie um das Thema zu wechseln.

»Ich habe immer gekocht, auch für meine Frau. Kochen macht mir Spaß«, sagte er und lächelte.

»Das habe ich an Ihren Bestellungen gemerkt, aber Sie bestellen viel zu viel für eine Person«, erwiderte sie mit einem Lachen.

»Nein, nein. Ich esse selten allein. Ich lade gerne Freunde und Nachbarn zu mir ein und freue mich, wenn es ihnen schmeckt. Ansonsten bin ich drei Tage in der Woche ein langweiliger Zahnarzt.«

Als er fast vier Wochen später wieder einmal seinen Einkauf entgegennahm, fragte sie ihn, was er heute kochen wolle. Sie hatte Vermutungen angestellt. Feiner Bulgur, Petersilie, Piment, kleine Gurken, Joghurt, Tomaten, Schalotten, Sesammus.

»Kebbeh mit Joghurt-Gurken-Salat, und als Vorspeise Hummus und Tabbuleh. Als Nachtisch gibt es Brombeersorbet mit Sahne und Pistazien.«

»Die glücklichen Gäste«, sagte sie leise, und noch leiser fragte sie ihn, wo er wohne.

»Schillerstraße 23, erster Stock.« Das genügte, denn seinen Namen kannte sie bereits. Und längst kannte sie seine freien Tage.

Einige Tage später klingelte es mittags bei Michel an der Wohnungstür. Er war in der Küche, da er abends seinen Geschäftspartner mit Frau und seinen Steuerberater, Witwer wie er, zum Essen erwartete.

Emine stand vor der Tür. Ihr Kopftuch trug sie in der Hand, ihr wunderschönes blauschwarzes Haar fiel ihr in Wellen bis auf die Schultern. Ihr Gesicht wirkte dadurch schmaler, die Augen größer. Er war vollkommen überrascht und wusste für einige Sekunden, die ihm endlos vorkamen, nichts zu sagen.

»Die Haustür stand offen. Der Postbote steckte gerade die Briefe in die Postkästen«, sagte sie und befreite damit seine Zunge.

»Komm doch bitte herein«, sagte er endlich.

»Du hast mir erzählt, dass du für deine Gäste kochst. Kann ich etwas davon probieren? Ich möchte auch einmal verwöhnt werden. Noch nie hat mich jemand verwöhnt«, sagte sie in einem routinierten Ton, als hätte sie den Satz hundertmal geübt, doch sie bekam ihre Rührung nicht in den Griff. Sie weinte. Michel nahm sie bei der Hand und bot ihr einen Stuhl an dem runden Bistrotisch in seiner geräumigen Küche an.

»Möchtest du einen Espresso? Danach serviere ich dir von allen Gerichten eine Kostprobe. Ich bin fast fertig.«

»Ja, bitte«, sagte sie und beruhigte sich wieder. Verliebt und fasziniert beobachtete sie, wie er sich elegant in seiner Küche bewegte.

»Und das alles hast du gemacht?«, fragte sie nach dem Kaffee, als er ihr die vielen Gerichte zeigte, die er für den Abend vorbereitet hatte.

Er bediente sie wie ein Ober in einem vornehmen Lokal, und sie aß fröhlich wie eine Prinzessin. Ihre Freude kannte keine Grenze. Er blieb, wie es sich für einen Ober gehört, stehen.

Erst nach dem Essen setzte er sich zu ihr. Als er seinen Arm auf ihre Schulter legte, war er fast ohnmächtig vor Lust. Sie nahm den Arm sehr sanft, küsste seine Hand und legte sie erst mit geschlossenen Augen an ihre Wange und dann auf seinen Schoß. »Ich möchte mich gern von dir verwöhnen lassen, aber ich will keinen Sex. Mein Mann bedrängt mich täglich in der Hoffnung, mich zu schwängern. Seine Mutter feuert ihn vom Nebenzimmer aus an, als wäre er ein Fußballer. Sie ruft dann: ›Schieß doch, schieß doch!‹ Die Matratze wäre aus Mitleid mit mir fast schon schwanger geworden. Ich hasse Sex.«

Michel wurde nachdenklich.

»Wenn es dir lieber ist«, fuhr Emine leise fort und senkte den Blick, »lasse ich dich in Ruhe und komme nie wieder.«

»Nein, um Gottes willen. Du sollst kommen, wann immer dir danach zumute ist. Es ist mir eine Freude, für dich zu kochen«, sagte er.

»Dafür werde ich dich so lieben, wie ich keinen Menschen vor dir geliebt habe. Denn du hast meinen geheimen Wunsch erfüllt.«

Und diese geheime Liebe dauerte an.

Eines Tages starb die Schwiegermutter, und von nun an kam Emine dreimal in der Woche zu Michel, und er bediente sie wie ein höflicher Ober.

Doch jedes Mal, wenn sie wieder nach Hause ging, besuchte er eine junge, hübsche Edelprostituierte. Sie fragte sich oft, warum er sie Emine nannte und verlangte, dass sie beim Liebesakt ›Herr Ober‹ zu ihm sagte und immer wieder den Satz rief: »*Seni bütün kalbimle seviyorum.*« Ich liebe dich von ganzem Herzen.

Dafür zahlte Michel gut.

Die alte Frau und
der eigenwillige Geist

Eine alte Witwe namens Amar lebte einst in der Nähe von Damaskus. Ihr Mann hatte ihr ein gut gehendes Textilgeschäft und neben dem schönen Haus mit großem Garten eine Menge Geld hinterlassen. Er war mit fünfunddreißig ganz plötzlich gestorben, und die Witwe wollte nie wieder mit einem anderen Mann zusammenleben.

Zunächst war Amar von Männern umschwärmt gewesen, zum einen ihrer Schönheit wegen, zum anderen weil sie wohlhabend war. Und das zog Schwindler, Hochstapler und andere Lügenbeutel an wie Honig die Wespen.

Amar aber lebte völlig zurückgezogen. Sie ließ sich vom Lebensmittelladen alles bringen, was sie brauchte, und da sie den Laufburschen immer ein großzügiges Trinkgeld gab, waren diese freundlich und zuverlässig. Und so war Amar sehr zufrieden.

Mit den Jahren aber verfiel das Haus, und der Garten verwilderte. Bis auf die Rosen. Mit Harke, Spaten und Schere pflegte sie hingebungsvoll ihre dreißig Rosenbüsche, und sie blühten prächtig. Der übrige Garten aber sah eher wie ein Urwald aus. Die Nachbarn belächelten die Frau, die weder irgendwohin auf Besuch ging noch jemanden zu sich einlud.

Doch je älter sie wurde, desto schwerer fiel ihr die Arbeit, sogar die Pflege der Rosen. Die Nachbarn begannen über die alte Frau zu lästern. Sie halte Reden für die Vögel und Ameisen und umarme in der Nacht die Bäume. Diese Behauptungen entsprangen der Langeweile und Einsamkeit der Nachbarn. Sich dies einzugestehen, hatten sie aber nicht den Mut.

Eines Tages bemerkte Amar, dass eine Rose sehr litt. Ihre Knospen und die Blätter waren welk. Sie kannte den Grund. »Das ist der verdammte Topinambur«, sagte sie sich und griff zum Spaten, entschlossen, die Rosenwurzel von diesem Plagegeist zu befreien. Topinambur, eine Knollenpflanze mit gelben Herbstblumen, wuchert nämlich unterirdisch. Manche nennen sie verniedlichend »Jerusalem-Artischocke«. Die Knollen sind angeblich sehr gesund. Amar jedoch konnte sie nicht essen, sie bekam davon Blähungen. Die Wurzeln des Topinamburs, ähnlich wie die der Kartoffel, entzogen der Rose die Nahrung und schwächten sie dadurch.

Mit dem Spaten schaufelte Amar in stundenlanger Arbeit einen Trichter von drei Handbreit Tiefe um die Rose herum und befreite sie von den Knollen, die einen ganzen Eimer füllten.

Einen letzten Stich wollte sie noch machen, da stieß sie auf etwas Hartes. Sie kniete vor der Rose nieder und entfernte mit der Hand die Erde von dem festen Gegenstand. Langsam kam eine kleine Öllampe aus Messing zum Vorschein.

Amar nahm sie mit in die Küche. Dort spülte sie die Erdklumpen aus der Tülle. Dann wollte sie die Lampe polieren, um die Gravur vom Schmutz der Zeit zu befreien. Kaum hatte sie dreimal gerieben, stieg weißer Rauch aus der Tülle und füllte im Nu die Küche, um sich dann zu einer Gestalt zusammenzuziehen. Amar wäre vor Schreck fast umgefallen.

»Mein Gott«, flüsterte sie mit trockenem Mund, als das Gesicht der Wundergestalt sie sehr freundlich anschaute. »Wer bist du?«

»Ich bin der Flaschengeist, und ich erfülle dir all deine Wünsche, aber bitte grabe mich nicht wieder ein.«

»Wünsche? Ich habe keine Wünsche. Aber warum hat man dich eingegraben?«, erkundigte sich Amar. Die Angst wich von ihr. Der Geist hatte das Gesicht eines pausbackigen Kindes.

»Zweimal hat man mich eingegraben, das erste Mal, weil ich zu einer jungen Bäuerin gesagt habe, dass ich keine Lust hätte, ihre Wünsche zu erfüllen. Ich sollte ihre Schwiegermutter und ihren Mann erwürgen. Das war im Jahre 987. Da hat sie mich in einen tiefen Brunnen geworfen. Später hat mich ein Mann dort gefunden. Ich gab ihm den Rat, sich kein Gold zu wünschen, weil ihm das nur Unglück bringen würde. Er aber ließ nicht von seinem Wunsch ab. Und als das Unglück ihn ereilte, rächte er sich nicht an seiner Gier, sondern an mir und begrub mich in einem verlassenen Feld. Das war im Jahre 1630. Welches Jahr haben wir jetzt?«, fragte der Geist unvermittelt.

»1968«, sagte Amar und fühlte Mitleid mit dem armen Geist. »Und hier gibt es keine Felder mehr, hier steht inzwischen ein kleines Dorf.«

»Bitte grabe mich nicht wieder ein. Ich erfülle dir alle Wünsche und werde dir keinen Rat geben, der dir nicht gefällt«, versprach der Geist ängstlich.

»Du kannst sicher sein, dass ich dich nie wieder eingraben werde. Wie kann ich dir helfen?«, fragte Amar freundlich. »Hast du vielleicht Durst? Soll ich dir ein Brot mit Butter und Honig schmieren?«

»Was bist du für ein guter Mensch! Noch nie hat mich jemand gefragt, was ich mir wünsche. Ich brauche weder Essen noch Trinken, ich möchte nur bei dir bleiben.«

Und so blieb der Geist bei Amar, und die beiden unterhielten sich prächtig. In der Nacht aber, wenn Amar schlief, kümmerte sich der Geist um Haus und Garten. Es vergingen keine drei Wochen, und alles erstrahlte in neuer Frische. Amar lachte und freute sich über die Rosen und das Gemüse und das reife Obst an den Bäumen. Die leuchtenden Farben des Hauses und die glänzenden Dachziegel blendeten die Passanten. Tagsüber freute sich der Geist wie ein Kind über Amars Geschichten, denn sie las viel und konnte wunderbar erzählen. Die Geschichten erweckten seine Neugier, die ja die Geburtshelferin der Klugheit ist. Bald fasste der Geist Mut. Und eines Abends fragte er Amar schüchtern: »Was ist der Mensch?«

Amar dachte eine Weile nach. »Man kann einen Menschen auf vielfältige Weise beschreiben. Nach all den Jahren habe ich sein Geheimnis begriffen. Der Mensch trägt die Geschichte der Erde und die Geschichte der Menschheit in sich. Von der Vereinigung eines Samens mit einer Eizelle bis zu seinem Tod. Bei der Vereinigung entsteht aus dem Samen und dem Ei ein lebendiges Wesen, ob es von der Hand Gottes oder von der Natur geleitet wird, sei dahingestellt. In nur neun Monaten, in den Epochen seines Werdens, durchläuft der Embryo, der Keim des Lebens, die Evolution, die Milliarden von Jahren gebraucht hat, um von der Amöbe bis zum Menschen zu gelangen. Bei seiner Geburt weint das Menschenkind, weil es Angst vor dem Tod hat, den es bereits voraussieht.

Im Laufe seines Lebens durchschreitet der Mensch die Geschichte der Menschheit. Das kleine Kind glaubt, es lebe bei einer allmächtigen Göttin, die sein Leben schützt. Bald erkennt es einen zweiten Gott an ihrer Seite. Beide beherrschen Licht und Dunkelheit, zaubern Wasser und Nahrung aus dem Nichts. Mit magischen Kräften befreien sie das Kind von Angst und Schmerz. Ihre Macht ist geheimnisvoll.

Später sieht der kleine Mensch, dass die beiden Götter gar keine sind, weil sie genau wie er kacken und weinen. Weil sie aber immer noch alles zu beherrschen und alles zu wissen scheinen, werden sie für ihn zu Königen, die von Götterhand eingesetzt sind. Und der junge Mensch ist ihnen ergeben wie ein Sklave.

Doch es dauert nicht lange und der heranwachsende Mensch erfährt, dass auch er selbstständig handeln kann. Er entdeckt Dinge, die er für sich behält. Indem er Geheimnisse für sich bewahrt, trennt er sich von seinen Eltern. Das Geheimnis schenkt ihm Mauern, mit denen er seine innere Welt beschützt. Diese Lebensphase kann man republikanisch nennen. Der erwachsene Mensch kann rebellisch oder konservativ sein, doch es dauert nicht lang, und er sieht den Tod immer klarer vor sich, obwohl seine Augen schwächer werden. Manch einer wird dadurch weise und gibt sein Wissen weiter. Manch anderer aber wird gleichgültig. Er setzt sich hin und wartet auf den Tod. Ich jedoch gehe täglich hinaus und begrüße die Rosen, als wäre ich ein Mädchen von zwölf Jahren. Das mag der Tod nicht. Er schimpft mit mir und verkriecht sich, wenn ich ihm eine Rose entgegenhalte, aber ich weiß, eines Tages wird es ihm gelingen, mich von hinten einzufangen. Dann ist meine Stunde gekommen, und ich beginne, langsam wieder zur Amöbe zu werden. Der Tod symbolisiert die Vergänglichkeit des Lebens auf der Erde. Das ist sein Geheimnis. Danach ist es dunkel.«

»Und was wird dann aus mir?«, fragte der Geist etwas ängstlich.

»Du wirst für immer frei sein. Nach dem Verschwinden der Menschen bleiben nur die Tiere und Pflanzen. Die Erde erholt sich, und du kannst Millionen von Jahren ohne die lästigen Wünsche und Bestellungen der Menschen herumgeistern. Tiere sind sehr bescheiden. Sie wollen am liebsten in Ruhe gelassen werden, und das ist für dich nicht anstrengend, oder?«

Der Geist lachte so laut, dass beinahe der Putz von den Wänden fiel. Er umarmte Amar und tanzte mit ihr. Aber was heißt tanzen? Er wirbelte sie so durch die Luft, dass ihre Füße den Boden nicht mehr berührten. Das gefiel Amar sehr, und sie erinnerte sich an ihre Kindheit und Jugend, als sie so gerne getanzt hatte.

Je mehr Amar dem Geist erzählte, je häufiger sie seine Fragen zu beantworten suchte, desto mehr wuchs seine Neugier, und Amar freute sich, dass jemand an ihren Geschichten Interesse fand.

Von der Straße aus sahen die Leute Amar am Tisch in ihrer Küche sitzen und erzählen. Noch seltsamer war es für die Späher und Neugierigen, dass sie manchmal ganz für sich allein tanzte.

»Sie ist verrückt geworden«, vermuteten die einen.

»Sie ist eine Hexe«, vermuteten die anderen.

Zwei Polizisten, die auf eine Anzeige hin zu ihr kamen, sahen nur eine ruhige, höfliche und gastfreundliche Frau vor sich, die in einem gepflegten Haus mit bezauberndem Garten lebte.

»Haben Sie Feinde?«

»Nein, wieso? Ich habe einen sehr sympathischen Freund. Das reicht mir«, erwiderte sie. Nur sie konnte das Erröten des Geistes sehen.

Die Beamten tranken einen exzellenten Kaffee und genossen köstliche Butterkekse dazu. Die hatte der Geist in der besten Konditorei der Stadt besorgt, wo der Konditor seinen neuen Lehrling misstrauisch beäugte, weil er ihn schon so manches Mal beim Naschen erwischt hatte. Aber das ist eine andere Geschichte.

Die Polizisten entschuldigten sich für die Störung. Sie verließen Amar und fuhren geradewegs zu dem Rentner, der

Anzeige gegen sie erstattet hatte. Sie mahnten ihn, Amar in Ruhe zu lassen, er würde sich sonst wegen Verleumdung und übler Nachrede strafbar machen.

Die brennende Neugier der Nachbarn aber erfuhr dadurch keine Abkühlung. »Wie machen Sie das bloß, dass Ihr Haus und der Garten immer so frisch und gepflegt sind? Wie schaffen Sie das, so ganz allein?«, fragten die Laufburschen, die Amar die Lebensmittel brachten. Sie waren von den Nachbarn bestochen worden, die alte Frau auszuhorchen.

Amar lachte nur. Es blieb ihr Geheimnis.

Geheimsprache

Ich war dreizehn oder vierzehn, als mir mein Freund Nabil eine Geheimsprache beibrachte. Eine sehr einfache, und trotzdem konnten wir sie vor den anderen sprechen, und sie verstanden nichts, weil wir schnell sprachen und viele irritierende und ablenkende Wörter einbauten.

Fisch wird in dieser Sprache zu: *Tisch Frankreich.* Das erste Wort trägt einen falschen Anfangsbuchstaben, der richtige Buchstabe steht dann am Anfang des nächsten Wortes. Der Rest des zweiten Wortes ist nur Tarnung und Ablenkung. Es kann genauso Tisch Furnier oder Zisch Ferrari lauten.

Bei ganzen Sätzen ist es für den Zuhörer sehr schwer zu folgen. *Der Tag war kalt* wird in dieser Sprache so klingen: Herr Dieter sag Tante Zar Willy malt Kommissar. Nach einem Jahr waren wir beide Meister dieser Sprache.

Erst viel später habe ich erfahren, dass es eine Vielfalt an solchen Geheimsprachen für Freunde gibt, deren Regeln jeweils zwei Menschen verbinden. Im Internet gibt es sogar sehr simple Geheimsprachen für Kinder, die man »Löffelsprachen« nennt. Schriftlich sind all diese Geheimsprachen sehr primitiv, aber schnell gesprochen, etwa bei einer Party, während einer Busfahrt oder auf der Straße, können sie unter einer Diktatur oder Besatzungsmacht lebensrettend oder manchmal, wie bei meinem Cousin Elias, auch lebensgefährdend sein.

Bereits als Student Anfang der Siebzigerjahre hatte Elias mit seiner Frau Sarah eine solche Sprache entwickelt. Etwa ein Jahr nach Beendigung ihres Studiums heirateten sie. An eine Hochzeitsreise in den Flitterwochen war nicht zu denken. Beide hatten gerade eine Stelle gefunden und waren arm, deshalb beschlossen sie, jede Woche einen Ausflug zu zweit zu unternehmen. Sozusagen Flitterwochen auf Raten.

Eines Feiertages wollte das frischverheiratete Paar in die Berge aufbrechen, den ganzen Tag wandern, in einem kleinen Lokal essen und am Abend nach Damaskus zurückfahren.

Der Bus war gerammelt voll.

Das syrische Regime hatte gerade wieder eine herbe Niederlage gegenüber Israel eingesteckt. Israelische Kampfflugzeuge hatten mehrere militärische Ziele in Syrien bombardiert. Dem Regime blieb nur noch, den Schutt wegzuräumen. In solchen Zeiten entdeckten Hysteriker ständig irgendwo israelische Spione, um die Niederlage in ihrem kranken Hirn mystifizieren und als Ergebnis einer übermächtigen Weltverschwörung leichter schlucken zu können.

Elias und Sarah sprachen ihre Geheimsprache und lachten viel. Plötzlich stand ein Mann vom Sitz vor ihnen auf und wies den Busfahrer mit schriller Stimme an, sofort anzuhalten. Dieser bremste abrupt und schaute den Mann im Rückspiegel ängstlich an.

»Wir haben israelische Spione unter uns, hier im Bus«, brüllte der Hysteriker. Zwei, drei Passagiere liefen sofort nach hinten, wo Sarah und Elias saßen, dann folgten noch ein paar weitere. Die beiden waren schnell umzingelt.

»Sie sprechen Hebräisch. Ich kenne mich aus. Es ist Hebräisch«, sagte der Hysteriker.

Es half Elias und Sarah nicht, ihren syrischen Ausweis zu zeigen. »Gefälscht«, rief einer der Männer.

»Du hörst mir wohl nicht zu. Ich spreche Damaszener Dialekt«, sagte Elias ein wenig überheblich und ironisch, aber da geriet der Mann vollends außer sich.

»Und kannst du auch Englisch?«, fragte er mit bebender Stimme.

»Ja«, antwortete mein Cousin Elias. Er hatte an der Uni Damaskus Englische Literatur studiert und kurz vor der Hochzeit eine Anstellung als Übersetzer in einem großen staatlichen Verlag bekommen.

»Und Französisch auch?«

»Ja«, antwortete Sarah. Sie war Lehrerin für Französisch an einem Elitegymnasium.

»Hört euch das an, wie raffiniert der israelische Geheimdienst ist. Zwei Personen beherrschen vier Sprachen. Alle Fahrgäste hier in diesem Bus kommen zusammen nicht auf vier Sprachen«, sagte ein beleibter Mann. »Vielleicht könnt ihr noch mehr Sprachen. Italienisch vielleicht? Kannst du Italienisch?«

Elias schüttelte den Kopf. Jemand in der hinteren Reihe rief: »Spanisch? Kurdisch?«

Mein Cousin hätte angesichts von so viel Dummheit fast laut aufgelacht, aber er bekam plötzlich Angst vor dem Tod, der ihm aus den Augen der fanatisierten Männer entgegenstarrte. Es gibt nichts Gefährlicheres als eine aufgebrachte Meute. Er zwang sich, ernst zu bleiben: »Hört gut zu, bitte. Wir sind keine Spione. Wenn wir Spione für Israel wären, hätten wir unauffällig Arabisch gesprochen und nicht Hebräisch. Für wie dumm haltet ihr Israel denn?«

Einige waren irritiert. »Das stimmt«, sagte ein junger Mann. »Wenn ich ein israelischer Spion wäre, würde ich im Feindesland nie Hebräisch reden, da falle ich doch auf«, fügte er hinzu.

»Hast du eine Ahnung!«, rief der Hysteriker. »In ihrer Arroganz wollten sie zeigen, wie dumm die Araber sind, aber da haben sie nicht mit mir gerechnet.«

»Nein«, rief Elias verzweifelt, »das war doch ein Kauderwelsch, das wir aus Spaß erfunden haben.«

»Hört, hört«, rief der Hysteriker, »jetzt erfinden sie auch noch neue Sprachen!«

Da sie nichts anderes zur Hand hatten, banden die Männer Sarah und Elias die Hände mit Hanfseilen hinter dem Rücken zusammen und brachten sie beim nächsten Halt in einer kleinen Stadt, die an der Straße lag, in einem demonstrativen Triumphzug, bei dem alle Fahrgäste mitliefen, zur Polizeiwache.

Der Busfahrer stand vor seinem Bus und rauchte verzweifelt und zornig eine Zigarette. Immer wieder kickte er die Kieselsteine und den Schotter und verfluchte sein Pech, dass diese israelischen Spione ausgerechnet mit ihm hatten fahren wollen. Er wusste, er würde, bis das Prozedere zu Ende war, jede Menge Zeit verlieren. An dem Tag würde er eine Fahrt weniger schaffen und dadurch weniger Geld verdienen. Der Bus gehörte ihm zwar, aber er hatte noch Schulden.

Nach einer Stunde kehrten die Passagiere mit von Stolz geschwellter Brust zum Bus zurück und fuhren weiter.

Unterdessen verhörte ein einfältiger und überforderter Unteroffizier, der nach Verwesung stank, Sarah und Elias eine Stunde lang. Dann rief er den Geheimdienst an. Drei weiße Land Rover mit bewaffneten Männern rasten auf die Station zu. Sie bremsten kurz vor der Mauer und ließen Staub und Sand auf die Köpfe der Neugierigen niederrieseln, die sich vor der Polizeistation versammelt hatten und einander schauerliche Geschichten über die Spione erzählten.

Der Konvoi des Geheimdienstes brachte die Verdächtigen

nach Damaskus. Während der Fahrt hofften Elias und Sarah auf klügere Offiziere dort, die dem makabren Missverständnis ein Ende setzen würden. Die Offiziere in Damaskus waren klug, aber anders als erhofft. Sie verhörten die beiden getrennt voneinander und wollten wissen, warum sie eine eigene Sprache erfunden hätten, wenn sie doch bloß brave Bürger wären. Sie sollten die Namen der anderen Mitglieder ihrer Untergrundorganisation angeben, sonst würden sie mindestens zehn Jahre einsitzen. Die Hölle öffnete ihre Tore, die beiden wurden gefoltert und gequält.

Elias' und Sarahs Eltern wussten nicht, wo die zwei jungen Leute geblieben waren. Sie hatten niemandem gesagt, dass sie in die Berge fuhren. Weshalb hätten sie das auch tun sollen!

Ein paar Wochen später wollte ein kleiner grauer Beamter beim Geheimdienst, der ein Schwätzer war, sich bei einem Hochzeitsfest vor seinen Verwandten als großer Zampano aufspielen und deutete an, er wisse von geheimen Aktionen der Israelis. »Stellt euch vor, man hat vor drei Wochen zwei junge Syrer verhaftet. Eine Untergrundgruppe, die eine eigene Geheimsprache benutzt«, erzählte er. Er machte sich lustig über diese Akademiker, verwöhnte Sprösslinge der Reichen, die im Luxus lebten und auch noch die Regierung stürzen wollten. »Unglaublich, ein Englischübersetzer und eine Lehrerin für Französiiiisch wollen unsere Regierung stürzen. Oh, *mon dieu*«, versuchte er, mit Eunuchenstimme die Lehrerin lächerlich zu machen.

In der Hochzeitgesellschaft aber befand sich auch ein Freund von Sarahs Bruder. Er wusste sofort, um wen es sich handelte, und beeilte sich, der Familie mitzuteilen, dass Sarah und Elias in der Geheimdienstzentrale in Damaskus gefangen gehalten würden. Von da an dauerte es noch wenige Wochen, in denen beide Familien eine Reihe von Bestechungen finanzieren mussten ... und schließlich kamen beide frei.

Von nun an waren sie still, sie sprachen nur noch selten – und nie wieder in ihrer Geheimsprache.

Kurt hat nichts zu verbergen

Mein Bekannter Kurt ist Mitarbeiter in einem Baumarkt. Er ist von schlichtem Gemüt und sucht die Erklärung für die gesellschaftlichen Probleme in den Schlagzeilen einer verbreiteten Boulevardzeitung. Aber eines muss man ihm lassen: Als IT-Fachmann ist er ein Ass.

Bei einem Treffen sprachen wir über einen Dokumentarfilm mit dem Titel *Der gläserne Mensch*. Er lachte über mich und seine Frau Tamara, weil wir besorgt waren über die gigantischen Unternehmen im Netz, die Tag und Nacht Milliarden von Informationen sammeln und verkaufen. Und dabei benehmen sie sich wie Unschuldslämmer und behaupten, von einem Missbrauch der Daten wüssten sie nichts.

»Ich habe nichts zu verbergen«, sagte Kurt, und deshalb habe er absolut nichts dagegen, wenn man seine Daten speichere oder verkaufe. Tamara verdrehte nur die Augen.

Sein Haus hat Kurt rundum mit Kameras ausgestattet, sodass er von überall kontrollieren kann, ob sich irgendwo Einbrecher zu schaffen machen. Bei einer gemeinsamen Fahrt zum Getränkemarkt zeigte er mir auf seinem Smartphone, wie Tamara im Wohnzimmer staubsaugte. Ich sah auch die Eingangstür, die Garage, den Keller und dann den Sohn Justus, der auf dem Bett lag und ein Comicheft las. Er ist nicht sein leiblicher Sohn, sondern sein Stiefsohn aus Tamaras erster Ehe. Kurt hat ihn adoptiert.

Nur in seinem Schlafzimmer hat er keine Kamera montiert. »Das ist mein Heiligtum«, sagte er.

»Dein Heiligtum? Aber du beobachtest deinen pubertie-
renden Sohn. Ist das nicht eine Verletzung seiner Intimsphä-
re?«, fragte ich empört. Justus war vierzehn.

»Was ist dabei? Ich weiß jetzt, dass er nicht für die Mathe-
arbeit lernt, sondern sich diesen Comicschwachsinn rein-
zieht, aber er weiß, dass ich es weiß.«

»Und was ist, wenn seine Hormone verrücktspielen?«

»Ach, du meinst, wenn er wichsen will? Da wird er schon
etwas finden, womit er sich helfen kann.«

»Aber sein intimes Leben ist mehr als die gelegentliche
Selbstbefriedigung«, erwiderte ich. »Du siehst ihn, wenn er
mit Freunden oder Freundinnen in seinem Zimmer redet, Unsinn macht oder auch seinen Gefühlen freien Lauf lässt, und
das finde ich gemein, weil dich das nichts angeht.«

Wir stritten, ohne Ergebnis. Nicht nur beim Einkaufen,
auch auf dem Grillfest danach stritten wir. Nie war mir ein
Grillfest so schlecht bekommen wie an jenem Abend.

Zwei Monate später zeigte mir ein Schriftstellerkollege bei
einem Spaziergang in Hamburg, wie er es anstellt, immer genau zu wissen, wo seine Frau Hilde ist.

»Hey, Siri«, sagte er und fragte, wo seine Frau sei. Und die
entsprechende Funktion zeigte genau, wo sich seine Frau in
dieser Minute aufhielt.

»Aha, bei Anna«, sagte er befriedigt.

Wir kannten uns kaum, aber der Kollege fand nichts dabei,
mir auch Intimes zu erzählen. Er wisse genau, was sie ein-
kaufe, und könne, wenn er wolle, sogar ihre Telefonate über-
wachen.

Gott im Himmel, wie stolz er darauf war!

Meine Frage gefiel ihm nicht, wie es denn wäre, wenn seine Frau ihr Smartphone bei ihrer vertrauten Freundin Anna
ließe und dann zu ihrem Liebhaber ginge:

»Nein, Hilde tut so was nicht«, sagte er leicht pikiert.

Ich machte ihm Vorhaltungen über seine Verachtung Hilde gegenüber, deren Recht auf Privatgeheimnisse er damit verletze. Wir gerieten in eine heftige Diskussion. Am Ende wurde ich als der Nachfahre von Barbaren hingestellt, die Eisenbahnschienen herausrissen und sie wie Spaghetti aufaßen.

Man muss uns nicht gewaltsam zwingen und foltern, damit wir wichtige Informationen über uns und unsere Freunde verraten. Freiwillig füttert der moderne Mensch in einer Demokratie die Maschinen, die ihn für den Staat und für diverse Firmen durchleuchten. Die Geheimnisse einer Person werden als etwas Altmodisches, als unnötiges Hindernis hingestellt. Aber jeder Mensch hat ein Recht auf seine Geheimnisse.

Zurück zu Kurt.

Eines Tages klingelte er plötzlich bei mir, unangemeldet, was er nie zuvor getan hatte. Er war am Boden zerstört. »Hast du Zeit, nur fünf Minuten?«, flehte er mich an. Er wollte sich ausweinen, stotterte herum.

Ich entkorkte einen pfälzischen Spätburgunder. Erst beim zweiten Glas wurde seine Zunge befreit.

In den letzten Jahren sei sein Adoptivsohn Justus ein Computerfreak geworden. Das war nichts Neues. Mit siebzehn konnte Justus es mit jedem Experten aufnehmen. Kein Film-, Musik- oder Printprodukt war vor ihm sicher. Tausende Filme hatte er bereits heruntergeladen.

»Und was ist daran so verwunderlich? Du hast mir bereits vor Jahren erzählt, dass du eine ganze Bibliothek mit allen Filmklassikern illegal heruntergeladen hast. Also, du kannst doch stolz auf ihn sein. Er tritt in deine Fußstapfen.«

»Ja, aber …« Er stockte.

»Was hat er denn getan?«, fragte ich ihn schließlich direkt. Das wirkte.

Er seufzte, nahm einen kräftigen Schluck Wein, und die letzte Hürde war überwunden: »Tamara, meine Frau, hat in unserem Schlafzimmer eine Kamera entdeckt«, sagte er und wartete vergeblich auf meine Reaktion. »Die hat Justus bei uns installiert und raffiniert getarnt.«

Mein Gott, dachte ich, was ging dem Jungen wohl durch den Kopf, wenn er seine Eltern beim Sex beobachtete?

»Und das Schlimmste ist«, fuhr Kurt fort, als ob es noch eine Steigerung gäbe, »er hat das Ganze im Internet hochgeladen, auf einem Pornoportal. Deshalb …«, seine Stimme klang tränenerstickt, er nahm abermals einen kräftigen Schluck, »deshalb hat mich Tamara heute Morgen verlassen. Von Justus hat sie sich losgesagt, den überließ sie mir. Ich wäre schuld daran, dass ihr Sohn so verdorben sei.«

Mein Hals fühlte sich trocken an wie ein verwittertes Stück Holz. »Wie, hochgeladen auf ein Pornoportal?«

»Das sind Portale wie YouTube, wo man private Pornos hochladen kann, das heißt, man macht sie für andere zugänglich und verdient Geld dabei.«

Beinahe hätte ich ihn daran erinnert, dass er doch nichts zu verbergen habe, aber das brachte ich dann doch nicht über die Lippen.

Die Geheimnisse einer Leiche

Die Friseure in Deutschland erzählen wenig. Das Fließband hat auch in ihre Salons Einzug gehalten. Das Schweigen war sein Mitbringsel. In südlichen Ländern dagegen ist der Friseur nicht nur ein Gerüchteverbreiter, sondern auch, gelegentlich, ein exzellenter Erzähler.

Einen solchen habe ich zum Glück kennengelernt und die Atmosphäre seines Salons bis zu meiner Auswanderung fast zwölf Jahre lang genossen.

Mein Cousin Marcos war damals der beste Friseur im christlichen Viertel von Damaskus. Sein Salon war supermodern. Er selbst war höflich, elegant – und langweilig. Er sprach nie ein Wort.

Daher verließ ich ihn, als ich dreizehn wurde, und fand stattdessen ein altes, traditionelles Friseurgeschäft. Der Friseur hätte leicht den Preis der »krummen Schere« für die schlechtesten Haarschnitte der Welt bekommen, aber er konnte so gut erzählen wie der beste Hakawati im Kaffeehaus.

Heute nun, im Jahr 2020, muss ich Abbitte leisten, wenn ich die Frisuren der jungen Männer betrachte. Die hat mein alter Friseur schon in den Fünfzigerjahren zustande gebracht. Er war nur zur falschen Zeit am falschen Ort geboren.

Mit dem wackligen Stuhl, auf dem man als Kunde Platz nahm und an dem die Zeit seit Jahrzehnten zehrte, glich sein Laden ohnehin eher einem Kaffeehaus. Aber er war oft bis zur Tür besetzt mit wartenden Kunden, die es alle nicht eilig zu haben schienen, ich bald auch nicht mehr.

Eines Tages, im Winter 1962, ich war damals sechzehn, suchte ich ihn auf, weil es mir schlecht ging. Mein bester Freund war, gerade fünfzehn Jahr alt, durch einen Stromschlag ums Leben gekommen. Meine Freundin war zwei Wochen zuvor mit siebzehn zwangsverheiratet worden. Die Welt wurde eng für mich. Ich lechzte nach einer Geschichte, durch die sich die Sackgasse in eine Kreuzung verwandelte.

Der Lehrling servierte uns einen herrlichen Tee, auch das hatte es bei meinem geizigen Cousin Marcos nicht gegeben, und ich lauschte den Geschichten. Nach ein paar kurzen Anekdoten und Witzen hielt der Friseur inne, schaute zu uns herüber und fragte: »Habe ich euch eigentlich schon die seltsame Geschichte von dem Liebhaber erzählt, der seine Geliebte mit ihrem Ehemann erwischt hat?«

»Nein«, antworteten die wartenden Kunden im Chor.

»Hast du dich nicht versprochen? Du meinst wohl, der Ehemann hat seine Frau mit ihrem Liebhaber erwischt«, erkundigte sich laut lachend ein dürrer Tischler.

»Nein«, erwiderte der Friseur, »das ist ja das Kuriose an dieser Mordgeschichte.«

»Mord?«, wiederholten einige erstaunt. Dann aber trat eine gespannte Stille ein, wie sie sich jeder Lehrer, jeder Pfarrer wünschen würde.

Der Friseur nahm sich, wie ein geübter Regisseur, Zeit und grinste schweigend, aber vielsagend.

»Fang schon an!«, hörte ich einige rufen.

Und da erzählte er eine unglaubliche Geschichte, die ihm angeblich sein Freund und Kunde Kommissar Maluli anvertraut hatte. Ich kannte den alten Kommissar. Er war ein Volksheld, und trotzdem blieb er freundlich und bescheiden. Ein großer Mann, Mitte sechzig, mit grauen Schläfen und Adlernase. Er trug nie eine Waffe. Dieser Kommissar sei, wie der

Friseur immer beteuerte, selbst eine Waffe. Damals las ich viele Krimis, vor allem über Sherlock Holmes. So einer war auch Kommissar Maluli. Sogar einen perfekten Mord konnte er aufdecken, der als Selbstmord getarnt war, mit Abschiedsbrief der Ermordeten und wasserdichtem Alibi des Ehemannes. Aber das ist eine andere Geschichte.

Erst Jahrzehnte später fiel mir die Geschichte von dem Liebhaber wieder ein, der seine Geliebte mit dem Ehemann erwischt hatte. Ich habe sie dann innerhalb von drei Tagen aufgeschrieben. Leider kann ich in der schriftlichen Fassung die unnachahmliche mündliche Erzählkunst dieses Friseurs nicht wiedergeben, die von der Stimmung des Augenblicks, von seiner tiefen, warmen Stimme, von der Reaktion des Publikums und von seiner meisterlichen Art zu erzählen lebte. Sobald die Geschichte spannend wurde, machte er eine Pause und tat so, als wäre er mit dem Kopf seines Kunden beschäftigt. Er wartete, bis die Luft knisterte und die erwachsenen Männer ihn anflehten, doch bitte weiterzuerzählen.

* * *

Damaskus, 1962

Bei Kommissar Maluli klingelte das Telefon. In Zimmer 21 des *Hotels Balkis* im südöstlichen Midanviertel nahe der Straße zum Flughafen liege eine Leiche.

Die Spurensicherung war schnell vor Ort. Der Tote: ein Mann im feinen Anzug, dessen Etikett herausgerissen war. Kein Ausweis, keine Papiere, nur Blut, überall Blut ...

Maluli fuhr langsam. Dennoch war er schneller dort, als ihm lieb sein konnte. Er war wenig motiviert, da das verrufene Etablissement sehr heruntergekommen war und nur mehr als Herberge für Prostituierte, Zuhälter und Dealer dritter Klasse fungierte. Jedes Jahr produzierte diese Absteige mindestens drei Tote, in der Regel Selbstmord oder Tod durch eine beabsichtigte oder unbeabsichtigte Überdosis Heroin oder ein anderes Teufelszeug.

Vor allem im Treppenhaus stank es fürchterlich nach Fett, Urin und Erbrochenem. Schon manches Mal hatte Kommissar Maluli verlauten lassen, er würde lieber in der Hölle als in dieser Fäkalienburg ermitteln.

Lustlos kam er an, doch beim Anblick der Leiche wusste er sofort: Diesem Mord war eine außergewöhnliche Geschichte vorausgegangen. Er sah auf den ersten Blick: Hier war jemand von einem Profikiller oder mehreren Tätern regelrecht hingerichtet worden.

Im Bericht der Rechtsmediziner, der ein paar Tage später auf seinem Tisch lag, stand nicht viel mehr als das, was man auch mit bloßem Auge gesehen hatte. Das Opfer, etwa fünfundvierzig Jahre alt, war durch achtzehn Stiche ums Leben gekommen. Der Täter musste eine Person von kräftiger Statur sein. Manche Stiche waren so heftig ausgefallen, dass Knochen im Körper des Opfers gesplittert waren. Doch es gab da noch ein wichtiges Detail in dem Bericht, das Kommissar Maluli beinahe überlesen hätte: Neben dem Blut des Opfers hatte man am Tatort außerdem winzige Spuren vom Blut einer anderen Person gefunden.

Da sah der Kommissar eine Tür aufgehen.

Er ließ Blutproben von allen Mitarbeitern im Hotel überprüfen sowie von sämtlichen Prostituierten, Zuhältern und Dealern, die mit dem Hotel zu tun hatten, und ordnete eine forensische Serologie an. Die Analyse fiel negativ aus, und auch als er die Daten aus dem Verbrecherarchiv der Polizei hinzuzog, gab es keinen einzigen Hinweis auf eine Übereinstimmung.

Die Tür fiel wieder zu.

Nachdem man schließlich das Gesicht des Opfers einigermaßen präpariert und die große, verunstaltende Wunde auf der Wange geglättet hatte, gab die Mordkommission ein Foto und die Beschreibung der Kleider, die der Mann getragen hatte, frei. Beides wurde mehrmals im Fernsehen gezeigt und die Bevölkerung um Hilfe gebeten. Inzwischen waren bereits drei Wochen vergangen.

Plötzlich meldete sich die Witwe auf dem Polizeirevier. Sie kam in Begleitung zweier Nachbarinnen. Die Frau war eine Schönheit, ihre Blässe verlieh dem Gesicht etwas Sakrales. Sie sei schockiert, dass ihr Mann zum Zeitpunkt seines Todes noch in Damaskus gewesen sei. Er sei vor gut drei Wochen nach Kuwait geflogen, wo er eine große Möbelfirma besitze und leite. Die Nachbarinnen bestätigten die Aussage, sie seien beim Abschied dabei gewesen und hätten den Mann mit seinem Koffer in ein Taxi steigen sehen, das ihn zum Flughafen bringen sollte.

Beim Anblick der Leiche flüsterte die Frau kaum hörbar: »Er ist es.« Dann fiel sie in Ohnmacht.

Zwei Tage später besuchte Kommissar Maluli die Witwe. Sie hatte sich etwas erholt und sah in ihrem engen schwarzen Trauerkleid umwerfend schön und erotisch aus. Sie sprach offen mit ihm, erzählte, dass sie und ihr Mann eine ruhige Ehe geführt hätten, sie aber nicht in Kuwait leben wollte, wo sie niemanden kenne. Ihr Mann sei fast jeden Monat für mehrere Tage nach Damaskus gekommen.

»Kinder?«

»Leider keine. Es lag an mir«, sagte die Frau kaum hörbar.

Aha, dachte der Kommissar, *eine ruhige Ehe* hat sie gesagt. Das ist das Synonym für *eine langweilige Ehe*. Und keine gemeinsamen Kinder! Der Millionär hat bestimmt ein Doppelleben geführt. Und das hat bei einer Prostituierten oder durch das Eingreifen ihres Zuhälters in diesem schäbigen Hotel geendet. Ob die Überprüfung der Zuhälter präzise gewesen war? Die Tür vor seinem inneren Auge öffnete sich wieder, eine Lösung oder zumindest eine heiße Spur stand in Aussicht.

Doch die weiteren Ermittlungen ergaben eindeutig, dass der Ermordete zum ersten Mal in diesem Hotel gewesen war. Sein Name war auch bei den anderen einschlägigen Adressen der Stadt unbekannt.

Darüber hinaus brachten Malulis tüchtige Assistenten dem Kommissar zahlreiche Bestätigungen aus der Nachbarschaft, dass die wohlhabenden Eheleute höflich und taktvoll miteinander umgegangen waren.

Die Tür fiel krachend wieder ins Schloss.

Einen Monat später erreichten Maluli aus Kuwait weitere Informationen über den Toten. Der Mann sei sehr erfolgreich gewesen und habe vor einem halben Jahr, so sein Geschäftspartner, einen Anwalt beauftragt, die Scheidung von seiner Frau in die Wege zu leiten, da sie nachweislich keine Kinder bekommen konnte.

»Seine Frau hat ihn umgebracht. Bestimmt hat sie von dieser Konsultation Wind bekommen«, schlussfolgerte der junge Assistent in der nächsten Morgenbesprechung. Vier erfahrene Kommissare lachten ihn aus, sagten, er solle nicht so viele Krimis lesen. Maluli aber horchte auf, als der schmale kleine Mann unbeirrt fortfuhr: »Dann nehmen wir doch eine Blutprobe der Frau und untersuchen sie. Kann sein, dass ich mich irre, aber es ist genauso gut möglich, dass sie mit dem Mord zu tun hat.«

Der Kommissar ließ die Frau vorladen. Er fühlte so etwas wie Zuneigung zu ihr. Maluli war selbst einsam. Kaum hatte er sie darüber aufgeklärt, dass die Polizei keinerlei Verdacht gegen sie hege und die Blutprobe reine Routine sei, brach die Frau in Tränen aus und gab alles zu. Die abgegebene Blutprobe war identisch mit den Blutspuren im Hotelzimmer.

Die Tür zerfiel zu Staub, und Malulis Augen waren geblendet vom Licht der glühenden Spuren. Er lobte den jungen Assistenten und bat ihn, den Fall vollends abzuwickeln und ihm eine Kopie des Abschlussberichtes zukommen zu lassen. Er selbst fühlte sich durch die Zuneigung zu der Frau befangen, aber das behielt er für sich.

Wie sich herausstellte, hatte die Frau ihren Mann nie geliebt. Ihre Eltern hatten sie zur Ehe mit dem wohlhabenden Cousin gezwungen. Sie konnte ihn nicht riechen, und deshalb war sie froh, dass er in Kuwait und sie in Damaskus lebte. Sie war sogar glücklich, dass sie ihm kein Kind schenken konnte, und führte ihre Kinderlosigkeit auf die Abneigung all ihrer inneren Organe gegen ihn zurück.

Dennoch war der Ehemann stets großzügig gewesen. Monatlich ließ er ihr tausend Dollar überweisen, und immer wieder brachte er ihr teuren Schmuck mit.

Vor ein paar Monaten aber hatte sich die Frau in einen schönen muskulösen Mann verliebt, den sie fern ihres Viertels in diesem heruntergekommenen Hotel traf. Sie wunderte sich anfänglich über die Umgebung, doch ihr Liebhaber, ein Bodybuilder, überzeugte sie, hier seien sie sicher vor den Augen der Neugierigen. Die Stunden mit dem attraktiven und äußerst charmanten Liebhaber waren für die Frau das Glück auf Erden. Als er ihr eines Tages von seinen finanziellen Schwierigkeiten berichtete, half sie ihm großzügig. Auf ihrem Konto hatte sich eine hübsche Summe angesammelt, da sie im eigenen Haus wohnte und jeden Monat einen ansehnlichen Betrag zur Seite legen konnte. Als das Konto nach einiger Zeit abgeräumt war, schenkte sie dem Geliebten Stück für Stück ihren wertvollen Schmuck. Er wollte ihre Unterstützung zunächst nicht annehmen, zeigte sich aber am Ende doch dankbar.

Was sie nicht ahnte: Ihr Ehemann kontrollierte das Konto von Kuwait aus. Ein ehemaliger Schulkamerad von ihm war inzwischen Direktor der kleinen Bank. Per Telefon ließ sich der Ehemann monatlich den Kontostand mitteilen.

Bei seinem letzten Besuch hatte er sie dann nach dem Schmuck gefragt. Sie war verwirrt gewesen und hatte behauptet, sie wisse nicht, wo sie ihn zuletzt versteckt habe – bei den Nachbarn sei erst kürzlich eingebrochen worden.

Der Ehemann war sich nun sicher, dass seine Frau ihn betrog. Er verriet ihr nicht, dass er über das geplünderte Konto bereits Bescheid wusste. Er aß an diesem Abend kaum etwas und ließ seine Frau allein ins Bett gehen, was ihr nur recht war. Sie schlief sofort ein.

Eine Stunde später klingelte im Wohnzimmer das Telefon. Der Mann am anderen Ende der Leitung sprach leise und in vertraulichem Ton. »Hören Sie, ich bin ein Nachbar und pensionierter Detektiv. Vielleicht aus Langeweile oder auch aus Mitleid fing ich an, Ihre Frau zu beobachten. Sie hat einen Liebhaber, der sie ausnimmt. Meine Exfrau hat mir das Gleiche angetan. Daher fühle ich mich mit Ihnen verbunden. Sie gehen in die Fremde, um Geld zu verdienen, und Ihre Frau geht fremd und gibt Ihr Geld aus.«

»Wer sind Sie? Können wir uns treffen?«

»Wer ich bin, ist uninteressant. Aber statt nach Kuwait zu fliegen, sollten Sie sich ein Zimmer im *Hotel Barada* nehmen. Ich rufe Sie dort an, sobald Ihre Frau ihren Liebhaber das nächste Mal trifft. Das passiert bestimmt bald, nachdem Sie nach Kuwait aufgebrochen sind – sobald Ihre Frau sich sicher ist, dass Sie im Flugzeug sitzen.«

»Dann fliege ich morgen. Ich meine, ich tue so, als würde ich abreisen. Richtig?«

Der Detektiv bestärkte ihn darin.

Der Ehemann war weniger wütend als vielmehr völlig überrascht, dass seine Frau, die er immer für dümmlich und ängstlich gehalten hat, zu einem solchen Abenteuer fähig war. Er brauchte fast einen Liter Rotwein, um schlafen zu können.

Am nächsten Tag tat er so, als müsse er wegen geschäftlicher Termine vorzeitig nach Kuwait zurück. Er wollte nicht, dass seine Frau ihn zum Flughafen begleitete, das sei nicht nötig, sagte er. Dann stieg er in ein Taxi und ließ sich zum *Hotel Barada* bringen, wo er auf den Anruf des pensionierten Detektivs wartete. Und es dauerte nicht lange. Schon zwei Stunden später rief der Nachbar den Ehemann im Hotel an und teilte ihm mit, seine Frau sei gerade mit dem Taxi ins *Hotel Balkis* gefahren. Durch seine guten Beziehungen zur Rezeption habe er erfahren, dass sie wie immer im Zimmer 21 logiere. Der Ehemann eilte hinaus, stieg in ein Taxi und fuhr ebenfalls zum *Hotel Balkis*. Zehn Minuten später war er da. Er ging ins zweite Stockwerk hinauf und trat ein, ohne zu klopfen. Seine Frau erstarrte vor Angst.

Sie war sehr schick angezogen, fast aufreizend. Er beschimpfte sie als Hure und ließ sich in einen Sessel fallen. Sie setzte sich auf die Bettkante und wusste nicht, was sie sagen sollte. Sie schwiegen.

Da geschah etwas, das weder geplant war noch erklärt werden kann. Der Mann sah seine Frau an und bemerkte, wie schön und sexy sie war. In den umliegenden Zimmern ging es mit gespielten oder echten Orgasmen hoch her. Plötzlich bekam er eine unbändige Lust auf sie. Sie hingegen wurde in diesem Moment von Mitleid erfasst. Zum ersten Mal spürte sie so etwas wie ein warmes, positives Gefühl für diesen Mann, der genau wie sie Opfer der Sippe und der Verhältnisse war, der ihr regelmäßig so viel Geld schickte und nicht einmal misstrauisch geworden war, als sie ihm eine dämliche Ausrede für das Verschwinden ihres Schmuckes aufgetischt hatte. So war sie mehr als willig, als er zu ihr kam, sie küsste und schließlich wild mit ihr schlief. Zuerst genoss sie seine Leidenschaft, aber von Sekunde zu Sekunde wuchs ihr Unbehagen. Als er kurz vor dem Orgasmus war, rief er, sie sei ab heute nicht mehr seine Frau, sondern seine Hure, und er werde ab sofort für jedes Liebesspiel bezahlen. Da begann sie vor Schreck zu schreien, was seine Lust nur noch erhöhte. Er brüllte wie ein Stier und schlug auf sie ein.

Plötzlich ging die Tür auf. Der Liebhaber war vollkommen schockiert, als er seine Geliebte unter ihrem Mann im Bett sah, den er von Fotos kannte. Der Ehemann ließ sofort von seiner heulenden Frau ab und beschimpfte den Liebhaber als charakterlosen Callboy. Seiner Ehefrau teilte er wutentbrannt mit, er werde sich umgehend scheiden lassen, das Haus in Damaskus verkaufen und für immer in Kuwait bleiben. Sie solle sich von ihrem Callboy ernähren lassen. Oder künftig mit ihrem Körper ihr Geld verdienen, schließlich sei sie jung und schön. Mit diesen Worten warf er ihr einen Hundert-Lira-Schein hin. »Damit bin ich dein erster Freier«, sagte er verächtlich.

Er stand auf und wollte gehen. Die Frau sah ihren Ruin vor sich – und die Schmach, sich vor ihrer Familie verantworten zu müssen.

»Lass ihn nicht gehen«, rief sie ihrem Liebhaber flehend zu. Dieser versetzte dem Ehemann einen solchen Schlag, dass er in den Sessel zurückfiel. Er sprang aber sofort wieder auf, um mit dem Liebhaber und seiner Frau zu kämpfen.

»Du hast mich all die Jahre gequält, und nun willst du mich ruinieren«, rief sie immer wieder und schlug auf ihn ein.

Der Ehemann reagierte mit einem sehr schmerzhaften Tritt in den Schritt des Liebhabers. »Du Hurensohn«, brüllte er. Der Beleidigte wurde wild vor Wut, zückte ein großes Klappmesser, stach unzählige Male auf den Mann ein … und verletzte dabei, weil die Frau immer noch zuschlug, auch sie am rechten Arm.

Als der Liebhaber wieder zu sich gekommen war, wusch er sich, nahm alle Papiere, das Flugticket und das Portemonnaie des toten Ehemannes an sich, riss das Etikett aus dem Anzug des Opfers und verließ zusammen mit seiner schluchzenden Geliebten das Hotel durch den Hinterausgang.

Das alles kam nach und nach ans Tageslicht, als der Assistent die Witwe verhörte. Schließlich gab sie auch den Namen des Täters preis, und eine Stunde später saß er Maluli gegenüber. Er entlastete seine Geliebte und nahm die ganze Schuld auf sich.

Viele Mordfälle enden an diesem Punkt. Nicht so dieser.

Eine Anfrage der Polizei aus Kuwait ließ Kommissar Maluli erneut aufhorchen. Die Lebensgefährtin des Ermordeten, eine zwanzigjährige Russin, mache sich Sorgen, weil der Mann von seinem Besuch in Syrien nicht zurückgekommen sei. Maluli schickte den jungen Assistenten nach Kuwait – mit einem Empfehlungsschreiben an seinen Kollegen Hamad Bin al Masstul, den er auf einer Tagung der arabischen Kriminalisten kennengelernt hatte. Eine Woche später kehrte der Assistent mit haarsträubenden Informationen zurück.

Der Ehemann habe seit geraumer Zeit mit der Russin zusammengelebt und ihr versprochen, sie zu heiraten, sobald er einen Anlass finde, sich von seiner Frau scheiden zu lassen, ohne seine Sippe zu verärgern. Da sie inzwischen schwanger war, galt es zu handeln. Aber der syrische Möbelmillionär zauderte. Sie telefonierte lange mit ihrem Bruder, der als russischer Experte im Damaszener Geheimdienst tätig war, und der kam auf die teuflische Idee, einen schönen, aber charakterlosen Gelegenheitszuhälter auf die attraktive Frau anzusetzen. Er dürfe sie ausnehmen, wie es ihm gefalle, und bekäme dazu monatlich tausend Dollar auf die Hand.

Der angebliche Bodybuilder hatte das Herz der frustrierten, allein gelassenen Ehefrau mit Leichtigkeit erobert. Schnell war sie im Netz des Verführers gefangen. Die Anweisung seines Auftraggebers, sie auszuplündern, führte er nur zu gerne aus und lebte auf ihre Kosten in Saus und Braus. Doch mit der Zeit verliebte sich der Gigolo in die arglose, zärtliche und schöne Frau. Er belog seinen Auftraggeber und versteckte den Schmuck, den sie ihm schenkte. Er wollte ihn seiner Geliebten in der Hochzeitsnacht zurückgeben. Sie aber zögerte vor einer Scheidung, weil sie fürchtete, mit dem Liebhaber in Armut leben zu müssen.

Die Russin in Kuwait bemerkte zufrieden, wie das Misstrauen ihres Lebenspartners wuchs, als er beobachtete, dass sich das Konto seiner Frau leerte. Sie nährte sein Misstrauen gegen die Gattin, und mit der Hand auf ihrem Bauch bat sie ihn um eine baldige Entscheidung.

Der teuflische Plan sah vor, den Ehemann durch einen anonymen Anruf aus der Nachbarschaft über ein Treffen seiner Frau mit ihrem Liebhaber in dem Billighotel zu informieren, damit er sie auf frischer Tat ertappte und sich endlich scheiden ließe.

Der Todesengel wollte es aber, dass der Liebhaber, unzuverlässig, wie er war, sich mit einem neuen Auftraggeber verplauderte und zu spät zum vereinbarten Termin mit seiner Geliebten kam.

So betrat er das Zimmer genau in dem Augenblick, als der Ehemann im Rausch des Orgasmus auf seine Frau einschlug und sie demütigte.

Da verlor der Liebhaber die Kontrolle.

Der Mörder gab zu, dass die Geschichte so abgelaufen war, wie die Ermittlungen der Kriminalpolizei es nahelegten, doch ob sein Auftraggeber ein Russe gewesen sei, könne er nicht mit absoluter Sicherheit bestätigen, da er seine Stimme nur vom Telefon kenne. Das versprochene Monatshonorar habe er immer in seinem Briefkasten vorgefunden. Aber er legte Wert auf die Feststellung, dass er auch deshalb so wild auf den Ehemann eingestochen habe, weil er sich selber dafür hasste, das Werkzeug eines Teufels gewesen zu sein, der diese liebende Frau zerstören wollte.

»Im Grunde stach ich dabei auch auf meinen Auftraggeber ein, den ich nie zu Gesicht bekommen habe«, sagte er später vor dem Richter.

Den Anwälten des Opfers aber gelang es trickreich, die Witwe als Mittäterin hinzustellen. Der Mörder wurde zu lebenslanger und die Witwe zu acht Jahren Haft verurteilt. Damit verlor sie auch jedwedes Anrecht auf das Erbe.

Spätestens an dieser Stelle wären neunundneunzig Prozent aller Mordfälle beendet, nicht aber dieser. Die Russin war im siebten Monat schwanger, stand nun mit vollem Bauch und leeren Händen da und musste zusehen, wie der Bruder ihres Lebensgefährten das Geschäft auflöste und das gesamte Geld an sich riss. Er war nun der alleinige Erbe des ermordeten Möbelmillionärs. Manche munkelten hinter vorgehaltener Hand, dass in Wahrheit der ganze Plan seinem teuflischen Hirn entstammte. Er hatte hohe Spielschulden und musste schnell handeln, bevor der reiche Bruder sich von seiner ersten Frau scheiden ließ, die Russin heiratete und ihr und seinem Kind alles vererbte. Hatte er die Fäden gezogen und sowohl den mitleidigen Nachbarn als auch den zweiten Auftraggeber gespielt, der den Lover am rechtzeitigen Eintreffen hinderte? Die Polizei konnte mit einem anonymen Brief dieses Inhalts nichts anfangen, da es keine Indizien oder Beweise gab, um den Fall neu aufzurollen. Die Wahrheit blieb ein Geheimnis mit mindestens sieben Siegeln.

Geheimnisse im
Wandel der Zeiten

Die heutige Bedeutung des Adjektivs »geheim« entwickelte sich erst im 17. Jahrhundert aus »vertraut« im Gegensatz zu »öffentlich«. Man denke etwa an die Begriffe Geheimbund, Geheimdienst, Geheimlehre. Zuerst wurde der Begriff für die jüdisch-mystische Kabbala verwendet.

»Geheimnis« bedeutete also ein nur für einen kleinen Personenkreis bestimmtes Wissen, auch etwas Unerklärbares, Undeutbares, und wurde von Luther ursprünglich wohl für ein religiöses Mysterium gebraucht. Es ging immer um ein Ereignis, das für den Normalsterblichen rational nicht zu erklären ist. Priester, Magier und Schamanen sind eine »eingeweihte« Elite. Im alten Ägypten galt das Geheimnis als notwendige Maßnahme zur Bewahrung des Sakralen. Auch im Zoroastrismus hat der Kampf zwischen Göttern und Dämonen eine zentrale Bedeutung. Das Wissen, wie man das Böse besiegt, gehörte zum großen Mysterium. Im Judentum (Buch Daniel) und im Christentum (Johannesoffenbarung) werden Mysterien über das Ende der Welt im Traum geoffenbart. Im Islam wird der Koran als Diktat einer Offenbarung des Propheten Muhammad verstanden.

In einer modernen demokratischen Gesellschaft hat der Mensch ein Recht auf sein Geheimnis. Dies bringt die Verpflichtung mit sich, Geheimnisse vertraulich zu behandeln. Ein Geheimnis kann dabei individuell sein wie etwa das Beichtgeheimnis, Briefgeheimnis und Familiengeheimnis oder kollektiv wie ein Amtsgeheimnis, Bankgeheimnis und Betriebsgeheimnis.

Eine arabische Weisheit sagt: »Die Brust des treuen Gefährten ist die sichere Burg der Geheimnisse.« Über allem steht der Respekt vor dem anderen. Wer anvertraute Geheimnisse verrät, ist wie derjenige, der ihm anvertrautes Geld an Fremde weitergibt.

Das gilt allerdings nur in einer freiheitlichen demokratischen Gesellschaft. In Diktaturen, unter Zwang und Folter, können Geheimnisse nur sehr schwer gehütet werden.

Eine der übelsten Nachreden ist die Behauptung, Frauen könnten keine Geheimnisse hüten. Es gibt Berge von hirnlosen Witzen und Warnungen vor Frauen als Geheimnisverräterinnen. Meine jahrzehntelange Beobachtung hat mir gezeigt: Je rückständiger eine Gesellschaft ist, desto fester ist dieses Vorurteil verankert.

Muss man unbedingt jemandem sein Geheimnis anvertrauen? Man muss nicht. Man kann mit all seinen Geheimnissen sterben, ohne jemals ein einziges gelüftet zu haben. Aber Geheimnisse liegen oft schwer auf der Seele, sie können drücken und jucken, daher suchen wir jemanden, dem wir unser Geheimnis anvertrauen können, in der Hoffnung, die Last, nun auf vier Schultern getragen, zu halbieren. Darin aber liegt eine besondere Eigenschaft des Geheimnisses, ein Kuriosum. Wir erzählen einer vertrauten Person etwas Gefährliches, Bedrückendes, Trauriges, Erfreuliches oder Intimes und fühlen uns erleichtert; sobald aber ein Dritter davon erfährt, verwandelt sich die Erleichterung in eine Belastung. Die Last wird in diesem Moment also nicht gedrittelt, sondern verdoppelt.

Anders ist es mit der Last, die einem das Wissen über Verbrechen, Unmenschlichkeit, Lüge und Betrug auferlegt, von denen ein Volk oder gar mehrere Völker betroffen sind. Das ist der Antrieb des Handelns von Whistleblowern. Sie können ihr Wissen nicht mehr für sich behalten, weil sie die Verantwortung für den drohenden Schaden durch ihr Schweigen nicht übernehmen können. Sie brauchen in diesem Fall keinen Freund, sondern die nationale oder internationale Öffentlichkeit.

Die Entwicklungen der letzten dreißig Jahre haben Begriff und Wesen des Geheimnisses verändert. Am Phänomen der sozialen Medien sehen wir, wie radikal diese Veränderung gewesen ist. Wir geben freiwillig private Informationen ins Netz: Tagebuch, Fotos, Hobbys, Wünsche, Ängste. Das System aber vergisst nichts. Auch wenn es uns irgendwann einmal unangenehm wird, kann Facebook über diese Informationen verfügen und sie nutzen, selbst, wenn wir uns schon wieder abgemeldet haben. Wir geben alle Informationen, die die Konzerne und Behörden brauchen, freiwillig preis.

Man greift zum Smartphone, tummelt sich in den sozialen Medien, man erzählt im Zug laut über Privates, gerade so, als flehe man um die Rettung vor der Einsamkeit. Man vertraut sich dem Taxifahrer und Barkeeper an, als wären sie Psychotherapeuten. Natürlich hofft man, dass sie bald vergessen, was man ihnen erzählt hat. Die Ergüsse sind nicht selten anonym und folgenlos, werfen aber ein Licht auf die Probleme der Moderne. Ein kleines ausgeplaudertes Privatgeheimnis wird gegen ein bisschen Geborgenheit getauscht.

Nahezu jeder Mensch hat seine Geheimnisse, die sich in seinem äußeren Verhalten, für das wir ihn schätzen und manchmal lieben, nicht zeigen. Es ist daher nicht verwunderlich, dass Freundschaften, Beziehungen und Ehen gelegentlich von heute auf morgen zerbrechen, wenn das geheim Gehaltene an die Oberfläche kommt. Das Gesicht kann man sehen, nicht aber das Herz ergründen. Ein gewisses Maß an Geheimnissen, das unbekannte Terrain eines Charakters zu akzeptieren, ist deshalb Voraussetzung für jede Freundschaft. Wer einen Röntgenblick walten lassen möchte, hat nur ein Skelett als Freund.

Mein Freund Jusuf, ein aktiver Gewerkschaftler, saß vierzehn Jahre im schlimmsten syrischen Gefangenenlager in Palmyra. Er vertraute mir an, wie er diese Hölle erlebt hatte, das Schlimmste seien die Verhöre gewesen. Wie alle repressiven Diktaturen auf der Welt setzten auch die syrischen Folterer auf zwei vernichtende Waffen. Die erste Waffe: Du bist uns ausgeliefert. Niemand weiß, ob du lebst oder nicht, und die Welt hat dich längst vergessen. Die zweite Waffe: Wir wissen alles über dich. Diese Erpressung hat Jusuf zunächst als leere Drohung empfunden, aber als der sadistische Verhörbeamte ihm eine Reihe intimer Fakten aufzählte, die alle stimmten, brach er zusammen. Erst Jahre später erfuhr er, dass der angebliche Untergrundkämpfer, den er unter Lebensgefahr in seinem Haus aufgenommen hatte, ein Agent des Geheimdienstes war. Er hatte, während Jusuf als Fliesenleger arbeitete, alle seine Freunde ausgehorcht, die Wohnung ausgespäht, belastendes Material über Jusufs Aktivitäten fotografiert und sämtliche Informationen dem Geheimdienst zur Verfügung gestellt.

Wir müssen unsere Geheimnisse vor dem Zugriff der Geheimdienste und den Giganten der sozialen Medien schützen, die uns vorgaukeln, ihre Programme, ihre Algorithmen, ihre Apps stünden in unseren Diensten. Freiheit und Würde verpflichten uns dazu, unsere Geheimnisse zu verteidigen. Erst dann ist die Demokratie geschützt.

Transparenz verringert die Angst der Bürger, die Korruption und die Manipulation. Sie stärkt das Vertrauen in den Staat und die politische Führung. Aber wo wird diese Transparenz zur Gefahr für Staat und Gesellschaft? In welcher Hinsicht dient sie der Demokratie und Freiheit?

Es bleibt uns nicht erspart, den langsamen, langen Weg zu gehen, der ein Gleichgewicht zwischen öffentlicher und privater Freiheit herstellt. »Denn Geheimnis ist ein Menschenrecht«, schrieb der Kultur- und Literaturwissenschaftler Hartmut Böhme. »Aus ihm ein bloßes Spiel der Massenmedien zu machen, ist für die demokratische Entwicklung nicht weniger gefährlich als die Zerstörung des Geheimnisses in der Folter.«

TIERE

Die Augensprache der Hunde

Er will nur spielen.

Der häufigste Satz eines Hundebesitzers,
bevor sein Tier zubeißt

Hunde haben einen exzellenten Geruchsinn, und mit ihren Augen sprechen sie eine eindeutige Sprache, die aber nur wenige verstehen. Hundebesitzer, die sich einbilden, alles über ihre Hunde zu wissen, sollte man mit einem mitleidigen Lächeln strafen. Denn Hundesteuer zu bezahlen befähigt noch lange nicht dazu, die Augensprache der Hunde zu entschlüsseln.

Bevor ich zum dritten Mal gebissen wurde, verstand auch ich kein Wort dieser Sprache, sonst hätte ich mir die drei Aufenthalte im Krankenhaus erspart. Aber gerade dieser dritte Biss hat mein Leben verändert, und ohne zynisch sein zu wollen, würde ich jedem, der Ohren hat zu hören, sagen: »Gott sei Dank hat mich ein Hund gebissen.«

Die erste schmerzhafte Begegnung mit einem Hund hatte ich mit acht Jahren. Ich hatte damals keine Angst vor Tieren, weder vor dem großen Esel meines Großvaters noch vor dem prächtigen Pferd meines Onkels, die beide in Malula, einem Bergdorf nördlich von Damaskus, lebten. Dort verbrachten wir die Sommerferien. Es hieß, ich sei mutig, weil ich auf alle Tiere zuging, aber das stimmte nicht. Abgesehen von Katzen waren mir Tiere, ob Hase oder Bussard, Hund oder Schildkröte ebenso gleichgültig wie unsere Nachbarn in meiner

Damaszener Gasse, mit Ausnahme von Samira, die meine Freundin war, seit ich denken kann.

Im Hinterkopf aber hatte ich als kleiner Junge immer die merkwürdige Idee, dass Gott die Tiere mehr als die Menschen liebte. Ich glaubte fest daran, allerdings konnte ich es damals nicht erklären. Irgendwie haben alle Tiere etwas Perfektes, Ruhiges, Besonnenes, Nachdenkliches. Heute weiß ich: Gott schuf die Tiere durch seine Worte der Liebe. Das ist Poesie. Den Menschen gestaltete er aus Ackerboden, mit der Sorgfalt und Distanz, aber auch der künstlerischen Leidenschaft eines Bildhauers. Die Frau nahm er sogar aus Adams *Seite* – hebräisch *tsela*, fälschlicherweise mit »*Rippe*« übersetzt. Zunächst war Adam weiblich und männlich zugleich gewesen. Erst durch die Schöpfung der Frau machte Gott Adam zum Mann. Das wussten die Griechen schon lange, auch ohne Bibel. Von dieser bewegenden Trennung berichtet Platon in seinem berühmten *Symposion*. Aber das ist eine andere Geschichte.

Von allen Tieren bedeuteten mir wie gesagt nur die Katzen etwas. Das spürten sie und rannten, wie meine Mutter erzählte, auf mich zu, wo immer ich auftauchte. Sogar als ich noch ein Baby war. Hunde knurrten mich an, aber das hielt ich für normal. Bis der erste Hund mich biss.

Ich spielte an jenem Nachmittag in der Gasse, nicht ahnend, dass drei Jungen einen großen Hund geärgert hatten. Plötzlich riss sich das Tier von der Leine los und rannte hinter den Quälgeistern her. Sein Besitzer saß im Café und spielte Backgammon, und ich war mit meinen Murmeln beschäftigt.

Völlig konzentriert zielte ich gerade auf eine drei Meter entfernte Murmel, als die Kinder um mich herum schreiend das Weite suchten. Ich stand auf. Die Gasse war wie leergefegt. Als ich mich umdrehte, sah ich den Hund auf mich zurennen. Ich hatte keine Angst, sondern empfand eher Wut,

weil er mir mein Spiel verdarb, gerade als ich eine Glücks-
strähne hatte. Ich blieb ruhig stehen. Der Hund bremste kurz
vor mir ab, wahrscheinlich irritiert von meiner Gleichgültigkeit. Er knurrte, ging in Angriffsstellung und fletschte die
Zähne. Plötzlich fühlte ich eine lähmende Angst, solche gewaltigen Zähne hatte ich noch nie gesehen. Der Hund sprang
mich an. Hilflos ruderte ich mit den Armen und traf ihn ungewollt auf die Nase. Da biss er sich in meiner rechten Schulter
fest und ließ nicht los, bis ich in Ohnmacht fiel.

Als ich wieder zu mir kam, wunderte ich mich über das er-
schrockene Gesicht meiner Mutter. Der Rettungswagen fuhr
lärmend heran, und bald lag ich auf der Bahre. Wie ein Held
sah ich auf die weinende Samira, als wäre ich in einer römischen Arena von einem Löwen gebissen worden, wie im Film
Quo vadis, den ich eine Woche davor gesehen hatte.

Meine Mutter musste trotz ihrer Tränen lachen, als ich
sie etwas angeberisch zu beruhigen versuchte. »Es ist nur ein
Kratzer«, sagte ich, und sie streichelte mein Gesicht und
weinte.

Und so landete ich im Krankenhaus. Die Wunde war
schlimm, aber noch schlimmer war die Tetanusspritze gegen
Wundstarrkrampf. Mit ihren Nebenwirkungen setzte sie mir
mehr zu als der Biss selbst. Fieber, Schmerzen, Durchfall und
Verwirrtheit plagten mich tagelang. Meine Mutter erzählte
später, ich hätte zwischendurch Türkisch gesprochen. Ihre
Tante, die alte Magda, hätte sich prächtig amüsiert und sich
auf Türkisch mit mir unterhalten. Mein Vater, der zeit seines
Lebens Krankenhäusern misstraute, mutmaßte, man habe
mir bestimmt ein falsches Mittel gegeben.

Von da an nahm ich mich in Acht vor Hunden.

Ich war damals heftig in Samira verliebt und durfte sie,
wenn ihr Vater nicht da war, besuchen und mit ihr spielen,

weil ihre Mutter mir wohlgesonnen war. Ihr Vater war Steward bei der syrischen Fluggesellschaft. Niemand verstand genau, was er eigentlich arbeitete. Seine Frau erzählte den Nachbarinnen, er empfange die Fluggäste und beruhige sie, und wenn der Kapitän müde sei, übernehme er das Kommando. Er kenne alle Reiserouten und sei unverzichtbar in seinem Team. Noch weniger als die Nachbarinnen konnte ich mir vorstellen, was der Mann tat, aber er war selten da, und das war gut so.

Eines Tages brachte er aus Hamburg einen jungen Schäferhund mit. Das war die Sensation in unserer Gasse. Nie zuvor hatten die Nachbarn einen importierten Hund gesehen.

Samiras Familie war sehr stolz auf den Hund und nannte ihn Zorro. Er war Samiras Liebling, und sie balgte oft mit ihm.

»Ist er nicht schön?«, fragte Samira.

»Doch, doch«, heuchelte ich feige. Ich fand ihn überhaupt nicht schön. Sein Kopf war zu spitz. Das Maul war viel zu groß für seinen Kopf. Seine Zunge schien zu lang geraten zu sein. Sie hing ihm dauernd aus dem Maul. Und seine Ohren schienen von einer Fledermaus geliehen.

Bereits bei der ersten Begegnung schaute er mich misstrauisch an. Er war jung, und trotzdem hatte er sich sofort seine Meinung über mich gebildet.

Wir unterschätzen die Klugheit der Tiere.

Ob ich vor Samira angeben wollte oder ob es ein verzweifelter Versuch war, meine Angst zu überwinden, weiß ich heute nicht mehr, aber nach drei Monaten wagte ich immerhin, mit ihm zu spielen. Er schien sich aber inzwischen vor mir zu fürchten. Wenn ich ihn anstarrte, jaulte er erbärmlich.

»Er hat Angst vor dir«, sagte Samira. In ihren Augen lag eine seltsame Mischung aus Bewunderung für mich und Mitleid mit dem Hund. Als ich ihr verriet, dass ich ihre Gefühle und Gedanken kannte, schaute sie mich ungläubig an. »Woher?« Ich hatte keine Antwort.

Denn so unglaublich es klingt: Seit dieser Zeit im Krankenhaus – nach dem ersten Biss – konnte ich Gedanken, unsichtbare Stimmungen und Zu- oder Abneigung meiner Mitmenschen aus ihren Augen lesen. Erklären werde ich dieses Phänomen nie können. Dreimal verlor mein Vater eine Wette gegen mich, weil ich mit meiner Vermutung richtiglag. Seine Freunde erschraken, als ich ihnen erzählte, was sie gerade dachten oder fühlten. Ich hatte es einfach in ihren Augen gelesen. Wie? Das wusste ich nicht. Der Augenarzt stellte lediglich fest, dass meine Netzhaut ein wenig gewölbt war, ähnlich einer Linse. Mehr hatte er dazu nicht zu sagen.

Leider verlor ich diese wundersame Fähigkeit nach etwa vier Jahren wieder.

Zorro wuchs schnell, und allmählich verschwand seine Angst vor mir, nicht dagegen sein Unbehagen. Ich spielte nur widerwillig mit ihm, und nur, weil es Samira wünschte. Der Hund durchschaute mich mit seinen klugen Augen. Bald hatte ich mich an das Bellen und Knurren gewöhnt, mit dem er mich empfing, und er gewöhnte sich an meine Besuche.

Mit der Zeit akzeptierte mich sogar Samiras Vater und nannte mich seinen »Schwiegersohn«. Der inzwischen ausgewachsene Deutsche Schäferhund mochte mich dagegen immer weniger. Ich hatte nicht den Eindruck, dass er generell eifersüchtig war, wie Samiras Mutter sein Knurren erklärte, denn bei anderen Männern, die Samira ebenfalls mochten, vor allem bei diesem reichen Juwelier Sami, der mit fast dreißig einem jungen Schulmädchen den Hof machte, erschien mir Zorro zuvorkommend und bisweilen unterwürfig.

Dass es zu einem zweiten Biss kam, hatte mit meiner Dummheit und Leichtgläubigkeit zu tun.

Ich war fast vierzehn und verbrachte den Sommer in den Bergen. Dort gab mir ein Bauernjunge den Rat, ich bräuchte mich, wenn ich einen Hund sehe, nur nach einem Stein zu bücken, und schon würden die Hunde wegrennen. Die sadistischen Bauernjungen traktierten die Hunde nämlich ziemlich oft mit ihren Steinen und Stöcken.

Zweimal funktionierte der Trick tatsächlich. Die Hunde jaulten und suchten mit eingezogenem Schwanz das Weite, sobald ich theatralisch nach einem Stein suchte. Beim dritten Mal funktionierte es nicht. Es war ein Hirtenhund, der, wie ich leider erst hinterher erfuhr, bereits zwei Wölfe erledigt hatte und noch nie mit einem Stein beworfen worden war. Ein großer, stolzer schwarzer Hund. Sein Angriff kam so schnell, dass ich kaum begriff, was geschah. Er stieß mich um und biss mich in den Bauch. Sein Besitzer eilte herbei und rief den Hund mit einem Pfiff zu sich. Mir warf er einen verächtlichen Blick zu, als wollte er mir sagen: Mein Hund greift nur Wölfe und Dummköpfe an. Eine Nachbarin meinte, ich sei selbst schuld, weil ich nach dem Stein gegriffen hätte.

Die Wunde wurde nur notdürftig versorgt. Als mein Vater sie abends sah, schüttelte er den Kopf, packte mich in seinen Fiat und fuhr mich noch in derselben Nacht nach Damaskus. Ich wurde genäht und mit allen möglichen Arzneimitteln vollgepumpt. Ich sagte dem Arzt, ich sei bereits geimpft, aber mein Vater bat um eine weitere Tetanusspritze, weil der frühere Arzt angeblich ein falsches Mittel gebraucht hatte. Mein Zustand verschlechterte sich. Ich bekam Fieber, Durchfall, Kopfschmerzen und Halluzinationen. Diesmal dauerte der Zustand nicht nur ein paar Tage, sondern über eine Woche. Die Ärzte lobten meinen Vater für sein beherztes Handeln. Ich wäre, meinten sie, bestimmt gestorben, wenn er mich nicht so schnell ins Krankenhaus gebracht hätte.

Meinen Vater besänftigte das Lob nicht. »Schon wieder wurden die falschen Medikamente eingesetzt, die kaum Wirkung zeigen, dafür aber schlimme Nebenwirkungen haben«, sagte er mit Verbitterung in der Stimme. Meine Mutter jedoch beruhigte mich. Sie habe zehn Kerzen für die heilige Maria angezündet, zwei mehr als beim letzten Mal, die würden sicher ihre Wirkung tun.

Samira besuchte mich täglich, und im Krankenhaus sagte sie mir, dass sie mich liebe und keinen anderen als mich heiraten wolle.

Ich las in ihren Augen wie in einem offenen Buch, dass sie wirklich so dachte. Sie erschrak allerdings, als ich sie fragte, warum sie dann gerade jetzt an diesen Sami denke, denn sein Name stand deutlich in ihren Augen geschrieben.

»Woher weißt du das?«, fragte sie verlegen. »Er ist verliebt in mich, aber er nervt mich mit seinen Blumen.«

Das war die erste Lüge, die Samira mir auftischte. Ich schwieg.

Mein Zustand besserte sich langsam, und ich kam abermals mit dieser wundersamen Fähigkeit aus dem Krankenhaus, zu wissen, was die Leute dachten, während sie mit mir sprachen, solange sie mir nur in die Augen schauten. Diesmal hielt das wundersame Phänomen fast ein halbes Jahr an, aber es machte mir das Leben nicht leichter. Zuerst war ich begeistert, aber nachdem ich zwei Freunde verloren hatte, denen ich ins Gesicht sagte, dass sie logen, wurde ich vorsichtiger. Jetzt tat ich oft so, als würde ich die Augensprache nicht verstehen. Und das war verdammt schwer.

Zum Beispiel musste ich vortäuschen, ich verstünde nicht, warum Sami, der fünfzehn Jahre älter als Samira war, »zufällig« ins Haus kam und von ihren Eltern besonders freundlich behandelt wurde.

Etwas Seltsames ereignete sich in dieser Zeit. Die Gesichter von Samiras Eltern veränderten sich. Sie wurden hündischer. Ich teilte Samira meine Beobachtung mit, und sie lachte mich aus, aber sie lachte nicht mehr, als ihr Vater erzählte, auf dem Flug Rom-Damaskus habe er unter den Passagieren drei Schmuggler erkannt. Er roch die Drogen, die im doppelten Boden ihrer Taschen sorgfältig versteckt waren. Er bekam eine Prämie, auf die er sehr stolz war.

Er konnte aus drei Metern Entfernung riechen, was ein Nachbar zwei Stunden zuvor gegessen hatte.

Und dann erwischte er einen Schmuggler, der eine Menge Rauschgift im Handgepäck und am Körper trug. Der Mann wurde zornig und gewalttätig, aber als Samiras Vater ihn ansprang und ihm ein Stück seines Ohres abbiss, brach der Mann zusammen und jammerte, war nur noch ein Häuflein Elend.

Niemand wunderte sich darüber, dass ein Mann im Streit das Ohr seines Rivalen abbiss. Und keiner außer mir merkte, dass sich Samiras Vater in einen exzellenten und dazu bissigen Drogenhund verwandelt hatte. Der Leiter des Flughafens merkte bald, dass dieser Steward mehr Schmuggler erwischte als die zwanzig Männer der Zollbehörde. Er sorgte dafür, dass Samiras Vater am Flughafen mit seiner genialen Nase alle Gepäckstücke beschnüffelte. Fehlerquote: ein Prozent. Er war stolz auf seine Fähigkeit, und er musste nicht mehr fliegen. Die Prämien regneten nur so auf ihn herab. Sein Name stand in der Zeitung: der Mann mit der wundersamen Nase.

Mir gegenüber aber wurde er abweisender. Irgendwann hörte er auf, mich »Schwiegersohn« zu nennen. Und in Samiras Augen wuchs die Stelle, die man »Sympathie für Sami« nennen könnte. Ich sagte nichts. Später erst sollte ich erfah-

230

ren, dass dieses Schweigen ein Hauptmerkmal von »Katzenmenschen« ist. »Hundemenschen« dagegen sind redselig.

Ich schwieg also und genoss Samiras Küsse. Zorro knurrte.

In den darauffolgenden Monaten erlebte unsere Gasse etwas, das bisher niemand je gesehen hatte, den lesenden und rechnenden Hund. Und das kam so: Samiras Mutter war von Anfang an überzeugt, dieser Hund »Made in Germany« sei besonders intelligent. Sie übertrieb mit der Beschreibung seiner Klugheit und erntete Gelächter. Eines schönen Tages erzählte sie uns, die erste Tierarztpraxis in Damaskus sei eröffnet worden. Der Doktor würde auch die Seele der Tiere behandeln. Sofort rannte sie mit Zorro hin, da dieser angeblich kaum noch Appetit zeigte und den ganzen Tag schlief oder gähnte. Gerührt kam sie zurück, mit der Behauptung, Zorro sei unterfordert und langweile sich zu Tode, und deshalb solle er anspruchsvolle Aufgaben bekommen. Er könne rechnen und lesen lernen. Sie solle zweimal in der Woche mit ihm zum Arzt gehen.

Samira und ich lachten über die leichtgläubige Mutter.

»Warum soll ein Hund rechnen?«, fragte ich.

»Und welches Alphabet lernt er? Das Wau-Wau-Alphabet?«, giftete Samira. Die Mutter schüttelte nur den Kopf. »Ihr seid noch Kinder«, flüsterte sie im Hinausgehen.

Monatelang ging sie mit dem Hund zum Arzt. Samiras Vater war ebenfalls überzeugt von der Behandlung. Er zahlte und bewunderte Zorros Fortschritte. Eines Tages dann führte die Mutter vor der Nachbarschaft die Fähigkeiten ihres deutschen Hundes vor. »Zwei und fünf?«, fragte die Mutter, und die Nachbarn staunten, als der Hund mit seiner Pfote siebenmal auf eine kleine Trommel klopfte, die sie ihm entgegenhielt. »Zwei geteilt durch zwei«, und der Hund klopfte tatsächlich nur einmal. Wurzel aus neun. Der Hund klopfte dreimal.

»Um Gottes willen! Das ist ja phänomenal!«, rief der Mathematiklehrer. Die meisten Nachbarn dagegen wussten nicht, was die Wurzel einer Zahl ist.

»Wie geht es dir?«, fragte Samiras Mutter mit vor Stolz geschwellter Brust, und der Hund klopfte die jeweiligen Buchstaben. Jeder Buchstabe war durch eine Klopfzahl auf einer großen Tafel dargestellt. Die Leute konnten sehen, dass er sinnvolle Antworten gab.

»Fabelhaft«, riefen einige der Anwesenden. Tante Fadia bekreuzigte sich. »Heilige Maria! Das ist ein Teufelswerk.«

Es war aber kein Teufelswerk, denn der Teufel ist zu klug, als dass er mit solchen Zirkustricks arbeiten müsste.

Samiras Mutter, die früher kaum das Haus verlassen hatte, ging nun täglich mit dem Hund spazieren, und plötzlich sprachen sie nicht nur Nachbarn, sondern auch fremde Leute an. Sie erkundigten sich nach dem Hund und hörten erstaunt zu, was die Frau zu berichten hatte. So wie Oldtimer nicht viel als Fortbewegungsmittel taugen, aber viel Gesprächsstoff bieten, werden Hunde weniger als Wach-, Hirten- oder Jagdhunde wahrgenommen, sondern dienen ihren Besitzern dazu, sich interessant zu machen. Ob Killerbestien oder synthetische Schoßhunde, die außer Zittern nichts fertigbringen, ihre Besitzer stehen im Mittelpunkt des Interesses.

Samiras Mutter mochte den Hund so sehr, dass es mir manchmal vorkam, es wäre mehr als bloße Zuneigung. Oder war das nur eine böse Unterstellung, weil sie mich nicht mehr so gerne bei ihrer Tochter sah? Doch auch Samira vertraute mir an, ihre Eltern streichelten und küssten Zorro mehr als sich gegenseitig.

Irgendwann durchschaute Samira den Trick ihrer Mutter. Zorro war darauf dressiert worden, bestimmte Signale seiner Herrin zu verstehen. Ein für das Publikum unauffälliger

Wimpernschlag, eine kaum wahrnehmbare Bewegung des Daumens, und der Hund hörte auf zu klopfen, nämlich dann, wenn die richtige Klopfzahl erreicht war. Samiras Mutter gab ihre Trickserei nie zu, und Zorro vergaß diese Episode in seinem Leben bald. Er war trotzdem klug, aber anders als die Menschen.

Vielleicht sind wir noch zu rückständig, um das zu verstehen. Tiere denken vielleicht nicht in Wörtern, sondern in Farben, in elektromagnetischen Wellen, Gerüchen und Tönen, die sie intensiver als der Mensch aufnehmen können. Dazu kommt ein sagenhaftes Erinnerungsvermögen, das bei etlichen Tieren viel ausgeprägter ist als beim Menschen.

Manchmal hielt Zorro mitten im Spiel mit Samira inne, schien sich nicht mehr dafür zu interessieren. Nicht selten begann er dann, scheinbar »unbegründet« zu bellen oder wie verrückt zur geschlossenen Tür oder zum Fenster zu rennen, als wolle er hinaus. Samira und ich hörten, sahen und rochen nichts. Aber fünf Minuten später klopfte die Mutter, die vom Einkaufen zurückkam, an die Tür. Einmal war der Grund seiner Unruhe ein Feuer, das fünf Häuser weiter in einer Küche ausgebrochen war.

Wir sprachen viel über die Tiere, und ich durchforstete die Büchereien und Buchhandlungen nach entsprechender Lektüre. Stolz erzählte ich Samira, was ich inzwischen wusste, und sie hörte gespannt zu. In solchen Augenblicken verschwand Sami aus ihren Augen.

Heute, nach über fünfzig Jahren, erinnere ich mich noch genau an den Tag, an dem mich Zorro gebissen hat. Ich war achtzehn und stand kurz vor dem Abitur, ebenso wie Samira. Ich werde den Tag nicht vergessen, weil Samira mir an diesem Tag eröffnet hat, sie wolle mich ihr Leben lang lieben, aber heiraten werde sie Sami. In ihren Augen war keine Spur von

Lüge. Sie weinte, und ich weinte mit ihr. Wir küssten uns ungestüm, und plötzlich zerriss ein Schmerz meine Wade, als hätte sich ein glühender Pfeil hineingebohrt. Ich schrie auf und sah, wie der Hund seine Zähne in mein Fleisch grub.

»Zorro! Aufhören! Böser Zorro!«, rief Samira entsetzt, und zum ersten Mal versetzte sie ihrem Liebling einen Tritt in den Bauch, der ihn völlig durcheinanderbrachte. Er ließ von mir ab. Da traf ihn ein kräftiger Schlag von Samiras flacher Hand. Er jaulte erbärmlich auf. Blut spritzte von meinem Bein. Samira behielt die Nerven und band mir blitzschnell das Bein oberhalb der großen Wunde ab. Sie schrie laut nach ihrer Mutter, die entsetzt den Notarzt rief. Und so lag ich ein drittes Mal im Krankenhaus.

»Sag mal«, scherzte der Oberarzt, »warum mögen die Hunde dein Fleisch so sehr?«

Zehn Zentimeter lang war die Wunde, und weil sie keine glatten Ränder hatte, sondern das Bein ziemlich zerfetzt war, musste sie mit zwanzig Stichen genäht werden. Bis heute trage ich die Narbe als Erinnerung an Zorro. Sie ist zackig wie das Z, das Zorro, der »Rächer der Armen«, im Film als Visitenkarte überall zurückließ.

Mein Körper reagierte diesmal noch heftiger als zuvor, mein Vater führte das auf die schlechte Behandlung beim letzten Biss zurück. Er überzeugte den Chefarzt, mir noch einmal eine Tetanusspritze zu geben. Über zwei Wochen musste ich auf der Intensivstation bleiben.

Schließlich wurde ich aus dem Krankenhaus entlassen. Ich war abgemagert bis aufs Skelett. Als ich mich zum ersten Mal wieder mit jemandem unterhielt, merkte ich, dass ich die Augensprache der Menschen diesmal nicht verstand. Die große Überraschung aber sollte erst noch kommen. Am Nachmittag tauchte Samira bei uns auf. Hinter ihr trottete Zorro. Sie trug bereits den Verlobungsring, dennoch scheute sie das Geschwätz der Nachbarn nicht, die von unserer Liebesbeziehung wussten.

»Er will sich bei dir entschuldigen«, sagte sie. Ich schaute Zorro an und erschrak. Ich konnte in seinen Augen lesen, dass es ihm leidtat. Samira ließ uns allein und ging zu meiner Mutter in die Küche. Sie bewunderte deren Kochkunst.

Der Hund schaute mich mit traurigen Augen an. Ich las darin folgende Botschaft: Er habe mich gebissen, weil ich eine Katze sei. Woher er das wissen wolle, fragte ich zurück. Ich dachte, er spinnt. Aber seine Antwort kam prompt, nein, er spinne nicht, Hunde seien Experten für die Seele des plappernden Zweibeiners, schließlich beobachteten sie ihn seit Jahrtausenden. Der Mensch trage immer ein Tier in sich, und dieses Tier präge ihn. Mancher halte einen Affen in seiner Seele verborgen, ein anderer eine kleine oder große Katze, ein Dritter einen Hund. Manch einer verwandele sich laufend, mal sei er ein Affe, mal ein Hund und ein anderes Mal ein Esel.

»Du bist ein Katzenmensch«, sagte Zorro. »Deshalb wirst du von jedem Hund gebissen, sobald du dich wie eine jämmerliche kleine Katze verhältst. Bist du ein Löwe, so gehen dir die Hunde aus dem Weg. Es sei denn, sie kommen in der Meute«, sagten Zorros Augen mit Nachdruck.

Als er mich gebissen habe, sei ich eine kleine, jämmerlich heulende Katze gewesen, und da konnte er der Versuchung nicht widerstehen, eine Erzfeindin einmal richtig zu beißen.

»Und was, wenn ich mich wie ein Löwe fühle?«

»Bitte nicht, bitte nicht«, jammerte der Hund.

In diesem Augenblick kam Samira ins Zimmer, und ich zog sie zu mir heran. Sie setzte sich lachend auf meinen Schoß.

235

»Ich bin ein Löwe, und schau mal, wie ich deine Herrin auffresse«, sagte ich zu Zorro.

»Bitte nicht«, flehte der Hund und jaulte erbärmlich. Ich drückte Samira an mich und küsste sie auf den Mund, bis sie kaum noch atmen konnte.

»Mein Gott, was ist in dich gefahren? Du frisst mich bald auf«, sagte sie vergnügt und wonnevoll.

»Ich bin ein Löwe«, sagte ich. Zorro kuschte mit untertänigem Blick. Er flehte mit seinen Augen, ich solle ihm bitte den kleinen Biss verzeihen. »Schon geschehen«, erwiderte ich ihm von Auge zu Auge und küsste Samira wieder.

»Ich muss dich küssen, damit ich zunehme«, sagte ich und saugte an ihrem Ohrläppchen.

»Wenn du so weitermachst, wirst du bald wie ein Nilpferd aussehen, und von mir bleibt nur ein Häuflein Knochen«, erwiderte sie.

Sie blieb meine Geliebte, bis ich mein Land verließ.

Meine Fähigkeit, die Augensprache der Hunde zu verstehen, behielt ich lange Jahrzehnte, und bis zum Sommer 2015 wurde ich nie wieder von einem Hund gebissen. Es reichte, wenn ich einem Hund bei der Begegnung von Auge zu Auge deutlich machte, dass ich ein Löwe war und ihm erlaubte, am Leben zu bleiben.

Am 10. Juli 2015 aber hat mich eine Wespe an der Schläfe gestochen. Kurz darauf griff mich Quattro, der kleine Rauhaardackel meines Nachbarn, an. Er erwischte aber nur meine Jeans. Zum Glück eilte sein Herrchen herbei und zog ihn schnell zurück. Ich war zutiefst erschrocken, denn ich dachte, ich hätte dem Dackel klargemacht, dass ich ein Löwe war. Als ich ihm ins Gesicht sah, wunderte ich mich über die gähnende Leere seiner Augen.

Seitdem kann ich mit keinem Hund mehr sprechen.

Einsamkeit

Im ersten Verhör der Kriminalpolizei gab Florian L. zu Protokoll, er wisse nicht, warum er an jenem Tag ohne ersichtlichen Grund in die Zoohandlung gegangen sei. Ein halbes Jahr später soll er einem Psychiater leise anvertraut haben, der Todesengel habe ihn geschickt, und eine Woche darauf behauptete er, die Göttin der Gerechtigkeit sei Triebkraft für den Besuch der Tierhandlung gewesen, der sein Leben verändern sollte.

Es war an einem Samstagvormittag gewesen, als er die Zoohandlung in der Plöck, nicht weit von der Universitätsbibliothek in Heidelberg, betrat und eine Zeitlang zwei Wellensittiche betrachtete, die einander zu küssen schienen.

»Kann ich Ihnen helfen?«, hörte er eine Stimme hinter sich. Er drehte sich um. Und sah ihr Lächeln. Vermutlich wirkte die Frau auf alle, die ihr begegneten, »angenehm normal«, nicht weiter ungewöhnlich, aber Florian rührte dieses Lächeln bis in die tiefste Faser seines Herzens. Er war wie verzaubert, sprachlos, als stünde er vor einer atemberaubenden Landschaft.

»Ich weiß nicht ... ich weiß nicht«, stotterte er. Wäre er mutig genug gewesen, hätte er »Ich habe gerade gefunden, was ich seit zehn Jahren suche, dein Lächeln nämlich, mit dem jeder Morgen zum Tor des Paradieses wird« gesagt. Aber nicht nur der Mut fehlte ihm, auch die Worte wollten sich nicht einstellen. Er war Requisiteur am Theater und zauberte Welten auf die Bühne. Dafür aber musste er nicht viel reden, und wenn, dann nur nüchtern und sachlich.

»Lassen Sie sich ruhig Zeit«, sagte die Frau und machte sich wieder an ihre Arbeit.

Da nahm Florian alle Reste seines Muts zusammen. »Nein, lieber möchte ich, dass Sie mich beraten. Bleiben ...«, es reichte nicht mehr für die Worte, die den Satz eigentlich beenden sollten: »... Sie bitte bei mir.«

Die Frau lächelte verlegen. »In welche Richtung soll es denn gehen?« Als er zögerte, fuhr sie fort: »Ist das Tier für ein Kind oder für einen Erwachsenen?«

»Für mich«, antwortete Florian. In diesem Augenblick war er gleichzeitig ein Kind, das sich, umgarnt von ihrem Lächeln, wohl und geborgen fühlte, und ein Erwachsener, den eine große Unruhe erfasste. »Es soll möglichst pflegeleicht sein«, ergänzte er, da er anders als in gebratener, gekochter oder gegrillter Form noch nie mit Tieren zu tun gehabt hatte. Er war in der Stadt in einer einfachen Beamtenfamilie groß geworden, da hatte es keine Möglichkeit gegeben, Tieren zu begegnen.

»Vielleicht ein Aquarium mit Fischen? Das ist schön und einfach in der Pflege«, schlug die Verkäuferin vor, deren professionelles Gespür sie ahnen ließ, dass der Mann zum ersten Mal in seinem Leben ein Haustier erwerben wollte.

»Ja«, hörte Florian sich sagen, während seine Nase den angenehmen Duft der Frau aufnahm, der ihn an Apfelblüten erinnerte.

»Hier«, fuhr die Verkäuferin fort und zeigte auf ein leeres Aquarium, »dieses könnte ich Ihnen empfehlen. Zu klein sollte es für den Anfang nämlich nicht sein. Sonst haben Sie all die Arbeit, aber wenig Freude, weil kaum Fische darin Platz haben. Dieses hier hat hundertsechzig Liter Volumen, eine Pumpe, einen Filter und eine Abdeckung mit Beleuchtung. Sie können bei uns auch gleich Kies und Sand für den Boden kaufen. Es gibt, wenn Sie wünschen, sogar einen Unterschrank, in dem Sie Futter und alles verstauen können, was Sie zur Pflege brauchen.«

Sie schien alle Zeit der Welt für ihn zu haben. Ihre Kollegen kümmerten sich um die anderen Kunden, die zu dieser Stunde in die Zoohandlung kamen. Sie erklärte ihm in aller Ausführlichkeit, wie man mit dem Aquarium umgehen sollte, und er fragte immer neugieriger nach. Als er schließlich das Regal mit den Dekorationsartikeln entdeckte, meinte sie, den Fischen sei es egal, ob sich ein Wrack der *Titanic,* ein Piratenschiff oder ein Taucher als Dekor im Aquarium befände, und ließ durchblicken, dass sie all dieses Zubehör ohnehin für Kitsch hielt. Hauptsache, das Aquarium stehe nicht in der Sonne, da dies zu starkem Algenwuchs führe. Mit Engelsgeduld gab sie über alles Auskunft, vom Futter bis zur idealen Wassertemperatur und -qualität. Auch über Krankheitserreger und Medikamente klärte sie ihn auf. Normalerweise hätte sein Kopf schon längst angefangen zu brummen. Jetzt aber wünschte er sich, mit der Verkäuferin auf einer Insel zu sein und mit ihr gemeinsam alle Fische des Meeres zu betrachten.

Schließlich fragte er sie um Rat, für welche Fische er sich entscheiden solle, und flocht unauffällig die Information ein, dass er allein lebe und berufstätig sei. Seine sprachliche Flechtkunst allerdings war miserabel. Er fand seine Andeutung selbst ziemlich plump. Die Verkäuferin schien sie jedoch überhört zu haben und empfahl ihm für den Anfang robuste Fischarten. Und so vernahm er zum ersten Mal in seinem Leben die vielfältigen Namen der schönen kleinen Fische: Zahnkarpfen, Guppy, Schwertträger, Schwarze Molly, Neonfisch. Zu seiner Überraschung gab es sogar Fische, die Scheiben und Boden putzten.

Florian bezahlte, und die freundliche Frau beauftragte

einen jungen Burschen, Florian samt seiner Anschaffung nach Hause zu begleiten.

Zum Abschied drückte sie ihm die Hand und lächelte erneut, sodass Florian sich fast vergessen und die Frau umarmt hätte. So viel Freundlichkeit hatte er bestimmt zehn Jahre nicht mehr erlebt. Erst nach einer ganzen Weile gab er ihre Hand wieder frei.

»Wenn Sie irgendetwas brauchen, schauen Sie einfach vorbei«, sagte die Verkäuferin noch.

Florian nickte und sah in diesem Moment, dass sie zwei Eheringe an ihrem Finger stecken hatte.

Sie ist Witwe, dachte er erfreut.

In der darauffolgenden Nacht schlief er kaum. Er hatte Aquarium und Schrank aufgebaut. Zu seiner freudigen Überraschung funktionierte alles bestens. Und mit jedem Handgriff hatte er an das Lächeln der Frau gedacht. Als er am nächsten Morgen aufwachte, fand er, seine Wohnung hatte mit dem beleuchteten Aquarium und den bunten Fischen darin etwas Zauberhaftes gewonnen.

Als er die Fische fütterte, erinnerten sie ihn an verspielte Kinder. Er hatte sich immer Nachwuchs gewünscht, aber Elisabeth, seine Exfrau, konnte Kinder nicht ausstehen. Als sie schwanger wurde, trennte sie sich von ihm und dem Embryo. Endgültig.

In der Mittagspause ging Florian wieder in die Zoohandlung. Die Verkäuferin kam mit besorgtem Gesicht auf ihn zu. Ihr Blick schien zu fragen, ob etwas schiefgegangen sei.

»Das Aquarium ist wunderschön«, flüsterte er kaum hörbar. »Danke.«

Sie lächelte erleichtert, und Florian überlegte fieberhaft, wie er möglichst beiläufig auf die Theaterkarte zu sprechen kommen könnte, die er in seiner Tasche stecken hatte. Am Abend stand *Così fan tutte* auf dem Programm.

»Können Sie Italienisch?«, fragte er schließlich.

»Ja, meine Mutter ist Italienerin. Warum?«

»Ich habe Ihnen eine Karte für eine Oper von Mozart mitgebracht, als Dank. Mögen Sie Mozart?«

»Sehr«, sagte sie. »Als Kind wollte ich sogar Sängerin werden, aber es sollte anders kommen.« Ein Hauch von Trauer wehte über ihr Gesicht. Er zog die Karte aus der Tasche und überreichte sie ihr.

Sie war sichtlich überrascht. »Und Sie? Sie laden mich ein und gehen nicht mit?«

»Ich werde ebenfalls im Haus sein, allerdings hinter der Bühne, von dort aus kann ich Sie immerhin sehen. Ich bin Requisiteur. Mein Name ist Florian«, fügte er rasch hinzu, bevor der Mut ihn verließ.

»Ach so!«, sagte sie erleichtert. »Ich freue mich sehr darüber.«

Draußen auf der Straße schalt Florian sich, dass er so feige gewesen war und sie nicht nach ihrem Namen gefragt hatte.

Abends im Theater sah er sie der Musik lauschen und lachen und vergaß darüber manchmal sogar seine Arbeit. Nach der Vorstellung lud er sie zu einem Glas Wein ein. Aber sie entschuldigte sich umständlich und eilte davon.

Am nächsten Tag hatte er frei. Wieder lenkten ihn seine Schritte in die Zoohandlung. Die Frau war vollkommen durcheinander. Offensichtlich hatte sie sich bemüht, ihre verweinten Augen mit Schminke zu vertuschen, aber ihr Blick schien in einem See aus Traurigkeit zu ertrinken.

»Was ist denn los?«, fragte er, als er merkte, dass sie mit aller Kraft die Tränen zurückhielt. Sie antwortete nicht.

»Gut«, sagte er, weil er nichts anderes zu sagen wusste.

»Heute möchte ich einen Hamster kaufen, mit Käfig und allem Drum und Dran.«

Sie lächelte verlegen. »Das meinen Sie nicht ernst.«

»Doch, doch, und ich wünsche, dass Sie mich so ausführlich beraten wie bei den Fischen, damit sich der Hamster bei mir wohlfühlt.«

Nachdem sie ihm alles erklärt hatte, bezahlte er und sie begleitete ihn zur Tür. Da fasste er sich ein Herz und fragte, ob sie nicht abends mit ihm ausgehen wolle.

Aber sie schüttelte den Kopf.

In den darauffolgenden Tagen und Wochen kehrte er immer wieder in die Zoohandlung zurück. Beim Kauf einer Schildkröte erfuhr er, dass die Frau Melanie hieß. Und so nannte er die beiden Wellensittiche, die er beim nächsten Mal erstand, Florian und Melanie. Beim grauen Papagei duzten sie sich. Er erfuhr, dass sie in der Rohrbacher Straße zu Hause war, nicht einmal zehn Minuten entfernt von seiner Wohnung. Er schenkte ihr eine Theaterkarte für *Romeo und Julia*, diesmal für einen Tag, an dem er freihatte, und sein Chef staunte nicht wenig, als er Florian in weiblicher Begleitung ins Theater kommen sah.

Am Wochenende darauf lud er Melanie das erste Mal zu sich nach Hause ein. Den ganzen Vormittag über hatte er die Wohnung geputzt und die Tiere besonders gut gepflegt.

Als sie kam, war sie überwältigt von dem freundlichen Empfang. Die Tiere schienen sie wiederzuerkennen und sich mit Florian zu freuen.

»Sie mögen dich auch«, sagte er. Den Satz hatte er sich zurechtgelegt. Sie lächelte.

Sie setzten sich zu Kaffee und Kuchen. Immer wieder entschlüpfte ihr ein fröhliches Lachen, in dem Distelfinken und Spatzen zu wohnen schienen. Irgendwann, es war schon einige Zeit vergangen, berührte er ihre Hand. Melanie zuckte zusammen und zog die Hand zurück. Ihr Lachen war wie von einer plötzlichen Stille aufgesaugt.

»Alles, nur das nicht«, sagte sie mit gesenktem Blick. Nach einem Moment des Schweigens fuhr sie fort, er sei ein feiner Mann, und sie bedaure sehr, ihn nicht früher getroffen zu haben. Nachdem ihr Ehemann vor zwei Jahren überraschend gestorben sei, lebe sie jetzt wieder mit einem Mann zusammen. Sie liebe ihn, aber er sei sehr eifersüchtig. Sie habe Mitleid mit ihm, weil er ihr nicht glauben könne, dass sie ihm immer treu sei. Er lese ihre Tagebücher und durchsuche ihre Kleider nach irgendwelchen Hinweisen. Jedes Mal, wenn sie ausgehe, verhöre er sie regelrecht. Und dann gestand sie Florian, dass ihr Freund sie nach dem ersten Abend in der Oper geschlagen habe, weil sie so fröhlich und beschwingt nach Hause gekommen war.

»Geschlagen?«, fragte Florian entsetzt. Sie nickte und erzählte ihm dann von ihren verzweifelten Versuchen, sich von ihrem Liebhaber zu trennen. Aber ein ums andere Mal sei sie zu ihm zurückgekehrt. Sie war wie süchtig nach ihm. In seiner Nähe genoss sie das Feuer, das sie manchmal zu verbrennen drohte. Hielt sie mehr Abstand, fühlte sie sich elend.

Florian hatte den Eindruck, dass Melanie in der Illusion lebte, diesen gewalttätigen Mann durch liebevolle Duldung heilen zu können. Aber er versprach, sie nicht wieder anzufassen, wünschte sich lediglich, sie so oft wie möglich zu sehen. Melanie nickte erleichtert.

Von nun an kam sie immer wieder, und er erzählte ihr von seinen Erlebnissen mit den Tieren. Sie halfen ihm dabei, sich von seinem Elend abzulenken, das ihn seit seiner Kindheit in einem »Totenhaus«, wie er es nannte, umschlossen hielt. Zärtlichkeit war dort ein Fremdwort gewesen. Er konnte sich nicht daran erinnern, dass seine Eltern sich je vor seinen Augen geküsst oder ihren Sohn liebkost hätten.

Melanie hörte aufmerksam zu, was er zu erzählen hatte, und heiterte ihn immer wieder auf. Nach etwa einem Monat vertraute sie ihm an, dass sie sich nirgends so wohl und gelassen fühlte, wie wenn sie bei ihm saß oder sich mit seinen Tieren beschäftigte. Zum Geburtstag schenkte sie ihm einen schönen Kanarienvogel, dessen Gesang ihn verzauberte. Es war das erste Geburtstagsgeschenk, das er je erhalten hatte. Seine Eltern kannten diesen Brauch nicht, und Elisabeth, seine Exfrau, feierte selten Geburtstage. Florian erfuhr nie, wie Melanie das Datum seines Geburtstags herausgefunden hatte, viel wichtiger aber war, dass sie ihm zur Feier des Tages einen Kuss auf die Wange drückte. Er war den Tränen nahe. Und die Erhabenheit des Augenblicks ließ ihm sein Elend noch bitterer werden.

Florian ging routiniert seiner Arbeit nach und wurde immer schweigsamer. Seinen Chef störte das wenig. Dass Florian jedoch keine Überstunden mehr machen und keine kranken Kollegen vertreten wollte, das missfiel ihm sehr.

Nach der Arbeit ging Florian lieber rasch nach Hause, um sich mit den Tieren zu beschäftigen, die immer zutraulicher wurden. Und nach wie vor schienen alle Tiere auch Melanie zu lieben. Sobald sie die Wohnung betrat, wurden sie von einer freudigen Unruhe erfasst. Lächelnd fütterte Melanie die Tiere und säuberte gemeinsam mit Florian das Aquarium sowie die Käfige. Sie ermutigte ihn, die Kanarienvögel und Wellensittiche in der Wohnung fliegen zu lassen; wenn sie genug davon hatten, kehrten sie freiwillig in ihre Käfige zurück.

Etwa nach einem Vierteljahr vertraute Melanie ihm an, dass sie ihren Freund belüge, wenn er sie frage, warum sie so guter Dinge sei. Florian freute sich darüber und hoffte schon, ihre Abhängigkeit bekäme erste Risse.

So offen Melanie war, so verschwiegen blieb er selbst. Er gestand ihr nicht, dass er seinen Job verloren hatte, weil er angeblich seine Arbeit vernachlässigt hatte. Fieberhaft suchte er nach einer neuen Beschäftigung, ohne Erfolg. Wirklichen Kummer bereitete ihm dies jedoch nicht. Er hatte etwas Geld geerbt und gut angelegt, sodass er nichts zu fürchten hatte. Während er auf Melanie wartete, pflegte er hingebungsvoll seine Tiere.

Immer mehr reifte in ihm die Idee, eine schöne eigene Zoohandlung aufzumachen. Er schmiedete Pläne, recherchierte in Katalogen und auf Internetseiten, grübelte und kalkulierte. Drei Monate nach seiner Entlassung wollte er Melanie zu ihrem Geburtstag den Vorschlag unterbreiten.

Sie kam am Nachmittag. Kuchen und frischer Kaffee standen bereits auf dem liebevoll, wenn auch ein wenig unbeholfen geschmückten Tisch. Melanie erzählte, dass ihr Freund geschäftlich in Stuttgart war und erst am späten Abend zurückkommen würde. Anders als sonst aber wirkte sie nicht fröhlich, sondern eher nervös. Florian wollte ihr gerade von seinem Vorhaben erzählen und ihr den großen Umschlag mit den Plänen überreichen, da brach Melanie in Tränen aus. Ihr Freund habe herausgefunden, berichtete sie schluchzend, dass sie oft einen anderen Mann besuchen gehe. Er habe sie in der vergangenen Nacht geschlagen und ihr damit gedroht, sie und Florian zu erschießen, wenn sie ihn, den Freund, verlassen würde. Sogar die Pistole habe er ihr gezeigt. Dann aber habe er zu weinen begonnen und ihr die Füße geküsst und sie angefleht, bei ihm zu bleiben. Melanie war völlig aufgelöst.

Der Hamster erstarrte in seinem Laufrad, die Schildkröte streckte ihren Kopf aus dem Panzer heraus, so weit sie konnte, und Papagei, Kanarienvogel und Wellensittich blickten Melanie mit traurigen Augen an. Nur die Fische schwammen gleichgültig wie immer umher.

Melanie weinte wie ein Kind. Verzweifelt ließ sie sich von Florian in den Arm nehmen und lehnte ihren Kopf an seine Brust. Er küsste sie auf die Stirn.

»Du musst weg von ihm. Er wird dich zugrunde richten«, sagte er nachdrücklich. Schluchzend schob sie ihn von sich und schaute ihn mit verweinten Augen an.

»Ich kann nicht«, sagte sie. »Verzeih mir.« Mit diesen Worten wandte sie sich von ihm ab und lief davon. Noch bevor er wusste, wie ihm geschah, hörte er die Wohnungstür ins Schloss fallen. Er lief hinter ihr her, aber sie war verschwunden, wie vom Erdboden verschluckt.

Am nächsten Tag bat sie ihn herzlich, sie nicht mehr in der Zoohandlung zu besuchen. Die Kolleginnen hätten angefangen zu tuscheln, und bestimmt hätte ihr Freund von ihnen erfahren, dass Florian ihretwegen in das Geschäft kam.

Seine Sehnsucht musste er von nun an in Fesseln legen. Er verfluchte seine Füße, die ihn immer wieder in die Nähe der Zoohandlung trugen. Mit der Zeit versank er in einem tiefen dunklen Loch aus Kummer und Trauer.

Viele Wochen später, an einem sonnigen Septembertag, saß Florian traurig auf einer Bank in der Nähe des Bahnhofs und beobachtete junge Männer und Frauen, die fröhlich Hand in Hand durch die Straße gingen. Beim Anblick der glücklichen Paare bekam er vor Einsamkeit einen bitteren Geschmack im Mund. Er wusste, dass er gescheitert war.

Ein Mann setzte sich neben ihn, sie kamen ins Gespräch, und bald tranken sie in der Bahnhofskneipe ein Bier zusammen. Beim dritten Bier lud ihn Heiner zu sich nach Hause ein, um eine Kleinigkeit zu essen und zu plaudern. Florian fühlte sich erleichtert. Sie tranken ziemlich viel, und irgendwann zog Heiner eine kleine Papiertüte aus seiner Westentasche. Er kippte den Inhalt auf die Glasplatte des Wohnzimmertisches und schob das weiße Pulver mit seiner Kreditkarte zu einer Linie zusammen. Dann holte er ein Schnupfröhrchen aus einer Kommodenschublade, drückte das eine Nasenloch zu und sog das Pulver mit dem Röhrchen durch das andere Nasenloch auf. Die Pulverlinie verschwand bis zum letzten Körnchen.

Lächelnd lehnte er sich zurück.

Florian, der Drogen bis dahin nur aus Filmen kannte, erschrak. »Ist das nicht gefährlich?«

»Quatsch!«, sagte Heiner. »Das ist alles dummes Geschwätz. Ich nehme das Zeug seit zehn Jahren. Es gibt kein besseres Mittel gegen die Traurigkeit.«

Und so schnupfte Florian zum ersten Mal Kokain und fühlte sich mehr als wohl. Verschwunden waren Kummer und Trauer. Er lachte mit Heiner die ganze Nacht. Vor dem Abschied kaufte er ihm zwei Tütchen mit Pulver ab. Er staunte nicht wenig, wie teuer das Zeug war.

Von nun an traf er Heiner immer wieder am Bahnhof, und dieser versorgte ihn mit Kokain.

Etwa zwei Monate später kam Melanie ihn überraschend besuchen. Sie erschrak, wie unaufgeräumt die Wohnung war. Florian war bereits angetrunken, er lallte irgendetwas und musste sich hinlegen. Bald hörte sie ihn schnarchen. Um irgendetwas zu tun, beschloss sie, ihm die Wohnung sauber zu machen.

Florian erfuhr nie, dass Melanie gekommen war, um den Tag mit ihm zu verbringen. Ihr Freund war wieder einmal beruflich unterwegs. Sie hatte nicht nur Gewissensbisse gegenüber Florian, sondern empfand auch eine brennende Sehnsucht, eine Sehnsucht weniger nach einem Mann als nach einem Kind. Und Florian war hilfloser als ein kleines Kind.

Melanie saß eine Weile in der Küche und dachte nach. Sie hatte dieses Hin-und-hergerissen-Sein satt. Ihr Körper brannte nach ihrem Liebhaber, aber ihr Herz und Verstand wollten zu Florian. Bei dem Liebhaber begegnete ihr eine rohe Männlichkeit, die nur im Bett aufblühte, aber weder Gefühle noch Vertrauen kannte, und hier war ein sensibler Mensch, der in seinem Leben viel zu viel Pech gehabt hatte und für jede Berührung, für jedes Lächeln dankbar war, ein großes Kind, das Liebe brauchte und sie erwiderte.

Schließlich entschied sich Melanie für Florian. Sie stand auf und machte sich auf den Weg. Im Kopf begann sie bereits, einen Abschiedsbrief zu formulieren, den sie ihrem Tyrannen auf den Küchentisch legen wollte. Später, in der Wohnung ihres Freundes, fiel der Brief noch viel härter aus. Er endete mit den Sätzen: »*Wage es nicht, mich zu bedrohen oder auch nur anzufassen. Ich werde Dich bei der Polizei anzeigen. Die Spuren Deiner Schläge sind noch immer zu sehen. Ich habe es satt.*«

Sie legte den Schlüssel auf den Tisch und verließ die Wohnung. Dann ging sie nach Hause und rief bei Florian an, um ihm zu sagen, dass sie sich für ihn entschieden hatte. Aber er nahm nicht ab.

Florian schlief seinen Rausch aus und bekam von ihrem mutigen Handeln nichts mit. Als er aufwachte, schnupfte er noch im Bett eine »Ladung«, wie er es nannte, und wunderte sich, dass seine Augen an diesem Tag verrücktspielten. Vielleicht von dem Schnaps, den er am Morgen getrunken hatte, dachte er. Zum ersten Mal bewegten sich die Ränder der Gegenstände. Sie waren nicht mehr scharfkantig, sondern weich und mehrfarbig, wie von einem Regenbogen überzogen.

Auch die Wohnung war verändert. Alles glänzte, und er musste sich festhalten, da der Boden unter seinen Füßen plötzlich uneben wurde und nachgab. Es roch stark nach Orangen. Als hätte jemand den Boden mit dem Putzmittel getränkt, das er letzte Woche gekauft hatte. Florian taumelte auf die Balkontür zu und riss sie auf. Er atmete die frische Luft ein und musste seine Augen zusammenkneifen, da das Licht ihn blendete.

Später wusste er genau: An diesem wundersamen Tag hatte er die Sprache der Tiere verstanden. Niemand glaubte ihm, auch der sympathische Psychiater nicht. Tiere können nicht sprechen, hieß es. Er bilde sich das nur ein, wegen der Drogen.

Florian aber schwor bei seiner Liebe zu Melanie, dass sie gesprochen hätten. Noch in der Tür stehend hatte er einen mehrstimmigen Chor hinter sich gehört. »Endlich«, stöhnten die Tiere. Das verstand er, und das Wundersame war: Er erschrak nicht.

»Wann kommt deine Frau wieder?«, fragte die Schildkröte.

»Sie hat einen schönen Schnabel, etwas zu breit, aber prächtig«, riefen die Wellensittiche im Chor.

»Und eine Stimme hat sie«, schwärmte der Kanarienvogel, »ich habe sie im Laden immer leise singen hören.«

»Und überhaupt, ihre Hände sind die besten, die mich je berührt haben«, meinte der Hamster.

»Und ich sage euch. Sie ist verliebt in unseren Futterspender, aber sie wagt es ihm nicht zu sagen«, krächzte der graue Papagei. »Ich habe ein Auge für Verliebte.«

Florian nickte, denn genau das hoffte er im Stillen. »Und dieser andere Kerl schlägt sie, dieser Schweinehund«, sagte er laut.

»Es gibt nur ein Gesetz: Das Weibchen entscheidet sich immer für den Sieger«, sagte der Papagei.

»Steh auf und kämpfe«, krächzte das Wellensittichweibchen. »Hätte mein Geliebter in der Voliere nicht gegen vierzehn männliche Konkurrenten gekämpft, hätte ich mich nicht in ihn verliebt.«

»Ich war immer ein Verlierer«, flüsterte Florian. »Wie ein Selbstbedienungsladen war ich, jeder nahm sich, was er brauchte, Geld, Job, Freundin oder Freund. Ja sogar meine Fröhlichkeit und meine Gelassenheit. Und ich habe immer von dem gelebt, was man mir übrig ließ.«

»Ich auch«, sagte der Papagei. »Und du siehst, wohin mich meine Feigheit geführt hat ... in einen Käfig.«

»Mir wäre jeder Ort egal, wenn ich nur ein Weibchen hätte.« Jetzt mischte sich auch der Hamster ins Gespräch. »Man stellt mir dieses scheußliche Rad her, damit ich in Bewegung bleibe. Wozu denn? Am liebsten bewege ich mich auf dem Rücken eines Weibchens. Ich bin in einem Käfig geboren und in einem Käfig groß geworden, aber früher habe ich wenigstens mit Freunden zusammengelebt. Bis irgendwann dieser Zweibeiner kam, unerwartet wie der Tod. Er verbannte mich in diese Enge. Warum gehst du nicht hinaus? Was sitzt du so herum in deinem Käfig? Geh hinaus und nimm dir deine Frau oder besorg dir ein Laufrad. Dann will ich dich Bruder nennen!«

»Am besten gehst du hin und rupfst deinen Rivalen vor deiner Frau«, schlug der Kanarienvogel vor. »Oder«, sagte er nach einer kurzen Pause, »du stellst dich vor ihre Behausung und singst so laut, dass deine Stimme sie um den Verstand bringt. Hörst du nicht, wie ich seit Jahren singe? Ich weiß es, eines Tages wird ein Weibchen kommen und mich hier finden, dann werde ich Abschied von euch nehmen.«

»Ich glaube«, rief die Schildkröte, »ihr seid alle zu aufgeregt und habt es zu eilig. Geduld hilft mehr als Gewalt. Wir, die Schildkröten, kennen unsere Zukunft so gut, als würden wir sie in einem offenen Buch lesen, deshalb haben wir keine Eile. Ich kenne mein Schicksal. Ich muss vierzig Jahre bei den Menschen ausharren, dann werde ich von einem Jungen gekauft, der mich in seinem Garten frei laufen lässt. Das wird mein Paradies. Geduld ist nicht Feigheit, sondern der Mut der Vernünftigen. Du solltest zu deinem Rivalen gehen und ihm klarmachen, dass er deine Frau nicht quälen darf. Allein, dass sie Tiere liebt, ist ein Grund, sie zu achten. Vielleicht wird er sich eines Tages schämen und deine Frau freigeben.«

Florian nickte.

Drei Stunden später, als die Gegenstände in seiner Wohnung wieder klare Ränder bekamen, der Regenbogen sich zurückzog und der Boden wieder eben schien, machte er sich auf den Weg. Es war inzwischen spät am Abend und dunkel.

Wie es zu dem Mord kam, wird für immer ein Geheimnis bleiben. Die Polizei konnte nur den Ablauf der Tat rekonstruieren, nach der sich Florian der Polizei stellte und angab, seinen Rivalen, einen gewissen Hans M., in dessen Wohnung und mit dessen Pistole nach einer Schlägerei erschossen zu haben.

Zuvor hatte Florian seinen Wohnungsschlüssel und einen Zettel in einen Briefumschlag gesteckt und in Melanies Briefkasten eingeworfen. Auf dem Zettel stand mit zittriger Hand geschrieben: »*Pass bitte auf die Tiere auf.*«

Von Menschen
und anderen Tieren

Was ist ein Tier? Die Antwort ist nicht leicht. Wo soll man sie suchen? Vielleicht in den ersten Äußerungen der Menschen über die Tiere, in den alten Mythen?

Die Liste der Tiergestalten in der Mythologie ist lang. Die Ägypter verehrten eine Reihe von Göttern, deren Gestalt aus einer Kombination von Elementen verschiedener Tierkörpern bestand. Bestimmte Tiere galten im alten wie im neuen Reich als heilig: der Widder von Mendes, das Krokodil von Schedit, der Stier Apis von Memphis, der Schakal Anubis, die löwenähnliche Katze Bastet, der Falke Horus und so weiter.

In vielen afrikanischen Religionen werden die Haustiere als Eigentum Gottes betrachtet. Die Würmer und Kriechtiere verehrt man als Boten der Unterwelt. Die Schlange gilt als unsterblich.

Tieren schrieb man in diesen Religionen genau wie den Menschen eine Seele und das ewige Leben zu. Deshalb wurden Tiere wie Könige mumifiziert. Im alten Ägypten stand die Todesstrafe auf den Mord an einer Katze.

Hinduismus und Buddhismus (oder der Shintoismus in Japan) predigen »die Einheit der Lebewesen«, der chinesische Konfuzianismus und Taoismus sprechen von einer »Harmonie mit der Natur«.

Das Konzept der Ägypter vom ewigen Leben nach dem Tod stand Pate für den Glauben an die Auferstehung nach dem Tod im Christentum, doch blieb diese bei den Christen auf den Menschen beschränkt.

Judentum und Christentum nahmen unter dem Einfluss der Griechen eine grobe duale Aufteilung der Welt vor: hier die Seele der Menschen, die ewig leben darf (im Jenseits, versteht sich), und dort die seelenlose Natur, die keinen Anspruch auf ein ewiges Leben hat. Über elf Jahrhunderte mussten vergehen, bis Franz von Assisi (1181/1182–1226) verkünden durfte, dass jedes Lebewesen gottgegebene Würde besitzt.

Im Verlauf der Geschichte pendelte die Einstellung der Menschen zu den Tieren zwischen Verachtung und Vergötterung. Spätestens im 20. Jahrhundert ist die Vergötterung endgültig verschwunden. Das Tier wurde einerseits auf seine Funktion als Nahrungsmittel reduziert, geriet zum industriellen Ausgangsprodukt, andererseits blieb es Arbeitstier, und lediglich einige wenige Arten wurden zum Statussymbol und Sammelobjekt. Nur die Beziehung zu manchen Haustieren (Hund und Katze) verbesserte sich, sie wurden zu Partnern und mit Liebe und Respekt behandelt, ja verhätschelt. Aber dieses Privileg haben die armen »Nutztiere« nicht. Schweine, Kühe und Hühner werden in vielen Ländern zumeist unter grausamen Bedingungen gehalten.

Jäger der Steinzeit haben sich bei den Tieren und den Göttern entschuldigt, um Verzeihung gebeten, wenn sie ein Tier erlegen mussten. Welch einen Rückschritt hat unsere Zivilisation hier vollzogen? Ist es nicht beschämend, dass unsere Achtung vor den Tieren heute viel geringer ist, als sie es vor einem Jahrtausend war? Hier hat uns das Wissen dümmer gemacht.

Von Michel de Montaigne gibt es in diesem Zusammenhang eine sehr treffende Aussage: »Aus eben dieser hohlen Einbildung stellt er [der Mensch] sich gar mit Gott gleich, maßt sich göttliche Eigenschaften an, sondert sich als vermeintlich Auserwählter von all den anderen Geschöpfen ab, schneidert den Tieren, seinen Gefährten und Mitbrüdern, ihr Teil zurecht und weist ihnen so viele Fähigkeiten und Kräfte zu, wie er für angemessen hält. Wie aber will er durch die Bemühung seines Verstandes die inneren und geheimen Regungen der Tiere erkennen können? Durch welchen Vergleich zwischen ihnen und uns schließt er denn auf den Unverstand, den er ihnen unterstellt?

Wenn ich mit meiner Katze spiele – wer weiß, ob ich nicht mehr ihr zum Zeitvertreib diene als sie mir?«

Die menschliche Kultur verdankt den Tieren vieles. Die besten Erfindungen des Menschen sind eine armselige Nachahmung der Tierwelt. Wir Menschen dagegen standen der Tiergattung nie Modell. Worin auch, bitte schön? Im Rennen, Fliegen, Schwimmen, Singen oder im Hinblick auf die Kraft? Da lachen ja die Hühner. Unsere einzige wirklich selbstständige und unnachahmliche Erfindung, Krieg und Zerstörung, interessiert kein Schwein.

Eine alte arabische, vorislamische Geschichte erzählt, dass Gott, nachdem er sich am siebten Tag ausgeruht hatte, beschloss, am achten Tag die Lebensdauer der Tiere zu bestimmen. Er schaute Adam an und sagte: »Dir gebe ich dreißig Jahre.« Adam aber wurde traurig, als er kurz darauf hörte, wie Gott dem Raben siebzig und der Schildkröte sogar hundert Jahre schenkte.

»Gott, dreißig Jahre sind mir zu wenig«, jammerte Adam. Die Tiere lachten.

Gott schüttelte den Kopf. »Geh zur Seite, ich muss weiterarbeiten«, sagte er und gab dem Hund, vielleicht wegen seines schlechten Gewissens gegenüber dem Menschen, ebenfalls dreißig Jahre. Da rief der Hund entsetzt: »O gnädiger Gott! Das ist mir zu viel. Ich werde eines Tages nur noch dem Menschen als Sklave dienen, für ihn Haus und Hof, Herde und Familie beschützen und am Ende Undankbarkeit als Lohn bekommen und lediglich magere Knochen und Reste zum Fraß haben. Mir reicht die Hälfte der Zeit.«

»O lieber Gott, schenk mir die fünfzehn Jahre«, flehte Adam.

»Du sollst sie haben, aber nun sei still«, sagte Gott und wandte sich dem Esel zu. »Auch du bekommst dreißig Jahre Leben«, sagte er. Der Esel aber schüttelte ebenfalls den Kopf. »Gott, du bist so großzügig, und wenn ich dir dienen sollte, dann wäre die Ewigkeit zu kurz, aber ich werde, das sehe ich klar vor meinen Augen, Diener des Menschen sein. Er wird mich mit seinen Lasten und sich selbst beladen und gnadenlos auf mich eindreschen. Meinen Rücken wird er schinden, meine Beine mit seinem Stock traktieren, und am Ende muss ich all das ertragen für eine Handvoll Futter in einem stinkenden Stall … und wehe, ich würde es wagen, um Ruhe zu bitten – geschweige denn um Liebe, da antwortet nur die Zunge seiner Peitsche. Nein, lieber Gott, mir reicht die Hälfte.«

»Gib mir bitte die übrig gebliebene Hälfte«, flehte Adam.

»Du sollst sie haben«, sagte Gott, erstaunt über die Lebensgier des Menschen.

Dazu bekam Adam noch ein paar Jahre vom Affen, ein paar von der Ratte und ein paar vom Papagei.

»Und mich fragst du nicht?«, protestierte Eva.

»Du sollst Adam immer überleben«, sagte Gott. Adam und Eva wunderten sich über das Grinsen, das Gottes Gesicht überzog, nicht ahnend, dass all diese von den Tieren übernommenen Jahre sie prägen würden.

Diese Geschichte kann man auf zweierlei Weise verstehen. Zum einen als einen ironischen Hinweis auf die menschliche Gier. Zum anderen als Fingerzeig, dass wir Menschen keinen Anlass für Arroganz und Überheblichkeit gegenüber anderen Wesen haben, da wir vieles von ihnen in uns tragen.

SEHNSUCHT

Ein Klassentreffen

oder
Die unglaubliche Nacht des Syrers
Elias Schahin

Manchmal ist für mich das Beisammensein mit anderen nach einer Lesung genauso spannend wie die Lesung selbst. Die Gespräche und Diskussionen, das gemeinsame Essen und Lachen sind für mich immer eine ungeheure Bereicherung. Und ab und zu gibt es sogar eine Überraschung. Manchmal bekomme ich nämlich, wenn ich genau zuhöre, auch eine Idee für eine Geschichte. Ob dann wirklich etwas daraus wird, bleibt dahingestellt, aber wenn ich mir kurz vor dem Einschlafen im Hotel etwas notiere, das ich aufgeschnappt habe, dann herrscht in mir angesichts dieses Geschenks immer eine kindliche, hoffnungsfrohe Stimmung.

Gelegentlich bittet mich jemand um ein kurzes Gespräch nach dem Essen. Und hin und wieder dauert das Gespräch dann bis zum Morgengrauen.

So gut wie nie aber schenkt mir jemand eine komplette Geschichte. Elias jedoch, ein siebzigjähriger syrischer Arzt, der in der Nähe von Hannover lebt, tat genau das. Er sagte mir beim Signieren, er sei mit dem Buchhändler befreundet, und dieser habe ihn und einige andere Leute noch zu einem gemeinsamen Essen mit mir eingeladen. Kurz darauf saß er mir beim Italiener gegenüber, und wir unterhielten uns, wann immer es möglich war, auf Arabisch miteinander.

»Willst du eine unglaubliche Geschichte haben?«, fragte er unvermittelt.

»Nein, ich habe genug davon auf Lager«, antwortete ich eher abweisend und fast zynisch.

»Aber so eine wie meine hast du bestimmt nicht. Ich habe sie selbst erlebt.«

Diesen Satz habe ich schon oft gehört. Aber mir scheint, das ist kein Argument für die Stärke einer Geschichte, eher ist es ein Zeichen der Schwäche. Was soll das schon bedeuten: »Ich habe sie selbst erlebt«? Diese Versicherung hört sich eher pubertär an.

»Tja, ich will gern glauben, dass sie für dich persönlich spannend ist«, erwiderte ich etwas ernster, da ich den freundlichen grauhaarigen Mann nicht verletzen wollte, er war wirklich äußerst charmant. »Die Frage aber ist, ob auch andere Menschen einen Zugang dazu haben. Was für mich spannend ist, muss nicht zwangsläufig für die anderen spannend sein.«

»Meine Geschichte ist es sehr wohl, oder hast du jemals ein Klassentreffen mit Dämonen gehabt?«

Ich erschrak zutiefst. »Dämonen?«, fragte ich nach, um ein wenig Zeit zu schinden und mich von meinem Schrecken zu erholen. Ich muss ihn lange angestarrt haben.

»Deine Pizza wird kalt«, sagte er leise und lächelte. »Hier ist die Geschichte, du kannst sie in Ruhe lesen, irgendwann in den nächsten Tagen«, fügte er hinzu und schob einen grauen Umschlag über den Tisch. Darauf stand: *Für Rafik*. Ich steckte den Umschlag ein und schüttelte das seltsame Gefühl ab, das von mir Besitz ergriffen hatte. Es war so etwas wie Furcht vor einem Verrückten.

Der Abend verlief heiter, und allmählich löste sich die Gesellschaft auf. Als ich von der Toilette zurückkam, war der

Kreis noch kleiner geworden. Auch Elias war gegangen. Ich wunderte mich, dass er, ohne sich zu verabschieden, aufgebrochen war. Der Buchhändler bemerkte meine Verwunderung und schaute mich fragend an: »Suchst du deinen Freund? Er ist schon weg.«

»Hast du vielleicht seine Postanschrift? Oder seine E-Mail-Adresse?«, erkundigte ich mich.

»Nein, ich kenne ihn nicht. Er sagte mir nach der Lesung, er sei seit der Grundschule mit dir befreundet, und du hättest ihn zum Essen eingeladen. Er fragte mich, ob er die Einladung annehmen dürfe.«

Ich erzählte dem Buchhändler, dass Elias mir die gleiche Lüge aufgetischt hatte wie ihm, und wir lachten.

Ich weiß nicht, wie lange der Umschlag zu Hause auf dem Tisch lag, wo ich meine Post aufbewahre, bis ich Zeit finde, sie zu lesen. Aber dann war es eines Tages so weit. Ich las die Geschichte, und sie hat mich dermaßen fasziniert, dass ich sie so veröffentlichen will, wie Elias sie aufgeschrieben hat. Er nennt sie ganz schlicht:

Das Protokoll

An einem eiskalten Dezembertag verabschiedete ich Marlene, meine Frau, mit einem Kuss an der Haustür. Sie stieg in ihren Wagen und winkte ein letztes Mal, bevor sie an der nächsten Straßenkreuzung gen Norden verschwand. Ich eilte ins warme Haus zurück.

Meine Frau wollte sich an diesem Samstag in Hamburg, der Stadt ihrer Kindheit, mit ihren ehemaligen Schulkameradinnen treffen, um mit ihnen den dreißigsten Jahrestag des gemeinsamen Abiturs zu feiern. Sie hatte die Treffen beim zehnten, zwanzigsten und nun auch beim dreißigsten Jubiläum organisiert und war so etwas wie die gute Seele der Klasse. Immer war sie an den letzten beiden Tagen vor der Abfahrt sichtlich aufgeregt. Dieses Mal hatte eine unerfahrene Mitarbeiterin in dem Hotel, wo das Treffen stattfand und alle von auswärts angereisten Ehemaligen übernachten sollten, in letzter Sekunde noch ein Chaos angerichtet, aber Marlene hatte in vielen Telefonaten alles sehr professionell wieder ins Lot gebracht.

Einziger Wermutstropfen: Die zwei sympathischen Lehrerinnen, die an den vorherigen Treffen noch teilgenommen hatten, waren inzwischen gestorben. Die anderen, noch lebenden Lehrerinnen aber wollte niemand sehen.

Ich selbst hatte vor, an dem Tag mein Bildarchiv zu sichten, auszumisten und die Fotos zu ordnen. Nicht nur waren im Computer und auf der externen Festplatte eine Unmenge an Fotos gespeichert, sondern ich besaß auch noch unzählige Papierabzüge von Bildern, die ich in vierzig Jahren Exil gesammelt hatte. Da mir Zeit und Geduld fehlten, die Fotos sauber untertitelt in ein Fotoalbum zu kleben, hatte ich von Anfang an für jedes Jahr einen Karton angelegt. Die Kartons der ersten Jahre waren mächtig. Ich habe viel fotografiert und meiner Familie monatlich Bilder aus Deutschland, meiner Stadt, meinem Zimmer geschickt. Auch später habe ich den Eltern zur Beruhigung Fotos meiner Freundinnen und Freunde sowie meiner Medizinprofessoren zukommen lassen. Sie im Gegenzug schickten mir Fotos von jedem Fest und Familientreffen. Zudem bombardierten sie mich mit schlechten Porträts von Verwandten, die ich zum Teil gar nicht mehr kannte. Wer konnte sich schon zehn Tanten und Onkel ersten Grades und doppelt so viele zweiten und dritten Grades sowie deren Söhne und Töchter, Schwäger und Schwägerinnen merken.

Und vor allem, wozu? Ich war froh, all diesen Angehörigen meiner Sippe durch mein Exil entkommen zu sein.

Mit den Jahren wurden die Kartons kleiner, und seit der Erfindung der Digitalkamera reichte ein Schuhkarton für je fünf Jahre.

Ich machte mir einen Espresso und nahm den ersten großen Karton mit in die Küche. 1972 stand darauf. Ich leerte seinen Inhalt, einen beachtlichen Haufen, auf den großen Küchentisch. Mein Plan war, die Fotos radikal auszusortieren und nur die wichtigsten nach Themen zu ordnen, um sie dann in Prospekthüllen zu stecken, mit einem Etikett zu versehen und in einem Ordner abzuheften.

Die Motive vieler Bilder waren kaum noch zu erkennen. Durch die schlechte Qualität des Fotopapiers hatte sich das konturenreiche Schwarz mit der Zeit in ein hässliches Violett mit hellbraunem und gelbem Stich verwandelt. Eine größere Anzahl grinsender Verwandter landete im Papierkorb, den ich neben den Tisch gestellt hatte.

Dann aber kam ein großes Bild zum Vorschein. Ich erkannte es sofort. Man hatte es in eine Klarsichthülle gesteckt, um es gegen Staub zu schützen.

Das Foto im Querformat war etwa dreißig Zentimeter breit und zwanzig hoch. Es war gestochen scharf. Der Fotograf hatte es damals in Sepia entwickelt und in einem Passepartout aus schwarzem Karton gerahmt. Es zeigte uns, die Fünferbande, bei Josef am runden Tisch. Wir saßen mit ziemlich ernster Miene da. Warum, weiß ich nicht mehr.

Ich öffnete die Hülle vorsichtig, aus Angst, dass sie am Foto festgeklebt sein könnte. Der vertraute Geruch von Olivenöl und Thymian stieg mir in die Nase. Ich wusste sofort, woher der Geruch kam, und schaute in die linke untere Ecke des Passepartouts. Es war so fleckig wie am ersten Tag, als der

Fotograf uns die fünf Abzüge brachte, die wir bei ihm bestellt hatten. Wir saßen gerade wieder bei Josef am runden Tisch und frühstückten. Es gab Käse, Olivenöl und Sa'tar*.

Meine Finger waren ölverschmiert, als ich meinen Abzug entgegennahm.

Ich war überrascht: Es roch nach über vierzig Jahren genau wie damals. Und die Erinnerung war bis ins kleinste Detail präsent, als wäre das Ganze erst vor fünf Minuten geschehen. Sehnsüchtig schaute ich in die Gesichter meiner Freunde und flüsterte ihre Namen: Josef, Karim, Nadim, Suleiman.

Es dauerte gut drei Stunden, bis ich die Fotos des Jahres 1972 auf etwa ein Drittel reduziert und nach Themen sortiert in vier Prospekthüllen in einem einzigen Ordner untergebracht hatte. Nur das große Foto ließ ich auf dem Tisch liegen.

Den vollen Papierkorb entleerte ich mit einer gewissen Erleichterung in die Papiertonne. Es war ein seltsames Gefühl der Frische, wie wenn man nach harter Arbeit eine Dusche genoss.

Ich kehrte in die Küche zurück. Nach einem leichten Abendessen setzte ich mich im Wohnzimmer gegenüber dem Kamin auf das Sofa. Draußen blies ein eisiger Dezemberwind, doch das Feuer loderte und verbreitete Behaglichkeit im Raum. Ich entkorkte einen Spätburgunder, schenkte mir ein und nahm noch einmal das große Foto zur Hand.

Wir waren in einer christlichen Eliteschule aufgewachsen und hatten von der ersten bis zur zwölften Klasse immer zusammengesteckt. Einige Lehrer hatten uns deshalb auch die

---

* Auch Zatar oder Za'tar: eine Gewürzmischung aus Thymian, Koriander, Sumach, Fenchel, Anis, Salz, Pistazien und Sesam. Jede Stadt hat ihre eigene Mischung. Ich mag am liebsten die aus Aleppo, die Josef immer serviert hat. Man tunkt das frische warme Brot zuerst in Olivenöl und danach in die Schale mit der würzigen Mischung.

»Fünferbande« genannt. Lange Zeit waren wir überzeugt: Selbst wenn die Welt unterginge, wir wären unzertrennlich. Das Leben ist jedoch eine Abfolge von Trennungen.

Wir sahen uns nicht mehr, blieben aber fast ein Jahrzehnt lang in enger brieflicher und telefonischer Verbindung, dann schlief der Kontakt ein. In der Abiturklasse waren wir fast dreißig Schüler gewesen. Über die Hälfte wanderte aus, drei starben sehr früh, und mit den übrigen hatte ich schon während der Schulzeit wenig zu tun gehabt.

Ich nahm das Foto in die eine Hand, mit der anderen griff ich nach dem Weinglas.

»Warum schaust du mich so an?«, fragte mich Josef. Das hatte er immer getan, wenn man ihn länger als fünf Sekunden ansah.

* * *

»Warum schaust du mich so an?«, fragte Josef noch einmal. Die vier Freunde saßen bei mir um den Wohnzimmertisch und wärmten sich mit einem Glas Wein am Kamin.

»Weil ich wissen will, was du erlebt hast.«

»Erzähl du zuerst, ich möchte nicht anfangen«, erwiderte er.

Ich schaute um mich und nahm einen Schluck Wein, während die anderen drei Josef beipflichteten.

»Vielleicht ist es dir ja im Exil besser ergangen als dem armen Josef«, fügte Suleiman, das Schlitzohr der Runde, hinzu.

Ich erzählte also meine Geschichte vom Tag der Abreise aus Damaskus bis zu diesem Tag. Natürlich als Konzentrat, im Telegrammstil. Sie hörten gespannt zu, und danach regnete es neugierige Fragen über Details aus meinem Leben im Exil. Manch eine gefährliche Situation, die ich überlebt hatte, wollten sie ausführlicher geschildert bekommen, und gelegentlich fanden sie das große Glück, das mir zuteilgeworden war, zu rosig beschrieben. Sie rupften meine Erzählung, bis am Ende nur der Rumpf übrig blieb. Das aber war in unserer Fünferbande ganz normal. Wir ertrugen solche Kommentare mit Humor.

Still wie wohlerzogene Kinder wurden sie erst, als ich von meiner Sehnsucht nach Damaskus, nach unserem ehemaligen Club, nach unserer Schule und nach dem kleinen Imbiss, an dem wir uns täglich getroffen hatten, erzählte. Karim weinte, als ich beschrieb, wie die letzten langen Telefongespräche mit meiner sterbenden Mutter verlaufen waren, die immer noch glaubte, ich würde in den nächsten Tagen nach Damaskus kommen. Er legte seinen Arm um meine Schulter und küsste mich auf die Schläfe. »Mensch, das haben wir nicht gewusst. Ich schäme mich für unsere Gleichgültigkeit gegenüber den Exilanten. Wir waren eher neidisch, dass ihr entkommen seid. Dein Satz: *Ich habe Damaskus verlassen, aber Damaskus hat mich nicht verlassen*, hat mich jetzt deinen tiefen Schmerz spüren lassen. Es tut mir leid«, sagte er und weinte erneut.

Wir stießen an. Es herrschte Stille.

Nach einer Weile holte ich die nächste Flasche Spätburgunder, eine Schale mit Pistazien und eine große Schüssel mit bunten Oliven.

Nur rauchen durften meine Freunde im Zimmer nicht. Sie mussten in die Kälte hinaus, aber immerhin war die Terrasse durch ein Vordach vor dem Regen geschützt. Ein Aschenbecher stand dort auf einem kleinen Tisch.

* * *

Karim und Josef rauchten auf der Terrasse ihre Zigaretten. Man hörte sie scherzen, und als sie frierend hereinkamen, klebten noch Lachreste an ihren Mundwinkeln.

»Du hast damals in deinen Briefen von Damaskus geschwärmt und von deiner Sehnsucht erzählt, von der Wärme der Heimat und der Kälte in der Fremde«, begann Karim. » Ich dagegen saß im Gefängnis, und wenn ich an deine Worte dachte, bekam ich immer einen Lachkrampf. Meine Mitgefangenen hielten mich für hysterisch, aber dann habe ich ihnen von deiner Sehnsucht erzählt. Und sie lachten mit mir über dich. Aber ich sollte besser von vorne anfangen«, sagte er und nahm einen kräftigen Schluck Wein.

»Das möchte ich dir auch geraten haben«, sagte Suleiman lächelnd, »sonst serviert uns der Gastgeber nur noch Wasser.«

»Nein, nein«, widersprach ich. »Wir bleiben die Fünferbande und sprechen freiheraus.«

»Ich muss sagen«, begann Karim erneut, »dass die christliche Lehre schuld an meinem Schicksal war.«

»Was hat das Christentum mit dem Kommunismus zu tun?«, wandte Josef ein.

»Es gibt wohl Gemeinsamkeiten, aber wenn du erlaubst, soll Karim erzählen«, protestierte Suleiman.

»Als Kind war ich vom Glauben an diesen jungen Mann fasziniert, der sich vor zweitausend Jahren in Palästina selbst opferte. Ob er Gottes Sohn war, ob Maria vom Heiligen Geist oder von Josef vorehelich geschwängert wurde, ob er tatsächlich Tote erweckte, Blinde sehend machte und Lahme laufen ließ, war mir egal. Ich war als Kind und Jugendlicher sozusagen ein fanatischer Jesus-Anhänger. Jesus, der Erlöser, der zu den Armen stand und die Händler mit der Peitsche vertrieb, Jesus, der alle Klassenunterschiede zunichtemachte, Sklaven, die in der Liebe zu ihm frei wurden. Das hat das römische Herrschaftssystem auf den Kopf gestellt und dann in sich zusammenfallen lassen. Und deshalb liefen auch Sklaven, Frauen und die Armen des Römischen Reiches in Scharen zu dieser neuen Sekte über, die die Gleichheit aller versprach.

Von diesem Gedankengut war der Sprung zu einer modernen Organisation nicht weit. Einer Organisation, die versprach, das Himmelreich auf Erden zu errichten. So wurde ich zu einem überzeugten Sozialisten.

Ich hatte das Glück, mich in Therese zu verlieben. Sie war wie ich eine geborene Gerechtigkeitsfanatikerin. Wir heirateten und wollten keine Kinder. Wir wollten frei leben und politisch aktiv sein. Und dann, eines Tages, starb sie bei einer lächerlichen kleinen Operation.

Kurz zuvor hatten wir eigentlich beschlossen, gemeinsam aus der Partei auszutreten. Wir waren eine Minderheit, die an der Führung zweifelte, und wurden als Anarchisten beschimpft. Doch zu dem Austritt kam es nicht mehr.

Mit Chereses Tod verlor ich den Halt und wurde in der Partei, der ich mich nicht mehr verbunden fühlte, hyperaktiv, um meinen Schmerz zu vergessen. Wenig später geriet ich ins Visier des Geheimdienstes und lebte von dem Moment an im Untergrund. Aber nicht lange, denn ein Mitglied der Partei, das mich hasste, erkannte mich und zeigte mich an.

Das Regime nennt sich ja sozialistisch. Wir sollten im Grunde Brüder sein, sagte ich beim ersten Verhör. Der Offizier lachte und rief ein Monster herein. »Der Typ ist witzig, zeig ihm, wie ernst seine Lage als Landesverräter ist.« Das Monster packte mich am Kragen, als wäre ich ein Huhn, und schleuderte mich gegen die Wand. Sie haben mich gefoltert. Kann man sich das vorstellen? Syrer der einen Partei foltern Syrer einer anderen Partei, obwohl sie sich beide Sozialisten

nennen. Nicht der Schmerz der Schläge hat mich fertigge-
macht, sondern der Zusammenbruch des großen Gebäudes
meines Glaubens.

Jeden Tag haben sie mich acht bis zehn Stunden gequält
und angeschrien, ich soll Namen nennen. Drei Tage lang.«

»Welche Namen?«, fragte Suleiman.

»Die deiner Freunde?«, wollte ich wissen.

»Nein, sie wollten wissen, wer mir Geld gegeben hat, um
das Vaterland zu zerstören.« Karim schüttelte den Kopf, als
wollte er ein Bild, eine Erinnerung, aus seinem Hirn verban-
nen. »Geld, um das Vaterland zu zerstören? Das werfen sie
einem Mann vor, der von einem friedlichen, freien und ge-
rechten Vaterland geträumt hat.«

»Jetzt kommt die Stelle«, flüsterte Suleiman voller Sorge.
Ich verstand nicht, was er meinte.

»Ich wurde wieder zu demselben Offizier gebracht«, fuhr
Karim fort. »Er blickte mich an. ›Nun siehst du vernünftiger
aus‹, sagte er. ›Ich habe gehört, du wolltest die Herren nicht
nennen, die dir Geld gegeben haben. Warte nur, ich mache
dich fertig‹, sagte er und zog eine Pistole aus der Schreibtisch-
schublade, entsicherte sie und richtete sie auf mich. ›Ich zähle
bis drei. Du brauchst nur zu nicken, wenn du bereit bist, Namen zu nennen. Dann kannst du dich duschen, du bekommst
Essen, Tee und Zigaretten. Danach gibst du meinem Sekretär
die Namen und bist frei. Eins‹, er machte eine Pause, ›zwei‹, er
machte eine längere Pause, ›drei‹, und es knallte. Die Kugel
traf mich in die Brust. Ich fiel rückwärts vom Stuhl und hörte
ihn schreien: ›Scheiße, verdammt, das wollte ich nicht, das
wollte ich nicht …‹«

Mit diesen Worten löste sich Karim in Luft auf. Suleiman
schlug die Hände vors Gesicht. »Er verschwindet immer an
dieser Stelle«, sagte er und weinte.

Bedrückende Stille herrschte.

Ich brachte noch mehr Oliven und Pistazien, leerte die Schalen mit den Olivenkernen und Pistazienschalen und stellte einen dritten Burgunder zu den zwei leeren Flaschen.

* * *

Josef hob sein volles Glas. »Auf unsere Freundschaft«, sagte er und nahm einen Schluck. Auch wir tranken.

»Erinnerst du dich an unseren sehr interessanten Briefwechsel in Sachen sexuelle Befriedigung und Gesundheit eines Volkes? Damals haben wir die Schriften von Wilhelm Reich gelesen, du im Original und ich in einer guten arabischen Übersetzung. Auch Freud hat in unserem Briefwechsel eine Rolle gespielt, und der Faschismus. Du hast die Freiheit in Westeuropa gelobt. Am Anfang fand ich es sehr spannend und lesenswert, was du geschrieben hast. Später wollte ich eine solche Lobhudelei nicht mehr hören. Wenn du einem Lahmen von der Schönheit des Joggens vorschwärmst, machst du ihm keine Freude, sondern erinnerst ihn an sein Gebrechen. Deshalb habe ich dir nicht mehr geschrieben. Aber zurück zu deinen ersten Briefen, in denen es um deine Sehnsucht nach Damaskus ging. Ich habe versucht, dich daran zu erinnern, dass sich Damaskus in Unfreiheit befindet. Ich schrieb dir, das weiß ich heute noch ganz genau: Vergiss nicht, alles Schöne, alles Menschliche muss hier heimlich stattfinden, die freie Meinungsäußerung ebenso wie die Liebe. Erinnerst du dich noch?«

Ich nickte. Josef hatte recht. Mit Jungfrauen war Sex ein Tabu, dessen Bruch das Leben hätte kosten können.

»Für uns Homosexuelle ist es noch viel schlimmer. Euch habe ich nie etwas verheimlicht«, fuhr er fort. »Ich habe

von Jugend auf die jungen athletischen Männer geliebt
und …«

»Gott sei Dank war keiner von uns athletisch«, giftete
Suleiman, der Josefs Homosexualität immer schon abgelehnt
hatte.

»Sei doch still, bei deinem affigen Anblick wird jede und
jeder asexuell.«

Wir lachten, auch Suleiman. »Aber ich habe eine hübsche
Frau geheiratet«, erwiderte er.

»Klar, sie ist Zoologin«, sagte Nadim. Das stimmte nicht.
Sarah war Konditorin, und sie vergötterte Suleiman, der
zwar kein schöner Mann, aber ein humorvoller, großzügi-
ger Mensch war. Und das schätzen Frauen viel mehr als die
vergängliche Schönheit eines Mannes. Merkwürdig nur, dass
viele Männer das nicht wissen.

»Seid endlich still«, bat ich die beiden und forderte Josef
mit einer Kopfbewegung auf, er solle fortfahren.

»Nun, damals musste ich alles verheimlichen. Und ihr
habt mein Geheimnis nicht verraten. Aber ich staunte nicht
schlecht, als mir meine Mutter eines Morgens beim Kaffee,
ich war gerade siebzehn oder achtzehn, offen sagte, dass sie
von meiner homosexuellen Neigung wisse und dass es keine
Krankheit, sondern eine Entscheidung Gottes sei, wenn jemand das eigene und nicht das andere Geschlecht liebe. Das
hätten bereits die alten Griechen gewusst.

Meine Mutter hatte nicht studiert, aber von ihrem Vater
eine riesige Bibliothek geerbt. Sie las immer, sogar in der
Küche. Mein Vater führte die vielen misslungenen Gerichte,
die bei uns auf den Tisch kamen, darauf zurück.

Ich muss an jenem Morgen sehr blass ausgesehen haben,
weshalb meine Mutter mich beruhigte und mir erzählte, auch
ihre beste Freundin liebe nicht ihren Ehemann, sondern die

eigene Cousine, und dann empfahl sie mir, nach den Normen der Gesellschaft zu heiraten und der wahren Liebe heimlich zu frönen. Alles andere wäre Selbstmord.

Nie wieder redete meine Mutter mit mir darüber. Mein Vater war ein durchschnittlicher Mann, Architekt und eher konservativ. Er verachtete Homosexuelle. Von mir und meinen Neigungen hatte er keine Ahnung.

Wie ihr wisst, war ich Mitglied in einem Turnverein. Er befand sich damals neben dem Fardus-Kino, im modernen Teil von Damaskus. Dort mangelte es nicht an Jungen, die meine Liebe erwiderten. Ich wollte Medizin studieren. Mein Vater war glücklich darüber, aber er wäre nicht begeistert gewesen, wenn er den wahren Grund erfahren hätte. Ich wollte wissen, woher es kommt, dass ich Frauen zwar nett fand, aber mich niemals von ihnen angezogen fühlte, während ich einen der jungen Athleten mit allen Sinnen liebte. Mein Vorhaben war naiv, um nicht zu sagen dumm, denn Medizin und Psychologie können längst nicht alles erklären. Aber ich war auf der Suche, weil ich mir die Vorurteile der Idioten um mich herum zu Herzen nahm. Der Schwule heißt im Arabischen *schas*, anormal. In manchen arabischen Ländern wird Homosexualität mit der Todesstrafe geahndet. Da waren die Araber im neunten Jahrhundert fortschrittlicher als die modernen Araber, die sich mit einem Smartphone schmücken und im Herzen oft brutale Mörder sind. Aber das ist eine andere Geschichte. Als ich erkannte, dass Homosexualität keine Krankheit ist, gab ich den Plan, Medizin zu studieren, auf.

Es war aber nicht nur die Sexualität, die mich zu meinem damaligen Geliebten fast gewaltsam hinzog. Es war, als wäre ich ohne diesen Mann nur ein halber Mensch und würde in ihm meine verlorene Hälfte finden. In dieser sehr heißen Liebesaffäre hat mich mein Geliebter versklavt, aber ich war glücklich, sein Sklave zu sein.«

»Du und ein Sklave?«, wunderte ich mich, da Josef einer der stolzesten Männer war, denen ich je begegnet bin.

»Ja, das war ich drei Jahre lang. Er hat mich gequält, und ich tat alles, was er wünschte ... wenn er mich zur Belohnung küsste, war ich im Himmel.

Mit fünfundzwanzig eröffnete ich ein Modegeschäft und wurde erfolgreich. Mit siebenundzwanzig heiratete ich nach dem Willen meines Vaters meine Cousine Leila. Sie war sehr schön, aber einfältig. Ersteres ist wahr, Letzteres bildete ich mir ein, denn sie steckte zehn Männer meines Kalibers in die Tasche.

Ich habe meine Rolle als Ehemann ein Jahr lang gespielt. Als ich merkte, dass Leila anfing, Verdacht zu schöpfen, nahm ich meinen Mut zusammen und eröffnete ihr, dass ich homosexuell sei. Ich gestand ihr meine Liebe zu einem bekannten jungen Sänger. Sie blieb ganz ruhig und erzählte mir mit der gleichen Offenheit, dass sie einen Geliebten hatte, seit sie siebzehn war, und dass man sie gezwungen hatte, mich zu heiraten, damit sie nicht ermordet würde, da ihr Geliebter ein Muslim war. Sie fuhr fort, dass sie ihren Geliebten auch jetzt noch zweimal in der Woche treffe. Wir waren beide erleichtert und küssten uns in Dankbarkeit.«

Josef schwieg.

»Und weiter?«, drängte Suleiman.

»Ich weiß es nicht. Ich bin mir sicher, dass sie mich vergiftet hat. Ich bekam nämlich noch mit, wie sie hilfesuchend zu den Nachbarn lief und schrie, ich hätte mich umgebracht ...«

»Er hört immer an dieser Stelle auf«, sagte Suleiman. Josef war wie geistesabwesend. Er stand auf, nahm eine Zigarette aus der Packung und ging auf die Terrasse.

»Nur in den billigen Krimis wird zu jedem Mord ein Mörder geliefert und von einem heroischen Kommissar verhaftet«, sagte Nadim ironisch.

»Billig oder nicht: Ich weiß, wer Leila zu dem Mord aufgestachelt und ihr das Gift besorgt hat, Colonel Atef Nahib, der Cousin des Präsidenten, ein Mörder, der in vielen Ämtern Blutspuren hinterließ. Er war ihr Geliebter«, sagte Suleiman.

»War das nicht der Geheimdienstchef in Daraa, der die Kinder gequält und damit die Proteste mitverursacht hat?«, fragte ich.

»Genau der«, antwortete Nadim, der selbst aus Daraa stammte.

* * *

»Ich kenne ihn höchstpersönlich«, fuhr Suleiman fort, »weil ich öfter mit diesen Herrschaften in Berührung kam. Ihr wisst ja, dass ich von klein auf der Lektüre von Kriminalromanen verfallen war. Habt ihr mich nicht den › Kommissar‹ genannt? Ich war sehr stolz darauf. Nach dem Abitur bewarb ich mich bei der Polizeiakademie. Die Bedingung war einfach: Eintritt in die Partei. Und das tat ich, als ginge es um nicht mehr als darum, eine Kinokarte zu kaufen. Und so wurde ich in meinem Traumberuf tätig, allerdings nicht lange, denn bald begriff ich, dass es ein Albtraumberuf ist, in einer Diktatur nach der Wahrheit, besser gesagt: nach den Schuldigen, zu suchen.

Ich hätte auf meine Frau hören sollen. Sie liebte mich über alles, und liebende Frauen können in bestimmten Augenblicken Prophetinnen, Hellseherinnen sein. Erinnert ihr euch an den Film *Viva Zapata*?«

»Klar«, sagte ich, »wir haben ihn doch 1964 gemeinsam im Kino Dunja gesehen.«

»Mit Marlon Brando als Emiliano Zapata und Anthony Quinn in der Rolle seines Bruders«, ergänzte Nadim.

»Genau«, sagte Suleiman, »und da gibt es diese Szene, in der die Frau von Emiliano, Josefa, ihn deutlich vor einem Treffen warnt. Sie sieht voraus, dass das eine Falle ist und Zapata bei diesem Treffen getötet werden wird. Er hört aber nicht auf sie und stirbt im Kugelhagel seiner Feinde. So ging es auch mir. Als ich meine erste Niederlage erlitt, hat Sarah, meine Frau, mir gesagt, ich solle meine Beamtenlaufbahn beenden und etwas Neues anfangen. Ich könnte, da ich gut koche, doch ein Restaurant eröffnen. In ihrer kleinen Konditorei verdiente sie doppelt so viel wie ich. Geld hatten wir also genug, aber ich hörte nicht auf sie. Ich wollte als der arabische Sherlock Holmes in die Geschichte eingehen und übersah zwei Dinge: erstens, dass Damaskus nicht London ist, und zweitens, dass Sherlock Holmes eine Erfindung, eine Kunstfigur von Arthur Conan Doyle ist. Das Leben aber ist ein gnadenloser Lehrer.

Immer wieder, wenn die Untersuchung eines Kriminalfalls uns in Berührung mit jener Mafia brachte, also gefährlich wurde, hat mich mein Chef persönlich zurückgepfiffen. Georg war mein Cousin väterlicherseits. Wir waren gemeinsam auf die Polizeiakademie gegangen, aber er stieg schneller auf als ich. Wir waren dennoch gute Freunde, sehr enge Freunde. Sarah mochte ihn nicht, sie meinte, er sei ein Frömmler. Tatsächlich war Georg ein fanatischer Katholik. Ich war gläubig, aber von der Kirche hielt ich nichts. Sarah auch nicht.«

»Und warum hat er dir jeden Fall aus der Hand genommen, wenn es gefährlich wurde?«, fragte ich etwas erstaunt.

»Tja, er sagte, er habe Sorge um meine Sicherheit und weder er noch ich sei mächtig genug, um einen solch heiklen Fall zu lösen. Erinnerst du dich an unser langes Telefonat Ende der Neunzigerjahre? Wir sprachen über die Sippe, und du hast damals von der Geborgenheit geschwärmt, die uns die Sippe schenkt, und hast gejammert über die Vereinsamung der Europäer.«

Natürlich erinnerte ich mich daran, und ich schäme mich heute für meinen Irrglauben. Die Sippe birgt keine Geborgenheit, sie ist eine Fessel für die Araber.

»Ich war ihm dankbar und dachte, er sei mein Schutzengel. Er war ein Engel, aber ein Todesengel.«

»Wie denn das? Was ist passiert?«, fragte Nadim aufgeregt.

»Georg gehörte selbst zur Mafia. Das wusste ich nicht. Es ist bekannt, dass es nicht nur in Italien eine Mafia gibt. Fast jedes Land hat eine Mafia, aber unsere Mafia hat das Land im Griff. Meine Sarah, der ich alles erzählte, lag mir in den Ohren. ›Geh weg, bevor es zu spät ist‹, sagte sie immer wieder. Sie hatte Angst um mich. Und dann geschah das Massaker an einer ganzen Familie. Vater, Mutter, zwei erwachsene Töchter und drei kleine Söhne wurden am helllichten Tag umgebracht. Die Nachbarschaft stellte sich blind, taub und stumm. Doch ich gab nicht auf und bohrte immer weiter. Ob es mein Fleiß oder der Zufall war, weiß ich nicht, aber bei einer Razzia im selben Viertel fand ich Dokumente, die einen General und einen Minister eindeutig als Auftraggeber der Morde belasteten. Ich versuchte vorsichtig, meinen Cousin einzuweihen. Er glaubte mir zuerst nicht und verlangte die Dokumente zu sehen. Da staunte er nicht schlecht. Und sagte, ich hätte gute Arbeit geleistet, und er werde alles tun, um die Mörder zu bestrafen, aber ich solle niemandem davon erzählen.

Sarah riet mir zur Flucht, aber ich fand ihre Angst übertrieben. Ich war sicher, Georg würde dafür sorgen, dass der Fall auf höchster Ebene, aber vertraulich behandelt würde.

Am nächsten Tag wurde ich in den Norden versetzt, und

der Fall wurde meinem Kollegen Bassam, einem ängstlichen Kommissar, übergeben. Der fand den Mörder binnen vierundzwanzig Stunden, einen Islamisten, der zehn Jahre lang im Gefängnis gesessen hatte. Er wurde im Schnellverfahren verurteilt und hingerichtet, und alle wussten, dass er nicht der Schuldige war. Es gab immer Todeskandidaten, die für alle Fälle als Reserve im Gefängnis festgehalten wurden.

Ich reichte meine Kündigung ein. Georg wollte nicht mehr mit mir über den Fall sprechen und riet mir, den Schritt zurückzunehmen. Ich wollte das nicht. Wir debattierten laut.

Nach dem Streit fuhr ich nach Hause. Als ich aus dem Wagen stieg, stürzte ein vierzehnjähriger Junge auf mich zu – mit einer Pistole in der Hand. ›Allahu Akbar‹, rief er, ›Tod den Ungläubigen.‹« Suleiman hielt kurz inne. »Und nur an eins dachte ich, an meine Sarah, die recht gehabt hatte.«

* * *

Nadim stocherte mit einem Feuerhaken in der Glut, warf ein Holzscheit in den Kamin und deutete auf sein leeres Glas. Auch ich hatte ausgetrunken. Ich war von Suleimans Geschichte noch wie benommen. Draußen graute der Morgen. Ich holte die vierte Flasche Spätburgunder und schenkte uns ein. Jetzt war Nadim an der Reihe.

»Das war ein Auftragsmord«, sagte Nadim in die Stille hinein, als ahnte er, was mich beschäftigt hat: Warum ermordet ein kleiner Junge mit islamistischen Sprüchen eine Person, die er nicht kennt? »Der Geheimdienst hat eine Menge von der Mafia gelernt, vor allem der brasilianischen Drogenmafia. Sie schicken einen Jungen mit einer gewaltigen Pistole und zeigen ihm die Person, die er erschießen sollte. Das tun diese in der Regel obdachlose armselige Jugendliche gegen einen geringen Lohn. Kaltblütig, fast wie unter Drogen laufen sie auf ihr Opfer zu und knallen ihn ab. Sie werden höchstens zu drei Jahren Jugendstrafe verurteilt und betrachten das Gefängnis als vornehmes Hotel im Vergleich zur dreckigen Straße, wo sie auf feuchten Zeitungen schlafen und von jedem gedemütigt werden. Diese Rufe *Allahu Akbar* und so weiter sind für die Zuschauer bestimmt. So wird es heißen: Suleiman habe irgendetwas gegen die Islamisten getan und sie haben ihn ermordet.«

Wir schwiegen eine Weile. »Anders als das meiner Freunde verlief mein Leben sehr harmonisch«, begann Nadim. »Das ist sogar zu dir durchgesickert, erinnerst du dich? Vor etwa fünf Jahren hast du mir geschrieben, dass du mich darum beneidest, nach so vielen Jahren in Amerika wieder in Damaskus Fuß gefasst zu haben.

Aber es war nicht so leicht, wie es von außen aussah. Die Geier kreisten über mir. Man hielt mich für einen reichen Idioten. Ich hatte zu viel über das Schicksal von Rückkehrern gelesen, als dass ich mich auf diese Halbanalphabeten von Maklern eingelassen hätte. Über Verwandte fand ich ein schönes kleines Haus in Bab Tuma und kaufte es. Mit meiner Rente, die in Dollar ausgezahlt wurde, lebte ich wie ein König. Ich war, wie du weißt, Ingenieur und habe in den USA sehr gut verdient, und wenn meine Kathleen nicht plötzlich an Krebs gestorben wäre, wäre ich nie zurückgekehrt. Meine zwei Söhne hatten selbst bereits Familien und wohnten viertausend Kilometer von mir entfernt. Ich lebte in New York, und die beiden waren in Los Angeles. Obwohl ich ein paar Freunde hatte, wuchs meine Sehnsucht nach Damaskus von Tag zu Tag. Ich beriet mich mit meinen Söhnen, und sie unterstützten mich in meinem Entschluss.

Mit siebenundsechzig kehrte ich zurück. Ich machte mir

keine Illusionen, doch das Leben meinte es gut mit mir. Zwei Wochen nach meiner Ankunft lernte ich Marie kennen. Sie bediente in einem Café. Bitte lach mich nicht aus, es war Liebe auf den ersten Blick. Marie war Anfang vierzig, arm und sehr tapfer. Ihr Mann, ein Diabetiker, war lange krank gewesen und jung gestorben. Unsere Liebe war stürmisch, und so gelang es uns, in einem Doppelbett zu schlafen, auch wenn wir für uns und unsere verstorbenen Partner im Herzen ein Viererbett gebraucht hätten. So viel wie mit Marie habe ich in meinem Leben nicht gelacht. Bald heirateten wir, sie zog bei mir ein, und ich erlebte mit ihr einen zweiten Frühling.

Sie hatte viele Freundinnen und Freunde, und das half mir schnell, wieder in die mir fremd gewordene Damaszener Gesellschaft aufgenommen zu werden. Ich war ja über dreißig Jahre in New York gewesen und hatte Damaskus in dieser Zeit nicht ein einziges Mal besucht, aus Angst, verhaftet zu werden wie mein Kollege Ismail, der vom Flughafen weg verschwunden war.

Eines Tages wollte ich eine Überraschung für Marie vorbereiten. Ich wusste, dass sie am 14. Juli Geburtstag hatte. Aber da die Syrer ihren Geburtstag kaum feiern, schöpfte sie keinen Verdacht. Ich informierte ihre beste Freundin und den besten Freund und wollte im vornehmen Restaurant *Kiwan Palace* einen Tisch für ein feierliches Geburtstagsessen reservieren. Ich fuhr mit meinem Auto hin und war in bester Stimmung. Der Verkehr floss, ich kam gut durch, was in Damaskus als achtes Weltwunder gilt, aber auf der Fayez-Mansour-Straße kurz vor dem Restaurant erfasste mich ein Lastwagen. Ich weiß nicht, woher er plötzlich aufgetaucht war.

Ich kann nicht sagen, was ich in der letzten Minute alles dachte, bevor ich in diese ewige Ohnmacht fiel. All die Pläne, all die Träume, die absurden und die guten, all die Freuden mit Marie waren auf einmal da, und ich wünschte mir ein ewiges Leben und wusste, dass ich in ein paar Sekunden sterben würde …

* * *

Marlene weckte mich. Ich lag noch auf dem Sofa gegenüber dem Kamin. Sie lachte. »Was ist denn hier passiert? Habt ihr eine Party gefeiert?«, fragte sie und ging in die Küche. Ich richtete mich auf, die leeren Weinflaschen standen noch da, genauso wie die Gläser. Ich sprang erschrocken auf. Draußen auf der Terrasse sahen Marlene und ich den vollen Aschenbecher auf dem kleinen Tisch: syrische Zigarettenkippen.

»Willst du einen Espresso?«, fragte sie. Ich schaute auf die Uhr. Es war kurz nach zwölf Uhr mittags.

Fröhlich kehrte sie aus der Küche zurück und gab mir einen Kuss.

»Mit wem hast du denn gefeiert?«, fragte sie neugierig.

»Es war ein Klassentreffen … ein syrisches Klassentreffen«, sagte ich und ging ins Bad.

Die merkwürdige Sehnsucht
des Herrn Hamid

Hamid Ladkani war Anfang der Siebzigerjahre als Student der Medizin nach Frankfurt gekommen. Politik hatte ihn nie interessiert. Auch die Medizin betrachtete er lediglich als Handwerk, das er sich zunutze machen wollte, um reich zu werden. Es war ein simpler Plan, wie er Tausenden von Akademikern durch den Kopf schwebte.

Später würde er zurückkehren, nicht in das staubige Dorf im Süden, fast an der jordanischen Grenze, sondern nach Damaskus – das war die Idee. Dort eine Praxis aufmachen, eine Damaszenerin aus reichem Hause kennenlernen, die ihn bewundert, weil er gerade ihren Vater geheilt hat. Sie würde ihn so anschauen, wie Kinder mit ihren großen erstaunten Augen zu einem Zauberer aufsehen. Derlei Tagträume suchten ihn immer wieder heim, manchmal noch dergestalt erweitert, dass sie den weichen Körper ebendieser Damaszenerin miteinschlossen. In solchen Träumen fuhr er immer einen Mercedes und genoss die neidischen Blicke seiner früheren Kameraden, die nach dem Abitur das Risiko gescheut hatten und kleine Beamte geblieben waren oder einen Falafel-Imbiss eröffnet hatten.

Doch die Winde bliesen anders, als der Kapitän im Schiff seiner Träume es wünschte.

Eines Tages, Hamid war bereits im fünften Semester seines Studiums, nahmen ihn seine deutschen Kommilitonen mit in den Frankfurter *Club Voltaire*. Dort wurde seit Anfang der Sechzigerjahre mutig und frei diskutiert. An jenem Abend debattierten ein Syrer und ein Israeli über den Frieden im Nahen Osten. Damals war ein solcher Dialog auf beiden Seiten verboten. Hamid hatte sich im Vorfeld nicht informiert, worum es an dem Abend gehen sollte. Nun saß er in der Falle und wollte nicht als Feigling gelten. Die Debatte war heftig, doch am Ende gaben sich die zwei Kontrahenten die Hand, und das war für viele neu. Eine alte Jüdin weinte vor Rührung, ein Palästinenser nahm sie in den Arm und strich ihr über den Kopf. Die Zuhörerinnen und Zuhörer klatschten. Hamid fühlte sich nicht wohl, aber er klatschte mit.

»Du klatschst für die Verräter des Vaterlandes«, knurrte ihm ein Syrer in seiner Nähe zu, ein Germanist. Hamid kannte ihn und versuchte ihm, wo immer es ging, aus dem Weg zu gehen. Er wusste, dass dieser Mann mit dem Namen Abdo Duba ein Anhänger des Assad-Regimes war.

Hamid erstarrte und wusste keine Antwort. Er fürchtete sich vor dem Mann, und dafür gab es Gründe.

Zwei Monate später bekam Hamid einen Brief von seinem Bruder, einem Lehrer, allerdings nicht per Post, sondern von einem zuverlässigen Freund überbracht. Der Brief war ein einziger Vorwurf. Wegen Hamids Leichtsinn habe die Familie viel gelitten, und nur sein Parteiausweis habe ihn, den Bruder, vor dem Verhör gerettet. Man habe die Familie gezwungen, sich von Hamid und seiner Verwicklung mit Israel zu distanzieren. Hamid erschrak zu Tode. Und er wusste genau, dass er gegen den Spitzel nichts unternehmen konnte, denn in Damaskus würde ein solcher Schritt als Bestätigung seiner Zusammenarbeit mit Israel interpretiert. Hamid rief seinen Bruder an, obwohl das damals sehr teuer war. Er schwor ihm, dass er unschuldig war und dass dieser verfluchte Abdo Duba gelogen hatte. Der Bruder gab sich kurz angebunden, versprach aber am Ende des Gesprächs, die »Sache« zu bereinigen.

Sie ließ sich nicht bereinigen. Offenbar fand der Spitzel Abdo keine anderen Syrer in Frankfurt, über die er berichten konnte, und biss sich deshalb an Hamid fest. Nach zwei Jahren bekam Hamid erneut einen vertraulichen Brief von seinem Bruder, in dem dieser ihm mitteilte, alle seine Bemühungen seien gescheitert. Berichte aus Frankfurt hätten dem Geheimdienst nahegelegt, Hamid sei Mitglied einer oppositionellen syrischen Gruppe.

Es war nichts zu machen. Zwar glaubte ihm sein Bruder, dass er niemals mit Politik hatte zu tun haben wollen, aber angeblich besaß der Geheimdienst eine ganze Mappe mit fantastischen Berichten über Hamid Ladkani. Er solle sich also, so der Bruder, auf einen längeren Aufenthalt im Ausland einrichten.

Hamid fand sich mit seinem Schicksal ab und begann, seinen Traum in deutsche Verhältnisse zu übersetzen. Er suchte also nach einer deutschen Frau, die schön und wohlhabend war und dennoch zu ihm aufschaute. Die Quadratur des Kreises war nichts gegen dieses Vorhaben. Hamid war weder attraktiv noch charmant, und er wirkte auch nicht besonders männlich. Seinem Deutsch fehlte, wie das bei vielen arabischen Medizinern der Fall ist, jedwede Eleganz. Über Kiefer-, Magen- und Brustoperationen zu sprechen, das beherrschten sie, aber sie brachten keinen richtigen Satz über Film, Musik, Theater oder Literatur über die Lippen!

Zwar fuhr Hamid inzwischen einen Mercedes, doch damit konnte er die Frau seiner Träume nicht anlocken. Auch Gastarbeiter fuhren gebrauchte Mercedes, BMW und andere bejahrte Edelkarossen. Nach langer Suche begann er, seine Ansprüche herunterzuschrauben.

Inzwischen war er dreißig geworden. Seine Mutter lag ihm in den Ohren, er solle endlich heiraten und sie mit einem Enkelkind erfreuen. Hamid schraubte seine finanziellen Erwartungen an seine zukünftige Braut weiter herunter. Was blieb, war: eine schöne Frau, die zu ihm aufschaute.

Sie tauchte auf in Gestalt der Krankenschwester Mathilde. Diese war zehn Jahre jünger als Hamid und stammte aus kleinbürgerlichen Verhältnissen, aus einer Familie, in der man Mediziner noch »Götter in Weiß« nannte. Nicht nur Mathilde, sondern auch ihre Eltern erstarrten vor Verehrung, als sie ihn das erste Mal mit nach Hause brachte. Mathildes Vater betrachtete die teure Sektflasche, die ihm Hamid feierlich übergab, und hielt ihn für den Sohn eines Ölscheichs. Hamid ließ den zukünftigen Schwiegervater in seinem Glauben.

Schließlich, Hamid war inzwischen vierzig, heirateten sie. Die Ehe blieb kinderlos. Mathilde holte das Abitur nach, studierte Pädagogik und wurde Grundschullehrerin. Sie liebte ihre Schülerinnen und Schüler, und diese gaben ihr die Liebe dreifach zurück. Mathilde war bei ihren Kolleginnen und Kollegen hochgeschätzt. Sie wurde immer selbstbewusster, las viel. Hamid las überhaupt nicht und versteckte sich hinter der Ausrede, er habe dazu keine Zeit.

Als Facharzt für Hautkrankheiten war Hamid sehr erfolgreich. Das Paar wohnte in einer teuren Luxuswohnung im Frankfurter Westend.

Nach einigen gemeinsamen Jahren musste Mathilde nicht mehr zu Hamid aufschauen, da dieser in ihren Augen deutlich geschrumpft war und sie sich nun auf Augenhöhe begegneten. Und wiederum einige Jahre später musste sie ihre Liebe zu Hilfe rufen, um nicht auf ihn herabzublicken.

An seinem sechzigsten Geburtstag schließlich trat eine

Eigenschaft Hamids in den Vordergrund, die Mathilde schon einige Zeit an ihm beobachtet hatte. Der Anlass war ein unnötiger Streit mit dem libanesischen Wirt, in dessen Lokal Hamid ein paar Freunde und Kollegen eingeladen hatte.

Das Lokal war nett und der Wirt ein Charmeur. Die Gerichte schmeckten sehr exotisch. Hamid, der nie im Leben selbst auch nur ein Ei gekocht hatte, verstieg sich zur Rolle eines Restauranttesters. Ihm schmeckte nichts. Etwas angetrunken rief er den Wirt zu sich und las ihm die Leviten, und zwar in einem so miserablen Deutsch, dass sich Mathilde zum ersten Mal schämte, seine Frau zu sein. Der Wirt entschuldigte sich vielmals, bemüht, der unangenehmen Situation ein Ende zu bereiten. Er konnte nicht ahnen, dass gerade dies Hamid auf Hochtouren brachte.

Nein, dieses und jenes Gericht müsse ganz anders schmecken. Bei ihm zu Hause habe man dieses und jenes Gewürz dafür verwendet, diese und jene Sorte Fleisch, nur ein ganz bestimmtes Gemüse oder Olivenöl, und wenn seine Mutter diese Vorspeisen zubereitet habe, dann habe der ganze Raum nach frischen Kräutern geduftet.

Der Abend war gelaufen, die Stimmung ruiniert, und die Gäste machten sich schnell auf den Nachhauseweg. Mathilde war entsetzt. Jahre später würde sie diesen Abend als den Anfang vom Ende bezeichnen, auch wenn ihre Beziehung zu Hamid schon seit einer Weile bröckelte.

Mit fünfundsechzig verkaufte Hamid seine Praxis. Seine hohe Privatrente und ein beträchtliches Vermögen bescherten ihm ein sorgloses Leben.

Seiner Familie in Syrien gegenüber zeigte er sich auch jetzt noch großzügig. Er überwies eine Menge Geld, damit sein Elternhaus renoviert werden konnte. Auch wenn die Eltern inzwischen gestorben seien, sagte er, solle das Dorf wissen, dass er, Hamid, dem Ort seiner Kindheit treu verbunden bleibe. Der Bruder verlangte immer wieder Geld für fällige Reparaturen. Hamid zahlte, wenn auch manchmal zähneknirschend. Er war sehr stolz, dass er im Dorf, so jedenfalls erzählte es ihm der Bruder, als Vorbild für Treue und Patriotismus galt. Aber eine Wunde in seiner Seele nässte immer. Hamid durfte seine Heimat nicht mehr betreten, schon seit über vierzig Jahren. Nicht einmal zur Beerdigung seiner Eltern konnte er einreisen.

Ob es nun daran lag oder an der Langeweile, die ihn im Ruhestand plagte, oder am Alter, wie Mathilde irgendwo gelesen hatte, auf jeden Fall begann Hamid immer mehr von seiner Kindheit zu erzählen. Ob mit Anlass oder ohne.

Bald begnügte er sich nicht mehr mit dem bloßen Erzählen, sondern schwärmte geradezu von seiner Kindheit und deren Genüssen, und Mathilde merkte, wie er sich langsam aus der deutschen Gesellschaft zurückzog und das aktuelle Leben immer weniger genoss. Er hielt sich an seiner Erinnerung fest wie ein Blinder an seinem Stock.

Irgendwann konnte sie keinen Film, keine Komödie mehr mit ihm anschauen, denn stets kannte er bessere arabische Filme oder Schauspieler, und er musste ihr, noch während der Film lief, die Witze aus einem seiner gelobten syrischen Filme erzählen, die sie nicht komisch finden konnte; die Übersetzung, die Hamid lieferte, war jedenfalls nicht zum Lachen.

Er legte ein Archiv von DVDs mit arabischen Filmen an, die er spätnachts allein anschaute. Nur hin und wieder nahm sich Mathilde, die noch unterrichtete, die Zeit, gemeinsam mit ihm einen Film mit Untertiteln zu sehen. Und meistens fand sie ihn unerträglich kitschig.

Es verging kein Tag, an dem Hamid nicht von seinem syrischen Dorf schwärmte. Mathilde hatte keinerlei Beziehung dazu. Sie reiste überhaupt nicht gerne. Auch wenn es seltsam erscheinen mochte, Mathilde war niemals in Spanien oder Italien, geschweige denn in Thailand oder Kanada gewesen. Das war ihr zu anstrengend. Sie liebte Theater, Mode, Kino und ging gern mit Freunden abends in eine Kneipe. Das alles bot ihr Frankfurt. Von dem Leben in einem syrischen Dorf hatte sie keine Ahnung.

Kurz nachdem Hamid fünfundsechzig geworden war, tauchte in seinen Schilderungen ein neues Element auf. Es gab für ihn nichts Schöneres auf der Welt, als »sich in *Tibin* zu wälzen«. Ging es darum, gemeinsam einen Film anzuschauen oder einen Spaziergang durch die Stadt zu machen, darum, Freunde zu besuchen, in die Sauna oder ins Schwimmbad zu gehen – nichts konnte der Möglichkeit, »sich in *Tibin* zu wälzen«, das Wasser reichen.

Tibin, das hatte er ihr und seinen deutschen Freunden erklärt, sei feingehäckseltes Stroh, und wenn man sich darin wälze, dann fühle es sich an, als würde man in seidenem Wasser schwimmen. Mathilde verstand nur Bahnhof. Heu und Stroh kannte sie nur aus Büchern oder von der Autobahn aus. Für sie waren die großen Strohballen lediglich Streu und Futter für die Tiere.

Wie konnte ein wohlhabender Arzt, am Swimmingpool im Taunus liegend und ein kühles, prickelndes Getränk schlürfend, einer befreundeten Familie davon vorschwärmen, sich in gehäckseltem Stroh zu wälzen? Es blieb ihr ein Rätsel. Aber das viele Lesen hatte sie gelehrt, nichts für unmöglich zu halten.

Und dann kam die Überraschung. Im Mai rief Hamids Bruder an: Er, Hamid, sei amnestiert worden, wie Tausende andere Emigranten auch. Ein Dokument, das der Bruder als Anhang einer E-Mail am selben Abend schickte, belegte eindeutig, dass Hamids Besuch in seiner Heimat nichts im Wege stand.

Das waren aufregende Tage. Hamid überwies seinem Bruder erneut eine Menge Geld, damit dieser das Schlafzimmer für ihn und Mathilde modern möblieren sollte.

Die Reise war für den Sommer geplant, wenn Mathilde Schulferien hatte. Hamid war so nervös, dass er nachts nur noch mit Schlaftabletten zur Ruhe kam.

Dann endlich war der Tag der Abreise da. Mathilde war gespannt auf das Paradies, das Hamid so oft geschildert hatte. Sie kannte all die Schönheiten, jenen geheimnisvollen Duft von Jasmin, Basilikum und Nelken, der die Menschen morgens erfrischte, nur aus den kitschigen Romanen und Filmen. Sie war gespannt auf die Schwalben, die den Himmel mit ihren Rufen erfüllten, auf die Nachbarn, die einander beistanden, und nicht zuletzt auf die Verwandten, die durch selbstlose Anteilnahme Freude vermehrten und Leid verringerten. Doch vor allem war sie gespannt auf das Wälzen in feingehäckseltem Stroh.

Die Ankunft verhieß nichts Gutes. Die Beamten am Flughafen verhafteten Hamid zwar nicht, aber sie waren grobe, laute und korrupte Männer, deren gierige Blicke bei Mathilde fast Hautverbrennungen verursachten.

In der Abholhalle winkte Hamids Bruder. Er war allein gekommen. Das Dorf war von Damaskus über zweihundert Kilometer entfernt. Von einem Leihwagen riet der Bruder ab, da er nicht Auto fahren konnte und Hamid sich im syrischen Straßenverkehr nicht zurechtfinden würde. So hatte es Hamid zumindest übersetzt. Mathilde hatte zwar in den letzten drei Monaten einen Crashkurs in Arabisch gemacht, aber ihre Kenntnisse reichten gerade einmal dafür, Guten Tag zu sagen, höflich zu grüßen, nach einer Adresse oder einem Preis zu fragen oder ein Essen zu bestellen.

Den Vorschlag seines Bruders, in einem Sammeltaxi zu fahren, lehnte Hamid ab und ließ sich, zusammen mit Bruder und Ehefrau, lieber von einem geschwätzigen Taxifahrer vom Flughafen direkt zum Dorf chauffieren.

Die Männer redeten laut durcheinander, und keiner beachtete Mathilde, auch ihr eigener Mann nicht. Später sollte sie sagen, Hamid sei mit der Ankunft ein anderer Mensch geworden.

Die Fahrt war anstrengend, und mit jedem Kilometer in Richtung Süden wurde es staubiger. Zum Glück besaß das Taxi, wohl für Touristen ausgerüstet, wenigstens eine Klimaanlage.

Aus der Ferne sah sie das graubraune Dorf, es lag da wie ein elender Ameisenhügel. Die meisten Häuser waren aus Lehm, und aus vielen Gebäuden strebten Betonsäulen grau wie ein Gerippe in den Himmel. Rostiges Betoneisen ragte daraus hervor wie zerrissene Adern. Es gab offenbar nicht viele Emigranten, die Geld in die Heimat schickten, um ihre Häuser fertig bauen zu lassen.

Als der Taxifahrer vor einem einfachen Gebäude anhielt, verdüsterte sich Hamids Gesicht. Das Haus seiner Eltern war alles andere als renoviert, rissige Mauern starrten ihn an. Eine dunkle Treppe mit schiefen Stufen führte ins Haus. Im Innenhof duftete es nicht nach Jasmin, sondern stank nach Kloake.

Das Schlafzimmer war bäuerlich eingerichtet, doch immerhin ordentlich und sauber. Mathilde musste zuerst die Kinderschar hinausschicken, die ihr auf Schritt und Tritt folgte. Dann war sie endlich allein. Sie packte ihre Koffer aus und räumte alles in den sauberen Schrank. Da hörte sie die Brüder streiten. Sie wurden so laut, dass Mathilde fürchtete, sie würden aufeinander losgehen. Einsam und verängstigt saß sie auf der Bettkante und wusste nicht, was sie tun sollte. Ihr Speichel fühlte sich an wie trockene Holzspäne.

Schließlich wurde es ruhig. Wenige Augenblicke später stürmte Hamid ins Schlafzimmer. »Ein Haufen Betrüger«, rief er, immer noch aufgewühlt, auf Deutsch. Mathilde versuchte, ihn zu beruhigen. Sie seien doch hier, um Urlaub zu machen, da solle man die Zeit lieber genießen und nicht mit Streit vergeuden. Hamid jedoch ließ sich nicht beruhigen. Sein Bruder und seine Schwester hätten sich fast fünfzigtausend Euro unter den Nagel gerissen, die er für die Renovierung des Elternhauses überwiesen hatte. Nicht einmal tausend Euro hätten die beiden in das Haus investiert.

»Das ist doch nun egal. Sie haben offenbar sehr wenig Geld«, wandte Mathilde ein. »Lass uns die wenigen Tage lieber in Frieden verbringen.«

Die Atmosphäre in der Familie war angespannt, das Lachen gekünstelt. Bereits am ersten Abend strömten die Verwandten herbei. Alle wollten Hamid und Mathilde küssen. Mathilde fühlte sich bedrängt und in ihrer Freiheit eingeengt, aber sie zwang sich zu einem blassen Lächeln und wiederholte papageienhaft die paar Höflichkeitsfloskeln, die sie in ihrem Arabischkurs gelernt hatte. Über zwanzig Personen blieben zum Essen da. Sie durfte nicht neben ihrem Mann sitzen, sondern musste bei den Frauen abseits essen. Dass sich Hamid das gefallen ließ, enttäuschte sie sehr. Er beachtete sie nicht und reagierte auf ihre Bitten mit einem gleichgültig stupiden Blick, den sie an ihm noch nicht gesehen hatte. Das Abendessen schmeckte nach ranzigem Fett, das Gemüse war zerkocht und der Reis klebrig.

Ein junger Mann mit den schönsten Augen der Welt schaute von der Männerrunde zu Mathilde herüber. Er sah traurig aus. Im Laufe des Abends erfuhr sie, dass er Hilal hieß und ein Cousin zweiten Grades war, dessen Eltern kurz hintereinander an Krebs gestorben waren. Er lebte verarmt bei einem Onkel.

Später lag Mathilde lange wach. Die Nacht draußen war schwer. Sie spürte sie auf der Brust. In der Ferne zirpten Zikaden. Es hörte sich an wie das Schleifen rostiger Räder.

»Wir sind hier nicht in Deutschland«, hatte Hamid sie angeherrscht, als sie sich schlafen legten, und sich geweigert, sie zu küssen oder ihre Hand zu berühren. Dass hier andere Verhältnisse herrschten als in Deutschland, war ihr natürlich klar, aber sie hatte auch gesehen, wie zärtlich einige Männer zu ihren Frauen waren, auch wenn sie in diesem gottverdammten Dorf am Ende der Welt lebten.

Obwohl Hamid schnarchend neben ihr lag, fühlte sie sich ihm unendlich fern. Immer wieder schweiften ihre Gedanken zu Hilal. Was hatte er ihr mit seinen Blicken sagen wollen?

Ein Tag nach dem anderen verging, und immer einsamer war Mathilde zumute. »Was habe ich hier zu suchen?«, fragte sie sich und fand keine Antwort. Ihre Geduld wurde über die Maßen strapaziert, sie fühlte sich wie ein Seiltänzer ohne Netz. Und ihre Enttäuschung gebar einen brennenden Zorn, der sie nach und nach immer stärker durchdrang.

Tag für Tag ging Hamid aus dem Haus und ließ Mathilde zurück. Er selbst traf sich mit seinen Kumpels und Freunden aus Kindheitstagen, trug inzwischen die gleiche Kleidung wie sie. Wenn er nach Hause kam, war er müde und nicht selten betrunken. Und Mathilde? Sie saß den ganzen Tag stumm unter den Frauen. Sobald sie zwei Schritte ins Freie machen wollte, schüttelten die Frauen den Kopf. Sie gaben ihr zu verstehen, dass das für sie ohne Begleitung gefährlich sei und dass sie ein Kopftuch und Kleider mit langen Ärmeln tragen müsse, wenn sie aus dem Haus gehen wolle. Mathilde war darin stickig und heiß, aber sie nahm alles in Kauf, um etwas frische Luft schnappen zu können. Von zwei jungen Mädchen und drei Jungen begleitet ging sie durch den Ort und kam sich vor wie auf dem Präsentierteller.

Die Männer im Dorf saßen untätig im Schatten der Häuser und bewegten sich mit ihm. Weit und breit gab es kein Café, nur einen Falafel-Imbiss, aus dem ein ranzig öliger Geruch auf die Straße wehte. Die Augen der Männer waren hungrig, und sie schauten nicht nur Mathilde, sondern auch den Mädchen gierig hinterher. Manch einer rieb sich die Hoden und rief etwas, das Mathilde nicht verstand. Dann lachten die Männer und zeigten ihre Münder, die mit den wenigen Zähnen dunklen Tropfsteinhöhlen ähnelten.

Mathildes Augen suchten den schönen Hilal, aber er war nicht darunter.

Mühselig hatte ihr eines der Mädchen in sehr dürftigem Englisch erklärt, dass das Dorf von einem islamistischen Bürgermeister regiert wurde. Er sorge für all diese strengen Sitten. Das Mädchen hasste den Mann und fand das Kopftuch scheußlich, aber sie fürchtete sich vor ihrem Vater, der seinerseits Angst vor dem Bürgermeister hatte.

Abends saß der Bürgermeister breitbeinig bei Hamid zu Hause. Hamid schleimte sich ein und nickte wie ein Sklave zu allem, was der Besucher sagte.

»Ich möchte ihn gern fragen, wie es kommt, dass eine laizistische Regierung in Damaskus hier einen Bürgermeister mit islamistischer Anschauung ungehindert schalten und walten lässt«, sagte Mathilde in der Küche.

»Du hältst den Mund. Das bringt uns nur in Schwierigkeiten. Der Mann ist ein Geheimdienstler.«

In dem Moment begann Mathilde, Hamid zu hassen, und beschloss, so bald wie möglich nach Frankfurt zurückzukehren. Als sie ihm ihren Plan am nächsten Morgen eröffnete, schrie er sie an. Er wolle noch den ganzen Monat hier verbringen, und sie solle aufhören zu meckern. Eine Reise durch das schöne Land aber lehnte er ab. Sie hatte in einem Reiseführer viel Interessantes über die Sehenswürdigkeiten in Damaskus, Malula, Aleppo, Homs, Palmyra und anderen bezaubernden Orten gelesen. Hamid jedoch wollte im Dorf bleiben. Sie sprach nicht mehr mit ihm darüber.

Sicherheitshalber versteckte sie ihren Pass und ihr Flugticket. Inzwischen wusste sie, dass es eine Haltestelle für Busse und Sammeltaxis neben der Moschee gab, und hatte in Erfahrung gebracht, dass man ein Sammeltaxi auch für sich allein mieten konnte. Das dafür nötige Geld besaß sie. In Euro war eine Fahrt mit dem Taxi geradezu spottbillig.

»Willst du mir nicht zeigen, wie du dich in *Tibin* wälzt?«, fragte sie Hamid bald darauf gespielt fröhlich.

Er strahlte über das ganze Gesicht.

Draußen war der Tag frisch und heiter, und sie staunte über ihre eigene, fast kindliche Neugier. Gemeinsam mit ihrem Mann machte sie sich auf den Weg. Zum ersten Mal trug sie keine langen Ärmel und kein Kopftuch. Sie ignorierte die Blicke ihrer Schwägerin und ihres Schwagers, die allerdings kein Wort sagten, weil sie offenbar zu großen Respekt vor Hamid hatten.

Oben auf dem Hügel bei den Tennen angekommen, sah sie, wie einige der Bauern den trockenen Weizen droschen, andere fegten die Weizenkörner zu einem kleinen Haufen zusammen. Das Stroh türmte sich daneben zu einem gewaltigen Haufen.

»Nichts hat sich verändert. Alles wird noch in Handarbeit

erledigt. Lediglich der Bürgermeister besitzt eine oder zwei dieselbetriebene Häckselmaschinen, soweit ich weiß«, erklärte Hamid und grüßte einen jungen Bauern, der gerade von seiner Arbeit aufschaute.

Der junge Mann erwiderte lachend Hamids Gruß und sagte etwas, das Mathilde nicht verstand. Hamid schüttelte den Kopf. »La, la.«

Das verstand Mathilde. Hamid wollte nicht.

»Er hat mich gefragt, ob ich ihm beim Dreschen helfen will«, erklärte Hamid ausnahmsweise.

Sie gingen ein Stück weiter und erreichten eine Tenne mit einem beachtlichen Berg aus gehäckseltem Stroh. Hier waren vier junge Männer damit beschäftigt, die reiche Weizenernte in Jutesäcke zu schaufeln. Einer von ihnen war Hilal. Er und ein anderer Mann erkannten Mathilde und grüßten sie. Hilal lächelte charmant. Ihr Herz klopfte heftig beim Anblick des schönen Gesichtes.

Hamid begrüßte alle per Handschlag. Mathilde begnügte sich mit einem »*Salam Aleikum*«.

Dann erklärte Hamid den Männern offenbar, dass er sich in *Tibin* wälzen wolle. Sie lachten laut, nur Hilal nicht. Er warf ihr einen irritierten und zugleich empörten Blick zu, als wolle er sie fragen, ob ihr Mann auf seine alten Tage verrückt geworden sei. Sie verstand ihn und nickte bedauernd mit dem Kopf.

In diesem Moment sprang Hamid bereits in den großen Haufen, als handle es sich um ein Schwimmbecken, und wälzte sich darin, dass es nur so staubte.

Mathilde besah sich kopfschüttelnd sein kindisches Verhalten und war entsetzt. Entsetzt darüber, dass sie tatsächlich hier stand und diesem alten Dummkopf dabei zusah, wie er sich wiehernd vor Freude im staubigen Stroh wälzte.

Zwei der Männer konnten nicht mehr an sich halten. Sie sprangen zu Hamid und wälzten sich mit ihm. Der Irrsinn war offenbar ansteckend.

»Schrecklich«, sagte sie mit trockener Kehle. Hilal nickte ihr zu, als hätte er ihre Worte verstanden.

Und da rannte Mathilde los. Sie lief zurück in Hamids Haus, schnappte sich ihre Reisetasche, in der sie Geld, Pass und Flugticket deponiert hatte, und knallte die Zimmertür hinter sich zu. Als sie aus dem Haus stürmen wollte, versperrte Hamids Schwester ihr breitbeinig den Weg. Mathilde holte aus und versetzte der Frau eine solche Ohrfeige, dass diese schreiend zu Boden ging. All der Hass und die Verachtung gegenüber Hamid hatten sich in diesem Schlag entladen.

Erst als das Taxi aus dem Dorf hinausfuhr, kam Mathilde wieder zu Atem.

Das Ende einer Sehnsucht

Jahrelang lag sie, Nacht für Nacht, in ihren Träumen in Schadis Armen. Sie lag wach neben ihrem schnarchenden Mann und erlebte in ihrer Fantasie über tausend Abenteuer mit Schadi. Nur selten war sie erschöpft und schlief ein, doch nie, ohne seinen Namen leise in ihr Kissen zu flüstern. Und wenn sie noch eine Sekunde wach war, fügte sie hinzu: »Wo bist du gerade?«

*　*　*

Es war am Flughafen geschehen. Girgi, ihr Mann, hatte gemeinsam mit ihr beschlossen, nach Jahren in Frankreich nun endgültig nach Beirut zurückzukehren. Sie wusste, dass nicht etwa die Familie, sondern sein bester Freund sie am Flughafen erwarten würde. Als Schüler waren sie unzertrennlich gewesen. Auch während des Studiums hielten sie engen Kontakt, Schadi als Jurastudent in Beirut, Girgi hatte sich für Medizin in Paris entschieden. Bei jedem Besuch in Beirut bestand Girgi darauf, dass Schadi ihn vom Flughafen abholte. »Du bist für mich halb Beirut, und zwar die gütige, treue Hälfte. Erst nach einem Mittagessen mit dir kann ich meine Verwandten ertragen«, sagte er. Es war ein Ritual, die beiden Kameraden aßen zusammen am Flughafen und fuhren dann in die Stadt. Das hatte sich auch nicht geändert, als Girgi seine erste Frau Juliette mitbrachte. Sie war eine lustige, burschikose Ärztin, Girgi war inzwischen ein bekannter Herzchirurg.

Seinerseits bestand Girgi darauf, dass Schadi bei seinen Besuchen in Paris nicht im Hotel, sondern bei ihm wohnte. Schadi war mittlerweile ein namhafter Anwalt, der sich auf Erbschaftsrecht spezialisiert hatte und zu Wohlstand gekommen war.

Seit der Scheidung von Juliette vor fünf Jahren war Girgi nicht mehr nach Beirut gekommen. Aber die Freunde blieben in engster Verbindung, und Schadi wusste, dass Girgi Paris jetzt für immer den Rücken kehren und den Chefsessel im Krankenhaus *Hôtel-Dieu de France* in Aschrafieh übernehmen würde.

Wie immer klingelte das Telefon, Girgi gab seine Ankunftszeit durch, und Schadi freute sich auf das Wiedersehen. Er ahnte nicht, dass Girgi zwei Überraschungen für ihn dabeihatte.

* * *

Sie war misstrauisch, weil sie schon oft eine große Enttäuschung erlebt hatte, wenn eine Person zuerst über den grünen Klee gelobt wurde und bei der persönlichen Begegnung dann zu einer unscheinbaren, mickrigen Gestalt schrumpfte, die eher Mitleid oder Abscheu erregte als Bewunderung.

Bei Schadi aber war es umgekehrt. Sie kämpfte vom ersten Augenblick an gegen ihr Herz, das heftig klopfte. Bei jedem Blick dieses athletischen Mannes mit der tiefen Stimme und dem wunderschönen, sonnengebräunten Gesicht verspürte sie den Wunsch, ihn zu berühren. Als wäre sie ein junges Mädchen, fühlte sie bereits bei der Begrüßung, wie die Gänsehaut ihren Körper eroberte.

Aber sie wollte das nicht! Sie hatte sich geschworen, ihren Mann, der sie, die Tochter armer syrischer Emigranten, zur wohlhabenden Ehefrau eines berühmten Chirurgen gemacht hatte, nie zu betrügen. Und schon gar nicht mit seinem besten Freund!

* * *

Die zwei Überraschungen, die Schadi an diesem Tag erwarteten, waren Girgis Leibesumfang und seine Lebensgefährtin Salima.

Wenn man sie nur als schön bezeichnete, würde man ihr Unrecht tun, dachte er. Sie war göttlich schön und hatte ein Lächeln, bei dem man seinen Kummer vergaß. Sie war gerade fünfundzwanzig geworden, er war Anfang vierzig. Sie lachte und kommentierte klug und witzig die bürokratischen Abläufe am Flughafen: Sie hatte einen französischen Pass, sprach aber den Damaszener Dialekt und bremste selbstbewusst die misstrauischen, übergriffigen Fragen des Kontrollbeamten aus. Ihre Sicherheit rührte nicht nur daher, dass sie französische Staatsbürgerin war – Frankreich hatte immerhin seit über hundert Jahren die Vormachtstellung im Libanon –, sondern sie war darüber hinaus mit einem angesehenen Libanesen verheiratet.

»Allein der syrische Dialekt macht mich in Ihren Augen verdächtig?«, fragte sie süffisant. Der Beamte verstummte und gab ihr den Pass zurück.

Als Schadi bei der Begrüßung ihre Hand drückte, war es um ihn geschehen. Erst als er von seinem besten Freund umarmt, geküsst und freudig begrüßt wurde, fiel ihm auf, wie dick dieser geworden war.

»Wieso hast du dich verdoppelt?«, scherzte er.

»Ich habe mich nach der Trennung von Juliette durch Essen getröstet. Sie hat alles dafür getan, dass ich meine zwei Kinder nicht mehr sehen durfte, und die Gerichte waren auf ihrer Seite. Franzosen können korrupter sein als Libanesen.

Und nun kocht Salima für mich nach alten Rezepten aus Aleppo. Da kann unsere berühmte libanesische Küche dichtmachen. Hundertzwanzig Kilo. Dreißig Kilo Kummerspeck, und noch mal zehn durch meine Schöne.«

Im Restaurant schaufelte Girgi die Gänge seines Menüs nur so in sich hinein. Das wirkte seltsam abstoßend. Zum ersten Mal fühlte Schadi ein Unbehagen gegen seinen Freund in sich aufsteigen. Seine Frau mied seinen Blick. Ob sie sich auch so unwohl gefühlt hatte, fragte er sich auf dem Weg zu seiner Wohnung, nachdem er das Paar bei seiner neuen Villa am Rande vom Beirut abgesetzt hatte. Traumhaft schön, direkt am Meer gelegen und vollständig eingerichtet.

* * *

Nach einer kurzen Dusche nahm er sie. Girgi hielt nichts von einem Vorspiel. Er war in allem stürmisch und schnell. Auch wenn er nie grob war, es ging ihr zu rasch.

In den Anfängen ihrer Beziehung kam sie sich vor, als ob sie Knetgummi wäre, den Girgi nach Belieben verformte und in alle möglichen Richtungen bog, bis er zum Höhepunkt kam. Als er sie einmal fragte, ob sie es so möge, sagte sie höflich, es sei in Ordnung, aber auf die gymnastischen Übungen im Bett könne sie gut verzichten, die Gelenke täten ihr danach weh. Er lachte und hörte mit der Unsitte auf.

In jener ersten Nacht in Beirut schloss Salima die Augen und sah sich im Geiste vor Schadi liegen. Zum ersten Mal seit Jahren hatte sie einen heftigen Orgasmus.

Ihr Mann schlief danach schnell ein, sie blieb hellwach – und allein mit ihren Gewissensbissen.

* * *

Am schönsten war bei ihr die sanft fließende Linie vom Hals über die glatte Schulter bis zum Arm. Sehr sexy hatte sie ausgesehen in ihrem sommerlichen, schulterfreien Kleid.

Schadi lag lange wach. Er machte das Licht an. Damit störte er niemanden. Seit vier Jahren schlief er im Gästezimmer, weil er sehr laut schnarchte und seine Frau Marie einen empfindlichen Schlaf hatte. Sie war Dozentin an der Kunstakademie und musste täglich früh aufstehen.

Zum ersten Mal seit zwanzig Jahren onanierte er. Erst danach konnte er schlafen.

Er konnte nicht wissen, dass er in derselben Sekunde wie Salima den Höhepunkt erreichte.

* * *

Manchmal rief sie Schadi unter irgendeinem Vorwand im Büro an. Sie wollte nur seine Stimme hören, wollte Nähe tanken, die sie in den Nächten brauchte. Die beiden Paare besuchten einander selten. Marie fand Salima oberflächlich, nannte sie ein »Weibchen«. Und Schadi verstand sich mit seinem Freund immer weniger. Die Jahre hatten sie verändert. Während der kurzen Besuche war ihm das nie aufgefallen, aber nun, bei fast täglichen Begegnungen und Telefonaten, wurde mehr als deutlich: Girgi beschäftigte sich nicht mit dem politischen Geschehen im Libanon und in den umliegenden Ländern. Nicht einmal Beirut interessierte ihn. Seine Welt beschränkte sich auf das Krankenhaus, die Villa und die besten Restaurants der Stadt. Er war ein gern gesehener Gast bei den Mächtigen, denn auch die Mächtigen haben Angst vor Krankheiten und Operationen. Manchmal schlimmer als Schulkinder.

Wenn sie sich hin und wieder trafen, stritt Girgi oft mit Marie, denn er verachtete die moderne Kunst. Sie ärgerte sich bis zur Weißglut, weil er ständig wiederholte, er könne all diese Bilder selbst genauso gut, wenn nicht besser malen. Marie hatte ihre Doktorarbeit über Henri Matisse geschrieben. Salima bewunderte Marie sehr, wagte aber nicht, Partei für sie zu ergreifen.

Und da Frauen oft mutiger als Männer sind, ergriff Marie die Initiative zum Bruch. Eines Tages sagte sie zu Schadi, sie wolle Girgi und sein Weibchen künftig weder empfangen noch besuchen. Sie würde es ihm, Schadi, jedoch keinesfalls übelnehmen, wenn er sich mit ihnen weiterhin träfe. »So oft du willst, aber bitte nicht hier bei uns«, waren ihre Worte.

Ob sie Verdacht geschöpft hatte, dass er in Salima verliebt war, blieb ihr Geheimnis.

Irgendwann riss auch die Tradition der Zweierbegegnungen mit Girgi ab. Salima allerdings meldete sich fast wöchentlich bei Schadi. Sie kannte seine Termine besser als seine Frau. Sie wollte ihn jedoch weder treffen, noch deutete sie ihre Liebe für ihn in irgendeiner Weise an. Er hingegen glühte nach ihr.

Er wusste nicht, dass sie seine Stimme mit ihrem Smartphone aufnahm und ihr nicht oft genug lauschen konnte, sobald sie allein war. Das Ohr verführt beständiger zur Liebe als das Auge. Wort für Wort, Lachen für Lachen, Seufzer für Seufzer genoss sie die Aufzeichnungen.

* * *

Fünf Jahre ging das so. Nacht für Nacht lag Salima in ihrer Fantasie in Schadis Armen, und zweimal die Woche schlief sie mit Girgi, der begeistert war, dass seine Frau nun in Beirut so leidenschaftlich geworden ist, wenn auch immer mit geschlossenen Augen.

Er selbst nahm weiter zu, sodass die Direktion des Krankenhauses sich Sorgen machte. Als er schon über 140 Kilo
wog, führte man ein ernsthaftes Gespräch mit ihm, ohne
Ergebnis. Er wurde stetig schwerer und schwerer, bis zu dem
Junitag, an dem er beim Mittagessen einen tödlichen Herzinfarkt erlitt. Eine Stunde später erfuhr Salima davon.

Ihr war elend zumute, denn sie fühlte sich schuldig.

* * *

Einen Monat später ließ sich Schadi nach einem heftigen
Streit mit Marie scheiden. Und auch diesmal war es Marie,
die beim Abschied klare, mutige und offene Worte fand. »Wir
waren ja in Wahrheit schon seit einer Ewigkeit getrennt«,
sagte sie, lächelte blass, gab ihm eine schlaffe Hand und fuhr
davon. Ein Jahr später heiratete sie einen jungen Kollegen.
Wie Schadi erfuhr, hatte sie schon seit drei Jahren ein Liebes-
verhältnis mit diesem Mann gehabt. Es machte ihn nicht einmal wütend.

* * *

Die Villa wurde Salima zu groß. Die Haushälterin aus Sri Lan-
ka gab ihr Bestes, aber ihr Arabisch war eine kleine ärmliche
Kiste mit hundert Wörtern, die sich im Haushalt erschöpften.
Mehr konnte man mit ihr nicht reden. Salima wunderte sich,
wie sehr sie Girgi vermisste. Sie hatte ein unendlich schlechtes
Gewissen. Manchmal fragte sie sich, ob sie ihn nicht absichtlich hatte dicker und dicker werden lassen, um ihn loszuwerden. Dieser absurde Gedanke plagte sie vor allem beim
Kochen.

Ihr Psychotherapeut, ein erfahrener älterer Herr, sprach
beruhigend auf sie ein. Ihre Schuldgefühle seien durch ihre

Erlebnisse als Kind verursacht, als ihre Mutter ihr immer und für alles, was schiefging, die Schuld gab. Girgi sei erwachsen gewesen, und noch dazu Herzspezialist. Wer hätte besser als er die Folgen der Völlerei einschätzen können? Ja, er sagte »Völlerei«, weil auch er Girgi kannte.

In der folgenden Nacht schlief Salima tief wie noch nie. Zuvor hatte sie die Aufnahmen von Schadis Stimme immer wieder auf ihrem Smartphone abspielen lassen.

Bis zu diesem Zeitpunkt hatte sie sich geweigert, ihn zu sprechen oder zu sehen. Am nächsten Morgen rief sie ihn an.

* * *

Schadi verstand die Welt nicht mehr. Seit dem Tod ihres Mannes hatte Salima sich regelmäßig verleugnen lassen. Wenn er sie anrief, nahm die Hausbedienstete ab und sagte papageienhaft: »Frau Salima nix hier.« Und als er sie doch einmal am Apparat hatte, meinte sie kalt, sie wolle ihre Ruhe haben.

Jetzt rief sie ihn endlich an. Sie war wieder fröhlich wie früher und sagte, sie wolle mit ihm ein paar Tage in den Bergen verbringen. Das schien ihm eine gute Idee. Die Villa war zu sehr mit Girgi verbunden.

Doch bei diesem Ausflug und anschließend in dem romantischen Hotel ging alles schief.

Die libanesischen Berge sind malerisch. Entsprechend sind sie mit Villen der Reichen und Luxushotels gut bestückt.

Sie stellten ihre Koffer im Hotelzimmer ab und gingen Hand in Hand spazieren. Salima suchte das Gespräch. Schadi schwieg. Sie erzählte ihm von Woody Allens *Mach's noch einmal Sam*, den sie am Vorabend im Fernsehen gesehen hatte, aber Schadi kannte weder den Film noch Woody Allen.

Doch als ob die Sportwagen und teuren Karossen ihn mehr

bewegten als das Gespräch mit ihr, rief er zwischendurch immer wieder: »Schau dir den Porsche da an, der kostet eine Million Dollar!« »Meine Güte, was für ein Bugatti! Stell dir vor, 1200 PS hat der unter der Motorhaube!«, und kurz darauf: »Und da parkt so ein Ferrari einfach vor der Villa. Das Auto ist zwei Millionen Dollar wert!« Und er hörte nicht auf, ihr von PS und Dollars vorzuschwärmen. Sie lenkte seine Schritte durch einen Park, wo keine Autos mehr störten: Er schwieg. Sie war außer sich vor Freude, als sie einen Distelfink sah. Als kleines Mädchen hatte sie einmal einen jungen Vogel gerettet, und der lebte in ihrem Zimmer ohne Käfig und flog täglich durch das Fenster hinaus, um abends wieder zurückzukommen, bis er eines Tages nicht mehr zurückkehrte. Das erzählte sie Schadi, aber er schien gar nicht zuzuhören.

Als sie ein Café am Rande des schönen Parks erreichten sagte er: »Lass uns einen Mokka trinken und dann ins Bett gehen. Ich brenne nach dir.«

Sie setzten sich hin und tranken den Kaffee schweigsam. Schadi schien den Ober zu kennen. Dieser hatte an diesem Tag wenige Gäste und so klebte er bald an ihrem Tisch, und plötzlich wurde Schadi schwatzhaft und beide erzählten einander Witze. Es waren sexuelle Witze, in denen Frauen gedemütigt wurden. Sie fühlte einen Knoten in ihrem Magen. Was für Männer! Sie sprachen laut, als wäre sie nicht da.

Bald kehrte sie ins Hotel zurück. Salima hatte keine Lust auf Sex, doch er bedrängte sie. Sie flehte ihn an, er solle langsamer machen, da sie Bauchschmerzen habe, er tue ihr weh. Aber gerade das wirkte auf ihn ungeheuer erotisch, und er drang in sie ein. Sie weinte.

Am nächsten Tag war sie wie verloren. Er witzelte und scherzte, aber sie reagierte nicht. Lustlos kaute sie beim Frühstück ihr Brot und ließ den Tee kalt werden.

Mittags hatte sie keinen Hunger, und am Abend aß sie nur widerwillig.

Die zweite Nacht war noch schlimmer. Als er nicht aufhören wollte, schlug sie verzweifelt auf ihn ein. Er wurde wild und hielt sie so fest umklammert, dass sie sich kaum noch bewegen konnte. Sie verwandelte sich in eine atmende Leiche.

Danach konnte sie vor Ärger nicht schlafen, sie schlummerte erschöpft neben ihm ein.

Um sechs ging sie auf den kleinen Balkon und schaute auf das Meer in der Ferne. Eine kleine Brise umhüllte sie zärtlich. Sie weinte.

Als er aufwachte, war sie schon abgereist. Die Hotelrechnung hatte sie bereits beglichen.

* * *

Das war jetzt bald drei Jahre her, aber Salima erinnerte sich an den endgültigen Bruch mit Schadi, als wäre es erst gestern gewesen. An jenem zweiten Abend in den Bergen hatte eine jahrelange Sehnsucht für immer geendet.

Erst im Taxi atmete sie bei der frischen Brise auf, die durch das offene Fenster hereinströmte. Sie nannte ihre Adresse und schlief ein. Nach einer Stunde weckte sie der Taxifahrer vor dem Eingang ihres Hauses.

Nun gab es für sie keinen Grund mehr, in Beirut zu bleiben. Die Villa musste sie ohnehin verlassen, sie gehörte dem Krankenhaus. Salima verkaufte alle Möbel und flog nach Frankreich zurück, in die Stadt ihrer Kindheit. Die Lebensversicherung ihres Mannes sowie ihre Witwenrente erlaubten es ihr, in Paris wie eine Königin zu leben – wie eine einsame, traurige Königin.

Die letzte Burg

Was bringt eine Schwalbe, die von Afrika bis Deutschland über Tausende von bezaubernden Landschaften fliegt, dazu, sich jedes Mal aufs Neue für einen Nistplatz in einem stinkenden Kuhstall zu entscheiden? Das ist bis heute nicht geklärt. Die Schwalben verraten uns ihr Geheimnis nicht.

Was erweckt die Sehnsucht zum Leben? Was lässt sie auf verlockende Weise in unserem Hirn entstehen? Ist es die Suche nach dem verlorenen Paradies? Ist vielleicht die ganze Erfindung der Geschichte von der Vertreibung aus dem Paradies ein genialer erzählerischer Versuch, die Sehnsucht nach ebendiesem Paradies zu erklären? Psychologen behaupten das.

Aber warum löst zum Beispiel ein bestimmter Geruch eine so erstaunliche Reaktion im Gehirn aus, dass wir sofort eine in herrlichsten Farben gezeichnete Szene aus vergangenen Zeiten vor Augen haben?

Das Gefühl der Sehnsucht kennen nur Erwachsene, so die Forschung. Ich bezweifle eine solche Behauptung allerdings, ohne der wissenschaftlichen Mühe der Soziologen oder Psychologen meinen Respekt zu versagen. Ich bin unter den syrischen Flüchtlingen Kindern begegnet. Sie waren nicht einmal zehn Jahre alt, und sie erzählten mir deutlicher als ein Erwachsener von ihren Sehnsüchten. Vorstellbar ist, dass Krisen unsere Sehnsüchte schneller reifen lassen und stärker ins Bewusstsein heben.

Sicher ist jedenfalls: Die Sehnsucht ist ein sehr komplexes Gefühl. Ihr Kern ist das Verlangen nach dem Utopischen, Unerfüllbaren. Nicht selten ist das Ziel der Begierde eine Person, eine Landschaft, ein Ort, eine Zeit (z. B. die Kindheit) oder eine positive Zukunft. Sehnsucht ist ein individuelles Gefühl, und nur manipulierende Ideologen machen daraus die Sehnsucht einer ganzen Nation oder eines Volkes oder einer Bewegung.

Unzählige Lieder in allen Sprachen erzählen und seufzen von der Sehnsucht nach dem unerreichbaren geliebten Menschen. Jeder weiß, was damit gemeint ist, aber es gibt bis heute keine eindeutige Definition für das Wort. Sie fehlt nicht nur im Deutschen. Auch im Arabischen existiert sie nicht, und soweit ich informiert bin, in vielen anderen Sprachen ebenso wenig. Im Englischen gibt es drei Varianten: *yearning, longing* oder *desire*. Die Mehrdeutigkeit, die Unschärfe des Wortes »Sehnsucht« ähnelt der des Wortes *saudade* im Portugiesischen. Gemeinsam ist aber das, was alle Menschen verstehen: Es ist ein schmerzhaftes Gefühl (wobei der Schmerz von den Dichtern nicht selten als »süß« bezeichnet wird), das entsteht, wenn man den Gegenstand/das Ziel der Begierde nicht bekommen oder erreichen kann. Die Mehrheit der alten arabischen Gedichte besingt sehnsüchtig die unerreichbare, unerfüllbare Liebe.

Ebenso wie Mignon in Goethes *Wilhelm Meisters Lehrjahre,* die sich nach Italien, nach ihren Lieben und auch nach dem geliebten Wilhelm sehnt:

»Nur wer die Sehnsucht kennt,

Weiß, was ich leide!«

In Platons Werk *Symposion* wird unter anderem über die Sehnsucht der Geschlechter debattiert. Heute wie vor dreißig Jahren lese ich fast atemlos vor Bewunderung, wie offen im

Geiste die Griechen waren, etwa, wenn Platon Aristophanes vom Mythos der Kugelmenschen erzählen lässt.

Dem Mythos zufolge hatten die Menschen am Anfang kugelförmige Körper mit vier Händen und Füßen und zwei kompletten Gesichtern. Es gab bei ihnen drei Geschlechter: ein männliches, ein weibliches und ein gemischtes mit einer männlichen und einer weiblichen Hälfte.

Die Kugelmenschen wurden mit ihrer gewaltigen Kraft übermütig und wollten die Götter angreifen. Der Himmelsherrscher Zeus beschloss, sie zu schwächen, indem er jeden von ihnen in zwei Hälften zerschnitt. Diese Hälften hatten die Gestalt zweibeiniger Menschen. Am Nabel ließ er Falten zur Erinnerung an die Teilung zurück.

Die halbierten, nunmehr zweibeinigen Menschen litten schwer unter der Trennung von ihrer anderen Hälfte. Daher sucht seitdem jeder die zu ihm passende Ergänzung. Die Sehnsucht nach der verlorenen Ganzheit äußert sich in dem erotischen Begehren, das auf Verschmelzung abzielt. Je nachdem, ob ein Kugelmensch rein männlich, rein weiblich oder gemischt war, waren seine getrennten Hälften heterosexuell oder homosexuell veranlagt. Was für eine kluge Erklärung für den Ursprung der Sehnsucht nach einem geliebten Menschen.

Es gibt ungemein viele Varianten der Sehnsucht: Sehnsucht nach dem geliebten Menschen, Sehnsucht nach Heimat, Sehnsucht nach Erlösung, Sehnsucht nach grenzenloser Freiheit, nach ewiger Jugend, nach absoluter Liebe, nach dem verlorenen Paradies, nach der Zeit der Kindheit und viele andere.

Sehnsucht nach Geborgenheit, nach einem »Zuhause« ist dem Menschen seit Urzeiten ein Bedürfnis. Nur Schnecken sind immer zu Hause.

Heimweh – so steht es im Brockhaus – »ist die melancholische Sehnsucht nach der Heimat und den heimatlichen Verhältnissen«.

Die brennende Sehnsucht nach dem Ursprungsort, das Heimweh, kann im Extremfall zu einer psychischen Erkrankung führen, die sich im Falle einer aufgezwungenen Trennung bisweilen in blindem Hass gegen den realen oder eingebildeten Verursacher dieser Misere äußert. Der weltberühmte Philosoph und Psychiater Karl Jaspers publizierte als junger Mediziner im Jahre 1909 eine Studie zur Psychopathologie junger Frauen, die, getrieben vom Heimweh, schlimmste Verbrechen begingen, etwa die Häuser, in denen sie dienten, in Brand steckten.

Die Sehnsucht nach Vergangenem, nach etwas Verlorenem, ist ein merkwürdiges Phänomen. Die häufigste Variante, die Sehnsucht nach Orten der Kindheit, nach der Ursprungsheimat, ist bekannt und seit Jahrtausenden salonfähig. Allerorts begegnet sie uns. Und je älter ein Mensch in der Fremde wird, umso heftiger kann seine Sehnsucht nach dem Kindheitsort werden.

In meinem fünfzigjährigen Exil konnte ich viele Auswüchse dieser Art von Sehnsucht beobachten. Wer von ihr befallen wird, ignoriert die Gegenwart, schöpft das Baumaterial seiner Sehnsucht ausschließlich aus der Vergangenheit und baut damit prächtige Zukunftsschlösser. Die Gegenwart schrumpft zu einer Notunterkunft zusammen, die man hinnimmt. Je älter mancher Freund wurde, desto häufiger schwärmte er von seinem Dorf, seiner Gasse, der Landschaft seiner Heimat. Diese Sehnsucht verhindert die Verwurzelung und Integration in der Gesellschaft des gegenwärtigen Ortes. Und wer nur von der Vergangenheit und ihren Genüssen schwärmt, verhindert seinen Genuss in der Gegenwart. Das bedeutet: Die

Sehnsucht bietet die Möglichkeit einer Flucht aus der Gegenwart und der Realität, und dies umso mehr, je problembeladener diese Gegenwart ist.

Ist die Sehnsucht die letzte Zuflucht, in die unser Bewusstsein sich retten kann? Im Exil ist das Bewusstsein umgeben von mächtigen Feinden. Auf deren Fahnen steht geschrieben: Einsamkeit, Feindseligkeit, Hoffnungslosigkeit und Gleichgültigkeit.

Ich habe diese Zuflucht nie gesucht, wenn ich unter Freund(inn)en oder mit meiner Frau und meinem Sohn zusammen war, sondern nur dann, wenn mich in der Fremde einer dieser Feinde attackierte. Dann suchte ich Zuflucht bei der Sehnsucht, wohl wissend, dass ich in Damaskus keinen einzigen Tag in Freiheit leben würde. Und trotzdem war Damaskus in solchen Augenblicken so nahe, dass ich meine Gasse riechen konnte.

Denen, die Sehnsucht für eine veraltete sentimentale Gefühlsduselei und ihre eigene Gleichgültigkeit für eine Tugend halten, möchte ich mit Nietzsches Worten zurufen: »Wehe! Es kommt die Zeit, wo der Mensch nicht mehr den Pfeil seiner Sehnsucht über den Menschen hinaus wirft, und die Sehne seines Bogens verlernt hat, zu schwirren!«

Nachbemerkung für Neugierige

Einige der hier versammelten Geschichten sind bereits in einer früheren Fassung in der »Sechs-Sterne«-Reihe bei ars vivendi erschienen, zusammen mit Erzählungen von Root Leeb, Michael Köhlmeier, Monika Helfer, Franz Hohler und Nataša Dragnić.

Jedes dieser Themen hat mich auch theoretisch interessiert. Ich versuchte, mich ihnen aus soziologischer, psychologischer und kultureller Sicht anzunähern, und so entstanden sechs ausführliche Betrachtungen darüber. Diese hier in voller Länge abzudrucken, hätte allerdings zu weit geführt. Wer sich für einzelne der Themen näher interessiert und gerne weiterlesen möchte, findet sie auf meiner Website: https://www.rafik-schami.de/

Viel Spaß!

Literaturnachweis

S. 110 Erich Kästner: *Die einäugige Literatur.* In: Ders.: *Werke, Bd. II: Wir sind so frei,* hrsg. von Hermann Kurzke und Lena Kurzke, Hanser, München/Wien 1998, S. 49 f.

S. 111 Koran, Sure An-Najm, Vers 43.

S. 113 Erich Kästner: *Ansprache zum Schulbeginn.* In: Ders.: *Gesammelte Schriften für Erwachsene, Bd. 7,* Droemer Knaur, München/Zürich 1969, S. 180–184.

S. 170 Mark Twain: *Die Arglosen im Ausland.* Aus dem Englischen von Ana Maria Brock, Insel Taschenbücher, Frankfurt a. M. 1996, S. 485.

S. 220 Hartmut Böhme: *Das Geheimnis.* In: NZZ, 20./21.12.1997, S. 65 f.

S. 253 f. Michel de Montaigne: *Essais, zweites Buch.* Aus dem Französischen von Hans Stilett, dtv, München 2011, S. 186 ff.

S. 307 Johann Wolfgang Goethe: *Wilhelm Meisters Lehrjahre, 4. Buch, 11. Kapitel.* In: Ders.: *Sämtliche Werke, Bd. 5,* Hanser, München 1988, S. 238.

S. 310 Friedrich Nietzsche: *Also sprach Zarathustra.* In: Ders.: *Gesammelte Werke in 11 Bänden, Bd. 7,* Wilhelm Goldmann Verlag, München 1964, S. 15.

Inhalt

Vorwort:
    Ein Film ohne Leinwand 7

Geburtstag

Mein Sternzeichen ist der Regenbogen.
    Von der Schwierigkeit, ein
    Geburtsdatum herauszufinden 11
Salmas Plan *oder*
    Die unverhoffte Abrechnung 30
Geburtstag mit Nebenwirkungen 51
Die zwei Gesichter einer Medaille 70

Lachen

Oskar, der kleine Prophet 79
Die Entkopplung 84
Der Teufel war es nicht 92
Der kluge Teppichknüpfer 95
Galgenhumor 104
Ein Schmuggler namens Lachen 109

Reisen

Wie Herr Moritz die Welt bereiste 117
Zwei Reisen 135

Die fliegenden Händler der Insel 154
Reisen, was sonst! 167

Geheimnis

Emines geheimer Wunsch 177
Die alte Frau und der eigenwillige Geist 185
Geheimsprache 192
Kurt hat nichts zu verbergen 198
Die Geheimnisse einer Leiche 202
Geheimnisse im Wandel der Zeiten 216

Tiere

Die Augensprache der Hunde 223
Einsamkeit 237
Von Menschen und anderen Tieren 252

Sehnsucht

Ein Klassentreffen *oder*
   Die unglaubliche Nacht des Syrers
   Elias Schahin 259
Die merkwürdige Sehnsucht des
   Herrn Hamid 281
Das Ende einer Sehnsucht 296
Die letzte Burg 306

Nachbemerkung für Neugierige 311
Literaturnachweis 313